Ein Klang von weit her

Dia Calhoun arbeitete einige Jahre als Grafikdesignerin, bevor sie sich ganz dem Schreiben widmete. Als Kind wollte sie allerdings Balletttänzerin werden und trainierte bis zu ihrem 17. Lebensjahr intensiv für eine Karriere im klassischen Tanz. Ihre Erfahrungen aus dieser Zeit fließen in ihren Roman »Ein Klang von weit her« mit ein. Die in den USA mehrfach ausgezeichnete Autorin lebt mit ihrem Mann in Tacoma, Washington.

Dia Calhoun

Ein Klang von weit her

Aus dem Englischen
von Anja Malich

CARLSEN

Deutsche Erstausgabe
Veröffentlicht im Carlsen Verlag
September 2002

Die amerikanische Originalausgabe erschien unter dem Titel
»Aria of the Sea« bei Winslow Press, New York
Entdecken Sie die interaktive Website von »Ein Klang von weit her«
mit weltweiten Links, Spielen, Aktivitäten und mehr unter www.winslowpress.com

Lektorat: Gabriele Dietz
Umschlagbild: Henriette Sauvant
Umschlaggestaltung: Doris K. Künster / Britta Lembke
Corporate Design Taschenbuch: Dörte Dosse
Satz: Dörlemann Satz, Lemförde
Druck und Bindung: GGP Media, Pößneck
ISBN 3-551-35151-1
Printed in Germany

Für Cheryl Gomes
noch immer in Liebe.
Wo auch immer du bist,
die Winde seien mit dir.

Ich ruf dich von weit her;
Ruf dich seit Anbeginn der Tage.
Ruf dich durch alle Zeiten
Für eine Ewigkeit –
Rufe – rufe … seit jeher …
Meine Stimme ist Teil deines Seins,
Oft hörst du sie nur leis und auch nicht jederzeit;
»Ich weiß nicht«, magst du sagen.
Aber doch, du weißt.
»Ich kann nicht hören«, sagst du, »was ist es nur,
wo kommt es her?«
Aber du hörst es doch und tief in dir weißt du es.
Denn ich bin das in dir, das immer da war;
Ich bin das in dir, das niemals sterben wird.
Auch wenn du sagst: »Wer ruft mich?«
Auch wenn du denkst: »Wer ist das?«
Wohin wirst du gehen? Erzähl es mir.
Kannst du vor dir selber fliehn?

Anonym
Aus: *Auf dem Pfad der Liebe*

Die königliche Ballettschule

»Wo lang? Wo lang?«, rief Cerinthe und rannte vor ihrem Vater die von Menschen wimmelnde Straße entlang. »Wir müssen die Schule finden, sonst verpasse ich die Aufnahmeprüfung. Und wir sind die tausend Meilen hierher umsonst gesegelt!«

»Warte auf mich«, rief ihr Vater. »Sonst verlieren wir uns noch in dieser verfluchten Stadt!«

Doch Cerinthe wartete nicht. Sie sprang zur Seite, als ein Wagen auf dem Kopfsteinpflaster vorbeiklapperte, und wich einem fliegenden Händler aus, der ihr seinen Bauchladen mit Shrimps unter die Nase hielt. Plötzlich blieb sie unvermittelt inmitten einer Schafherde stehen, die zum Markt getrieben wurde.

»Hast du keine Augen im Kopf!« Eine Frau in einem gelbweiß gestreiften Kleid schwang ihren Hirtenstab. Doch Cerinthe rührte sich nicht und ließ ihren Blick über einen riesigen Hof schweifen. Ihr Vater hatte sie inzwischen eingeholt.

»Ob das etwa die Schule ist?« Cerinthe deutete auf ein prächtiges graues Steingebäude. »Wir sind zehn Blocks nach Norden und zwölf nach Westen gegangen, genau wie der Hafenmeister gesagt hat, aber das hier sieht ja aus wie ein Palast.«

»Wie willst du eine königliche Schule von einem Palast unterscheiden?«, fragte ihr Vater keuchend. Er legte ihr die Hand auf den Scheitel. »Bevor wir von zu Hause losgesegelt sind, hast du doch kein Gebäude gesehen, das größer war als unser Dorfrathaus.«

Cerinthe runzelte die Stirn. Wie konnte er jetzt Scherze machen? Als sie sich aus seiner Hand herauswand, entdeckte sie die Inschrift, die oben am Gebäude in Stein gemeißelt war.

»Königliche Ballettschule«, las sie laut. »Gegründet von Königin Austeria von Windward im Jahre zweihundert des königlichen Hauses Meergeboren.« Cerinthe drehte sich auf einem Bein, dass ihr Mantel hochflog. »Es ist die Schule! Wir haben sie tatsächlich gefunden!«

Während ihrer Reise durch die stürmische See des Archipels hatte sie diesen Moment zugleich herbeigesehnt und gefürchtet. War es wirklich erst einen Monat her, seit sie von Normost in See gestochen waren? Stand sie tatsächlich auf der königlichen Insel Faranor, der Hauptinsel von Windward, und blickte zur königlichen Schule auf? Sie war Balletttänzerin und die königliche Schule bot die beste Ausbildung im ganzen Königreich. Aber würde sie angenommen werden? War sie mit ihren dreizehn Jahren nicht schon zu alt?

»Komm, Vater.« Cerinthe zog ihn in den Hof. Sie zählte sieben Stockwerke bis zum Dach der Schule, wo spitze Erker in alle Richtungen ragten. Unten war das Gebäude mit hohen Säulen wie Wächtern aus rotem Marmor geschmückt.

»Tonea hat nie erwähnt …«, stieß Cerinthe hervor, »ich meine, ich hätte nie gedacht, dass die Schule so …«

»… groß sein würde?« Ihr Vater nickte. »Stimmt, sie ist wirklich groß. Höher als ein Klipper mit fünf Masten, schätze ich, und länger als drei Weizenfelder.«
Cerinthe schwang ihren Leinenbeutel über die Schulter. Groß war nicht das Wort, nach dem sie suchte. Beeindruckend oder elegant oder prächtig – ja, prächtig, das war es. Würde eine so prächtige Schule sie aufnehmen, ein Mädchen aus einfachen Verhältnissen aus einem abgelegenen Fischerdorf in der nördlichen Provinz?
Eine Böe fegte über das Pflaster. Sie fuhr unter ihren Mantel und zerrte an ihrem Kleid und den drei Flanellunterröcken, auf die ihre Großmutter Gwimma für die Reise bestanden hatte. Cerinthe zog ihren Mantel fester an sich. Der braune, handgewebte Stoff fühlte sich ganz steif vom Dreck und Salz des Meeres an. Alle ihre Kleider waren vom Teer des Schiffes schwarz.
»Wenn bloß der Sturm nicht gewesen wäre«, sagte sie, »dann hätte ich noch Zeit zum Baden gehabt und um meine Kleider zu waschen und ich hätte mich vor dem Vortanzen noch ausruhen können … sieh mich doch mal an.« Sie fasste sich in ihr fettiges Haar. »Ich bin dreckig und stinke nach Fisch.«
Ihr Vater legte ihr den Arm um die Schulter. Er sah nicht viel besser aus. Seine ledernen Hosen waren nach den vielen Stunden, die er oben in der Takelage verbracht hatte, abgetragen und aufgescheuert.
»Ich weiß«, sagte er, »aber danken wir Nemaree, dass wir überhaupt am Leben sind. Beim Vortanzen ist die Kleidung egal. Sauber oder nicht, ob du tanzen kannst, wollen die Lehrer sehen.«

Aber Cerinthe zweifelte an den Worten ihres Vaters. Nervös blickte sie sich um, während sie über den Hof gingen. Auf Faranor sah nicht nur alles wunderschön, sondern auch blitzsauber aus. Türme und Kuppeln in Regenbogenfarben, die in tief hängenden Nebelschwaden verschwammen, erhoben sich im Norden, Osten und Westen.

»Vergiss nicht«, fuhr ihr Vater fort, »jeder – ob aus einfachen Verhältnissen oder Prinzessin – darf an der Aufnahmeprüfung teilnehmen, wenn er hat, was wir haben. Alles, was du brauchst, um da hineinzukommen …« – er zeigte auf die zweiflügelige Tür über einer geschwungenen Treppe – »… steckt hier drin.« Er klopfte auf die Tasche auf seiner Wolljacke.

In der Tasche war der Brief von Cerinthes Ballettlehrerin, Tonea, die vor langer Zeit auf der königlichen Schule gewesen war. Jedes Jahr nach der Erntezeit und bevor die See im Winter stürmisch wurde, hielt die königliche Schule eine Aufnahmeprüfung ab. Jeder, der einen Brief wie Cerinthe hatte, konnte teilnehmen, aber nur wenige wurden angenommen und noch weniger bekamen später die Möglichkeit, im königlichen Ballettensemble mitzutanzen.

Erhöre mich, oh Meerjungfrau, betete Cerinthe zu der singenden Göttin, die auf den Wellen durch sämtliche Meere von Windward ritt, Verirrten den Weg wies und Kranke heilte. *Bitte lass mich an der königlichen Schule angenommen werden. Ich kann nicht nach Normost zurück. Nicht nach dem, was mit Mama geschehen ist.* Cerinthe fühlte einen Schmerz aufflammen und presste eine Hand gegen ihre Brust.

Schnell ging sie auf den Springbrunnen zu, der sich am

Fuße der Treppe befand. Wasser rann über eine Bronzeskulptur aus sieben Tänzerinnen, die in Arabesques verharrten. Obwohl ihr Mund vom Laufen trocken war, trank sie nicht, denn das Wasser im Becken sah trübe aus und Laub hatte sich darin gesammelt. Sie nestelte an ihrer Kapuze und hängte sich ihre Tasche so um, dass der größte Fleck auf ihrem Mantel verdeckt wurde.

»Nur Mut, Tochter!«, flüsterte ihr Vater, als sie die Marmorstufen hinaufstiegen. Die blaue Flagge von Königin Meergeboren und ihrem Prinzgemahl flatterte im Wind. Auf blauer Seide sahen zwei weiße Seepferdchen einander an und der blaue Grund zwischen ihnen hatte die Form eines Herzens. Über den Seepferdchen strahlte eine goldene Krone und unter ihnen war eine Schneckenmuschel zu sehen. Ihre Majestät war die Schirmherrin der Schule und die Ausbildung war kostenlos.

»Wo sind die anderen Bewerber?«, fragte Cerinthe und schaute zurück auf den leeren Hof. »Glaubst du, dass das Vortanzen schon vorbei ist? Sturm und Donner! Und wenn wir es jetzt verpasst haben? Was soll ich dann bloß tun …«

»Nun guck nicht gleich wie sieben Tage Regenwetter«, sagte ihr Vater. »Wir sind rechtzeitig da, du wirst schon sehen.«

Sie standen vor der zweiflügeligen Tür und nach kurzem Zögern klopfte Cerinthe zweimal. Ein älterer Mann mit Glatze, der einen silbernen Mantel mit roten Puffärmeln trug, öffnete.

»Sie wünschen?«, fragte er und hob seine buschigen, weißen Brauen.

»Ich bin Gaebron Luv von Normost«, sagte Cerinthes Vater und zog den Brief hervor. »Ich habe hier ein Empfehlungsschreiben für die Teilnahme meiner Tochter an der Aufnahmeprüfung. Sie ist die beste Tänzerin, die es gibt.«

»Das behaupten alle Eltern diesseits von Skooinos«, sagte der Portier. »Und es gibt nur zehn Plätze. Übrigens beginnt das Vortanzen erst in fünf Stunden.« Er musterte Cerinthe von oben bis unten. »Wenn sie älter als dreizehn ist, darf sie gar nicht erst teilnehmen. Ansonsten zeigen Sie den Brief am Dienstboteneingang noch einmal vor. Dort gehört ein nach Fisch stinkendes Lumpenpack wie ihr nämlich hin.« Mit diesen Worten schlug er ihnen die Tür vor der Nase zu.

Cerinthes Wangen glühten. Zorn und Stolz blitzte in den Augen ihres Vaters auf. Er war ein guter Segelmacher, gefragt auf allen vierundvierzig Inseln der nördlichen Provinz, und er war es gewohnt, dass man ihm Respekt entgegenbrachte. Seine Hand, in der er immer noch den Brief hielt, ballte sich zur Faust und hob sich zur Tür.

Cerinthe zog ihn am Arm.

»Nein«, rief sie, »bitte lass uns zum Hintereingang gehen. Mir ist es egal, was sie sagen, solange sie mich nur hier aufnehmen.«

»Aber mir nicht«, stieß er hervor. »Und dir sollte es auch nicht egal sein. Wo ist dein Stolz?«

»Mama«, sagte Cerinthe sanft, »Mama wollte es so, erinnerst du dich? Es war das Letzte, was sie sagte, bevor ich … bevor sie starb.«

Langsam ließ er seine Faust sinken. Seine braunen Augen blickten freundlicher und er seufzte.

Sie stiegen die Treppe wieder hinab. Die roten Linien, die sich durch den Marmor zogen, sahen wie Blutgefäße aus. Cerinthe vergrub ihre Hand mit den schmutzigen Nägeln tief in ihrer Manteltasche. Nur zehn Plätze! Sie hatte gewusst, dass es nicht viele waren – aber zehn! Da konnte sie ebenso gut gleich nach Hause fahren. Niemals würden die Lehrer sie auswählen; sie war ein zu einfaches Mädchen und außerdem zu dreckig und zu dick.

Tief unten in der Tasche – unter dem Messer, einer Muschelschale und einem Stück geknotetem Tau – fühlte sie das Amulett. Cerinthe zog ihre Hand zurück, als hätte sie sich die Finger verbrannt. Sie hatte es völlig vergessen. Es war ein Talisman, ein Stück Ton, in das das Symbol der Heiler eingeritzt war. Kurz vor dem Ablegen des Schiffes hatte Gwimma es Cerinthe in die Tasche gesteckt. »Tanzen ist etwas für Feste und mondsüchtige Liebespaare«, hatte Gwimma geschimpft. »Alles, was ich dir beigebracht habe, damit du die nächste Heilerin von Normost werden kannst, war umsonst. Selbstsüchtiges Ding!«

Ihr Vater blieb neben dem Springbrunnen stehen. »Ja, deine Mutter wollte, dass du hier ausgebildet wirst«, sagte er und strich sich über den Bart. »Sie wollte auch vieles andere, was ich nicht wollte: Bedienstete, mit der Oberschicht verkehren und bunte Tapeten an den Wänden. Willst du das wirklich auch? Möchtest du hier wirklich leben? So weit weg von mir und Gwimma? So weit weg von zu Hause?«

Cerinthe blickte auf die königliche Schule zurück, auf die prächtige Fassade und die große, abschreckende Tür, die man ihr vor der Nase zugeschlagen hatte. Plötzlich wollte sie zum Hafen, zum Schiff laufen und zurück nach Normost segeln. Sie wollte zu ihrem Strand und ihrem Dorf, wo sie jedes Lebewesen und jedes Fischerboot kannte und wo jeder wusste, wer sie war. Dann erinnerte sie sich daran, wie leer die Kate ohne ihre Mutter war, und es schnürte ihr die Kehle zu.

»Und?«, fragte ihr Vater.

»Du weißt, dass ich immer davon geträumt habe, Balletttänzerin zu werden.« Cerinthe öffnete ihre Hand, um Tropfen vom Springbrunnen aufzufangen, aber sie konnte das Wasser nicht erreichen. »Ich muss es versuchen. Wir sind extra von so weit her gekommen.«

»Dann auf zum Hintereingang«, sagte er und glättete den zerknitterten Brief. Er sah niedergeschlagen aus.

Cerinthes Kehle brannte. Sie fasste in die Tasche, nahm das Amulett und warf es in Richtung Springbrunnen. In hohem Bogen flog es durch die Luft und zersprang an einer der bronzenen Tänzerinnen. Die Scherben fielen ins trübe Wasser.

Dann rannte sie ihrem Vater nach und ging mit ihm zur Rückseite des Gebäudes, wo die vielen Erker einen Schatten warfen, der aussah wie eine ausgefranste, schwarze Narbe.

Schlichte Baumwolle

Daine Ambrose, der Ballettmeister, trat vor die Prüflinge im Kronensaal und verkündete: »Der zweite Teil des Vortanzens ist beendet.«

Cerinthe, noch erhitzt von ihren abschließenden Sprüngen, stand schwitzend in ihrem baumwollenen Ballettanzug zwischen den anderen. Bei jedem Atemzug knisterte der Zettel, der auf ihr Oberteil geheftet war. Jeder Bewerber trug ein solches Stück Papier, auf dem in fetten Buchstaben der jeweilige Name stand. Cerinthe sah lächelnd darauf hinab. Sie hatte gut getanzt, besser als die anderen, besonders ihre Sprünge waren gut gewesen. Ein Lachen stieg in ihr auf und sie wollte wieder anfangen zu springen, höher und höher, bis sie durch die Decke in den Himmel schnellen würde. Sie war sich ihrer Sache sicher.

Vorn auf dem Podium tauchte eine Frau eine Feder in Tinte und begann zu schreiben. Sie saß vor einem winzigen Tisch auf einem Stuhl mit hoher Lehne aus geschnitztem Holz. Die geschwungenen Beine des Stuhls endeten als Raubvogelkrallen, die zur Hälfte von ihrem langen, schwarzen Rock verdeckt wurden. Das war Daina Odonna, die Leiterin der königlichen Schule und des Ballettensembles.

Vom Kratzen der Feder abgesehen herrschte Stille im Saal. Cerinthe beobachtete, wie die Gänsefeder sich drehte, hob

und damit ihr Schicksal besiegelte. Schließlich trocknete die Daina die Tinte mit Löschpapier. Cerinthe und die anderen, die noch im Saal waren – mehr als zweihundert waren schon nach Hause geschickt worden –, seufzten vor Erleichterung. Die Daina streckte ihren Arm aus, der von einem schwarzen Ärmel umhüllt war, welcher am Handgelenk eng zusammenlief. Sie hatte ein Stück Pergament vor sich.
Cerinthe starrte auf das Papier. In ihr kämpften Hoffnung und Angst. Daine Ambrose nahm das Stück Pergament und wandte sich der Menge zu.
»Schön, dass ihr alle gekommen seid«, sagte er. »Wunderbar. Zu unserem Bedauern gibt es aber nur zehn Plätze und ihr seid noch fünfzig.« Er schüttelte den Kopf; sein graues Haar war genauso elastisch wie die Sprünge, die er demonstriert hatte. »Also müssen wir nochmals auswählen.«
Cerinthe machte eine Faust und kratzte mit den Fingernägeln über ihre Handfläche.
»Im dritten Durchgang«, fuhr der Daine fort, »möchten wir fünfzehn von euch tanzen sehen, bevor wir unsere endgültige Entscheidung treffen. Wenn ich euren Namen aufrufe, kommt bitte nach vorn. Wenn nicht, zieht euch um und geht direkt in den Kestrelsaal. Dort wird die endgültige Liste ausgehängt, und zwar in …« Er blickte zum Podium. Daina Odonna hob kurz einen Finger von der Lehne. Ihr weißes Haar war im Nacken zu einem Dutt geknotet, ihr Gesicht war faltenlos. Wie alt sie wohl sein mochte?
»In einer Stunde«, sagte Daine Ambrose. »Und jetzt zu den Namen. Die Erste ist – Leslea Day von Skye.« Ein kleines blondes Mädchen stieß einen spitzen Schrei aus und begab

sich hüpfend nach vorn. Cerinthe lächelte. Daine Ambrose rief sechs weitere Namen auf. Dann den achten. Den neunten.

Cerinthes Lächeln schwand. Sie bohrte ihre Finger fester in die Handflächen, schloss die Augen und betete: *Oh Meerjungfrau, bitte mach, dass er meinen Namen aufruft.*

»Jorad Bendour von den Stenden-Inseln«, verkündete Daine Ambrose als dreizehnten Namen. »Theadora Windalore von Faranor.« Er hielt inne. Nur noch ein einziger Name. Niemand atmete. Cerinthe beugte sich vor. *Bitte, bitte …*

»Und schließlich Cyril Deane von Trent. Das sind alle. Leider, leider. Aber vielen Dank und bitte, wartet auf jeden Fall im Kestrelsaal.«

Cerinthe konnte es nicht fassen. Sie hätte heulen mögen. Das musste ein Fehler sein! Ein schrecklicher Fehler! Obwohl sie gewusst hatte, dass die Chance nicht allzu groß war, hatte sie doch gehofft – besonders nachdem sie im Vergleich zu den anderen so gut getanzt hatte.

Ein dünner Junge mit lockigem Haar schluchzte auf. Damit war der Bann gebrochen und alle verließen den Saal. Sie konnten nichts mehr tun. Die fünfzehn Glücklichen, neun Mädchen und sechs Jungen, versammelten sich lächelnd um den Daine.

Warum? Warum? In Cerinthe brodelte es, als sie an ihnen vorbeiging. Sie hatte besser getanzt als Theadora Windalore, das wusste sie. Die Windalores gehörten vielleicht zur Oberschicht oder waren sogar adelig. Cerinthe riss sich den Zettel von der Brust und las: Cerinthe Luv von Normost. Ein schlichter, alter, ein einfältiger, einfacher Name. Viel-

leicht zog Daina Odonna, wie der Portier, die höheren Schichten vor.
Cerinthe blickte zum Podium und sah, wie die Daina sie mit ihren scharfen, schwarzen Augen beobachtete. Sie wurde steif, zerknüllte den Zettel und warf ihn zu Boden. Daina Odonna hob eine Augenbraue und strich dabei mit den Fingern über den blutroten Rubinanhänger, der auf ihrer Brust funkelte.
Cerinthe verachtete sie.
In der Garderobe eilten Frauen herbei, um den Mädchen aus den kostbaren Kostümen zu helfen. Eine Tänzerin, die in den Armen ihrer Mutter weinte, trug ein Kleid, das über und über mit schimmernden Perlmuttknöpfen bestickt war, die bei jedem Schluchzen erzitterten. Alle hatten jemanden, jede Einzelne, schien es, außer Cerinthe. Sie zog einen Spitzenschuh aus, drückte die Ferse ein und löste die Bänder von ihrem Unterschenkel.
»Ich probiere es nächstes Jahr noch mal«, sagte ein Mädchen in einem Kleid voller schillernder Federn. »Ich bin erst zehn.«
Cerinthe zog den anderen Schuh aus. Für sie würde es kein nächstes Jahr geben, sie würde zu alt sein.
»Das Vortanzen war nicht fair«, sagte ein stämmiges Mädchen, während sie sich aus einem goldenen Brokatrock schälte. »Die Kombinationen waren viel zu lang.«
Cerinthe hatte Probleme mit den Haken an ihrem Ballettanzug, der ihr eng und klein vorkam. Als sie den letzten aufgerissen hatte, glitt ihr der Anzug von den Schultern und lag als weißer Haufen Baumwolle zu ihren Füßen. Sie hätte ihn

am liebsten quer durch den Raum geschleudert. Dämliche schlichte Baumwolle! Warum hatte Tonea ihr nicht gesagt, dass man ein besonderes Kostüm tragen musste? Sie hatte in Baumwolle zwischen Mädchen getanzt, die wie Prinzessinnen in Satin, Seide und Spitze gekleidet waren.

Die Beschwerden und das Schluchzen wurden immer lauter. Cerinthe fühlte sich, als hätte sie einen der Steine verschluckt, die zu Hause an der Dolmarklippe im Meer lagen. Er lag ihr im Magen und zog sie in brodelnde schwarze Tiefen.

Nein! Sie würde nicht vor all diesen Mädchen weinen. Auf keinen Fall! Sie war Cerinthe Luv von Normost. Sie konnte fünf Meilen gegen den Tidenstrom rudern und Krabben direkt aus der Brandung fischen. Und sie konnte die Meerjungfrau singen hören. Cerinthe hob ihren Ballettanzug auf. Ihre Mutter hatte ihn genäht und dabei ihre Hoffnung in jeden Stich gelegt. »Du bist so schön, wenn du tanzt, Cerinthe«, hatte sie immer gesagt. »Wie ein Vogel im Wind.«

Cerinthe legte den Anzug zusammen und stopfte ihn in ihren Leinenbeutel. Jetzt musste sie zurück nach Normost, in die Kate, die ihr ohne ihre Mutter so leer vorkam. Cerinthes Hände fühlten sich steif an, als hätten sie zu lange bei eiskaltem Wind gearbeitet. Sie musterte sie finster: einfache, dumme Hände. Sie hatte alles falsch gemacht, alles.

Sie zog sich fertig an. Eine Frau neben ihr in einem zitronengelben Seidenkleid aus unendlich vielen Stoffbahnen musterte Cerinthes schmutzige Kleidung.

»Wie konnte deine Mutter dich so zur königlichen Schule Ihrer Majestät gehen lassen?«, tadelte die Frau und eine gelbe Rose auf ihrem Hut vibrierte.

»Weil sie tot ist!«, stieß Cerinthe hervor. »Und wie konnte Ihre Ihnen so schlechte Manieren beibringen?«
Die Frau rang nach Luft.
Mit Tränen in den Augen griff Cerinthe nach ihrem Mantel und ihrem Beutel und verließ die Garderobe. Ich werde nicht nach Normost zurückkehren, niemals, dachte sie. Ich werde Tänzerin. Ja, ich werde Balletttänzerin.
Sie musste einen Weg finden.

Elliana

Es war unfair! Ungerecht! Cerinthe lief den Korridor entlang zum Kestrelsaal. In ihr tobte es wie ein Sturm im Monat Orkanus. Ein bitteres Lachen blieb ihr im Halse stecken und wurde zu einem Schluchzen.

Keine der vielen Befürchtungen, die sie vor der Aufnahmeprüfung gehabt hatte – dass sie zu spät käme, dass sie schlecht tanzen oder die Anweisungen des Lehrers missverstehen würde – war eingetreten. Angst vor dem zu haben, was nun geschehen war, darauf wäre sie nie gekommen. Sie war darauf vorbereitet gewesen, abgelehnt zu werden, wenn andere besser tanzten, aber nicht, wenn sie besser war. Schätzte sie ihre Leistung falsch ein? Vergeblich rieb sie an einem Fleck auf ihrem Rock. Vielleicht war ihr Tanzen genauso armselig gewesen wie ihre Kleidung.

Sie blickte seufzend zu Boden und betrachtete den Teppich, an dessen Rändern sich Rosen in einer langen Linie den Korridor entlangrankten. Die geschnitzte Decke wölbte sich hoch über ihr; sie war kalkweiß und von unvorstellbarer königlicher Pracht. Wenn sie die Aufnahmeprüfung bestanden hätte, dann hätte sie hier leben dürfen. Niemals hätte sie sich vorstellen können, dass es irgendwo so viel Reichtum gab, dass es irgendwo so anders war als in den windschiefen Katen auf Normost.

Aber sie hatte nicht bestanden.

Wie konnte sie nur ihren Vater davon überzeugen, sie trotzdem hier bleiben zu lassen? »Ich kann dir nichts mehr beibringen«, hatte Tonea zu ihr gesagt. »Ich war nur wenige Jahre auf der königlichen Schule.« Hier auf Faranor musste es ehemalige Tänzer geben, die Bewerber auf die Aufnahmeprüfung vorbereiteten und die in weniger guten Balletttruppen tanzten, die durch Windward zogen. Cerinthe wusste, dass solche Lehrer teuer sein würden. Auf der abgelegenen Insel Normost hatte Tonea ihre einzige Schülerin gegen Naturalien unterrichtet, aber hier würden die Lehrer Geld verlangen. Abgesehen davon zweifelte Cerinthe daran, dass ihr Vater sie in dieser großen Stadt würde allein leben lassen.

Vom anderen Ende des Korridors kam ein Dienstmädchen in einem schwarzen Taftkleid und einer weißen Leinenschürze mit Spitze näher. Sie trug ein Silbertablett mit Tellern. Als sie Cerinthe sah, zwinkerte sie dreimal kurz und stolperte. Besteck und Porzellan klapperten, aber sie balancierte das Tablett wieder gerade und rauschte vorbei. Cerinthe sah ihr nach. Erstaunt stellte sie fest, dass dieses Dienstmädchen feinere Kleider trug als irgendjemand auf Normost selbst an Sonn- und Feiertagen.

Thordon würde ihr nie glauben, wenn sie ihm von alldem hier erzählte. Sie hatte Thordon von Tycliff auf der *Hoffnung des Morgens* kennen gelernt, dem Schiff, das sie nach Faranor gebracht hatte. Seine Augen waren so grau wie das Meer an einem bedeckten Tag. Er war der Sohn eines Fischers und hoffte eine Stelle als Lehrling auf einer der Werften von Faranor zu finden. »Ich habe Pläne, große Pläne!«, hatte Thordon gesagt. Er hatte ihr oft beim Training auf Deck zugesehen. Sie waren Freunde geworden – sie spürte, dass es vielleicht sogar mehr war, wenn sie daran dachte, wie er einmal ihre Hand gehalten hatte.

Cerinthe blickte mit glühenden Wangen auf den Teppich. Wie konnte sie ihm sagen, dass die Schule sie abgelehnt hatte? Wie konnte sie ihm unter die Augen treten? Ihm, ihrem Vater, Tonea und all den Menschen auf Normost, die an sie geglaubt hatten? Sie sah sie noch vor sich, wie sie sich im Hafen versammelt hatten, um ihr zum Abschied zu winken, und »Die Winde seien mit dir« riefen, als die *Hoffnung des Morgens* Segel setzte. Und wie Gwimma über die Geld- und Zeitverschwendung schimpfen würde. Cerinthe senkte den Kopf. Zumindest würde sie nie ihrer Mutter sagen müssen, dass ihr Wunsch nicht in Erfüllung gegangen war.

Links von Cerinthe ging ein weiterer Korridor ab, über dem ein Messingschild mit der Aufschrift *Galerie der Meister* angebracht war. Dort hingen Gemälde an der Wand – Gemälde von Tänzern! Cerinthe warf einen kurzen Blick nach links und rechts, ging dann hinein und schaute sich das erste Bild an: »Szene aus *Chrysalis*«. Tänzer in identischen, dunklen Kostümen knieten in einer Reihe. Eine Frau, ganz in einen Seidenschal geschlungen, reckte die Arme. Die Spitze eines Flügels ragte unter der Seide hervor.

Fünf Minuten vergingen, zehn Minuten, in denen Cerinthe zwischen den Gemälden und Skulpturen herumwandelte. Sie entdeckte Daina Marlina, die das Publikum zum Weinen gebracht hatte, und Daine Petrol, der sechs Fuß hoch gesprungen war. Tonea hatte Cerinthe alles über sie erzählt.

Kurz bevor der Korridor einen scharfen Knick machte, wurde Cerinthe bewusst, dass sie sich losreißen sollte; ihr Vater würde im Kestrelsaal warten. Warum hatte Daine Ambrose sie aufgefordert zu warten? Gab es doch noch eine Chance, dass einige der nicht genannten Bewerber auf der endgültigen Liste stehen würden? Wenn nicht, warum konnten sie dann nicht gehen? Diejenigen, die nach dem ersten Vortanzen abgelehnt worden waren, hatte er nicht gebeten zu bleiben.

Ein Funken Hoffnung glimmte in ihr auf. Cerinthe konzentrierte sich auf die Skulptur vor ihr – ein marmornes Abbild der Daina Kasakol, der größten Tänzerin in der Geschichte des Königreichs. Die Kasakol stand mit angewinkeltem Knie auf der Spitze ihres linken Fußes. Der Legende nach schaffte sie hundert Fouettés* ohne Unterbrechung.

Plötzlich hörte Cerinthe das Rascheln von Röcken. Von der anderen Seite des Korridors näherten sich Leute. Sobald sie um die Ecke bogen, würde sie gesehen werden.

»Hier sind wir allein, Mutter«, sagte eine hohe, gereizte Stimme. Es war kein Rascheln mehr zu hören. »Erzähl mir, was Daina Odonna geschrieben hat.«

»Das Übliche. Du zeigst keinen Einsatz, Elliana, und sie möchte mit mir über dein Verhalten reden. Ich habe diese Unterredungen satt. Ist dir eigentlich klar, dass ich dafür den Tee mit Lady Agard absagen musste? Und ihr Geld

* *Erläuterungen der Fachbegriffe befinden sich am Ende des Buches*

könnte den finanziellen Durchbruch für deinen Bruder bedeuten!«
»Aber hat die Daina dir nicht gesagt, dass ich die beste Tänzerin der Klasse bin?«
Cerinthe machte einen Schritt rückwärts, hielt aber inne, als der Fußboden knarrte.
»Ja, schon«, antwortete Ellianas Mutter, »aber du hast die Erwartungen, die man in dich gesetzt hat, nicht erfüllt. Eine große Tänzerin in einer Familie unseres Standes könnte von Vorteil sein, aber Durchschnitt ist für uns nicht akzeptabel.«
»Ich werde eine der ganz Großen werden.«
»Ich hätte mich niemals von dir einwickeln lassen sollen. Wenn du nicht besser wirst, Elliana, nehmen dein Vater und ich dich von der Schule.«
»Das könnt ihr nicht machen.«
»Und ob. Und damit nicht genug, wir werden dich irgendwo hinbringen, wo du uns nicht länger Ärger machst. In einen Tempel vielleicht … als Tempeltänzerin bist du für immer von der Außenwelt abgeschnitten. Sollen die Priesterinnen sich doch mit dir abgeben!« Sie holte tief Luft. »Oder noch besser, wir verloben dich mit Lord Mardlehop.«
»Der alte Fettwanst!«
»Elliana Nautilus! Der alte Fettwanst ist einer der reichsten Männer des Königreichs. Außerdem ist er einer der wenigen, die dich noch nehmen würden, nachdem deine Eskapaden mit den Straßentänzern durchgesickert sind.«
»Nein, bitte nicht. Ich verspreche härter zu trainieren. Aber nimm mich bitte nicht von der Schule. Ich kann ihn nicht heiraten. Dann hau ich lieber ab. Ich …«

»Schau, da kommen deine Freundinnen. Ich muss jetzt los, sonst komme ich zu spät zu meiner Verabredung. Und du tust, was ich dir gesagt habe, Elliana.«

Zu Cerinthes Erleichterung hörte sie, wie Ellianas Mutter den Korridor entlangeilte.

»Wir haben überall nach dir gesucht, Elliana«, sagte eine Mädchenstimme kurz darauf. Als sie Schritte näher kommen hörte, wich Cerinthe erneut zurück. Doch schon bogen drei Mädchen um die Ecke.

»He, du da!« Elliana, ein großes Mädchen mit langem, rot gelocktem Haar sah Cerinthe von oben herab an. »Was machst du da?«

»Ich habe nur«, stammelte Cerinthe, »ich habe mir nur die Bilder angesehen.«

Elliana schritt auf sie zu, ihre Haltung war so gerade, als würde sie einen halb vollen Wasserkrug auf dem Kopf balancieren.

»Wie lange bist du schon hier?«, fragte sie und ihre grünen Augen funkelten wütend.

»Noch nicht lange.« Verlegen wandte Cerinthe sich ab.

»Du hast hier rumgeschnüffelt«, sagte Elliana. »Eine schäbige Schnüfflerin bist du.«

Die anderen Mädchen kicherten. Sie trugen königsblaue Kleider mit perlenbestickten Spitzen am Saum der Ärmel und an den Unterröcken. Ihre Haare wurden von Diademen aus der Stirn gehalten, die ebenfalls mit Perlen besetzt waren. Die Mädchen waren vielleicht ein Jahr älter als Cerinthe.

»Seht nur, wie die glotzt«, sagte ein Mädchen mit geröteten Wangen.

»Kein Wunder, Jasel«, sagte Elliana. »Sie ist eine aus einfachen Verhältnissen. Was willst du da erwarten?«
Cerinthe kochte innerlich.
»Hast du was kaputtgemacht?«, fragte Elliana. »Oder angefasst? Ich hoffe, du hast die Skulptur hier nicht schmutzig gemacht.« Sie zeigte auf Kasakols angewinkeltes Marmorknie.
»Vielleicht sollten wir mal unter ihrem Mantel nachsehen«, sagte das dritte Mädchen, das Grübchen hatte. »Höchstwahrscheinlich hat sie etwas gestohlen.«
»Habe ich nicht!«, rief Cerinthe.
»Hau ab, los!« Elliana streckte ihre weiße Hand aus. Ihre Fingernägel waren mit einem blassen, glänzenden Rosa bemalt, das an kleine Muscheln erinnerte. »Du siehst aus wie eine Magd – und die gehören unten in den Keller. Obwohl ich meine Zweifel habe, dass sie dich dort einstellen.« Sie schnüffelte geziert und starrte auf den größten Teerfleck auf Cerinthes Mantel.
»Ich bin zum Vortanzen hier«, erwiderte Cerinthe ärgerlich. Sie wusste, dass sie sowohl nach Schweiß als auch nach Fisch roch. In der Garderobe hatte es keine Waschmöglichkeit gegeben.
»Du?!«, rief Elliana. »Du? Eine Balletttänzerin! Mit solchen Händen und Füßen? Lächerlich! Da hat ja mein Bruder Mareck kleinere Hände als du und der ist mehr als sechs Fuß groß.«
Die Mädchen kicherten.
Cerinthe ballte ihre Hände zu Fäusten; sie waren in der Tat groß.

»Davon abgesehen«, sagte das Mädchen mit den Grübchen, »bist du viel zu stämmig für eine Tänzerin.«

»Und dein Haar«, fügte Jasel hinzu, »so ein hässliches Gelbbraun, wie ein Straßenköter. Du hast einfach keine Ausstrahlung auf der Bühne, tut mir Leid, meine Liebe, würde Daina Odonna sagen.«

Sie kicherten wieder.

Cerinthe öffnete den Mund, sagte aber nichts. Sie wandte sich ab und ging weg.

»Wo willst du hin?«, rief Elliana ihr nach. »Du kannst hier nicht einfach überall rumlaufen.«

Cerinthe drehte sich um. »Ich gehe in den Kestrelsaal, obwohl dich das gar nichts angeht. Daine Ambrose hat gesagt, wir sollen dort auf die endgültige Liste warten.«

Elliana lächelte. Mit ihren grünen Augen und dem roten Haar sah sie wie eine Meereselfe aus. »Das würde ich lieber lassen.«

»Warum?«

»Weil du ausgeschieden bist. Nur wer es bis zum dritten Teil geschafft hat, steht auf der endgültigen Liste.«

Cerinthe verschränkte die Arme. »Aber warum hat Daine Ambrose uns dann gebeten zu warten?«

»Damit Publikum da ist, das den Siegern applaudiert, natürlich«, erklärte Elliana und strich ihren blauen Rock glatt. »Glaub mir, es ist wunderbar – der Beifall, das Lob. Wir können uns noch gut daran erinnern, stimmt's, Mädels?«

Die Mädchen nickten.

Cerinthe schluckte. Der Hoffnungsschimmer, der kurz aufgeflackert war, verschwand wieder.

»Es tut mir ja fürchterlich Leid«, sagte Elliana mit zuckersüßer Stimme, »aber du warst wohl einfach nicht gut genug. Wir nehmen hier nämlich nur die mit Talent. Na ja, vielleicht stellen sie dich ja ein, um unsere Fußböden zu schrubben oder unsere …«, sie räusperte sich, »… Nachttöpfe sauber zu machen.« Ihr Lächeln verschwand. Ihre Augenfarbe wechselte von Meergrün zu Meerblau mit weißen Tupfern – eine Eigenschaft, von der es hieß, sie sei ein Zeichen der Gunst der Meerjungfrau. »Noch einmal, damit du es kapierst«, sagte sie mit harter Stimme. »Keiner will dich. Du bist nicht gut genug.«

»Verdammt noch mal!«, fluchte Cerinthe. »Du bist das gemeinste, ungehörigste Mädchen, dem ich je begegnet bin!« Dann rannte sie davon.

Der alte Skolla

Spät am Abend weinte Cerinthe unter der Decke in einem fremden Bett im Gasthaus *Seepferdchen*. Seit sie ihren Vater im Kestrelsaal getroffen hatte, musste sie immer wieder weinen. Sie hatten die Schule sofort verlassen. Cerinthe drückte das Kopfkissen gegen ihr Gesicht. Wie sollte sie nur ihren Traum vom Tanzen aufgeben? Und noch viel schlimmer, wie konnte sie nach Normost zurückkehren? Ihre Gedanken wirbelten wie Treibgut in den Wellen, bis sie schließlich völlig erschöpft einschlief.

Am nächsten Nachmittag war sie noch immer müde und ihre Augen brannten, als sie mit Thordon die geschäftige Hafenstraße entlang der Majestätsbucht hinunterging.

»Diese alten Daines und Dainas müssen Sand in den Augen haben«, sagte Thordon und zog sich seine braune wollene Kappe tiefer ins Gesicht. »Klouds Donner noch mal! Ich habe dir beim Training zugesehen und ich finde, du bist eine sehr gute Tänzerin.« Er hielt inne. »Ich wette, dein Vater war außer sich.«

»Nein, er war erleichtert«, antwortete Cerinthe. Sie blickte einem Schiff nach, einer Pinasse mit zwei Masten, die gerade aus dem Hafen segelte und Faranor verließ. »Ich freue mich sehr, dass die Schiffbauer dich genommen haben«, brachte sie über die Lippen.

Thordon zuckte mit den Schultern, aber seine Wangen glühten. »Ach, das hatte nichts mit mir zu tun. Meister Andal und mein Vater sind zusammen aufgewachsen.« Er lehnte sich gegen die Kaimauer; zehn Fuß unter ihnen schlug das Wasser gegen das steinerne Fundament. »Endlich«, sagte er und sah auf die Bucht, »endlich ein Ort, wo es genug Schiffe gibt!«
Cerinthe blickte ebenfalls hinaus. In der Majestätsbucht wimmelte es von Schiffen; großen und kleinen, Fregatten, Barken und Booten aus Weidengeflecht, Booten, die aus dem Hafen gerudert wurden, und Schiffen, die ihre Segel für Reisen zu jeder vorstellbaren Insel des Königreichs setzten. Sie zählte fünfzehn Schoner, die hinter dem Wellenbrecher vor Anker lagen. An zwölf großen Piers beluden oder löschten Hafenarbeiter riesige Mengen von Frachtgut.
»Normost hat nur einen einzigen Pier«, sagte sie, »und einen Kai.« Ein südlicher Wind blies vom Land her, ein milder Wind, ganz anders als die scharfen Nordwestwinde auf Normost. Er roch würzig und nach Eiche.
»Und was macht ihr jetzt?«, fragte Thordon.
»Wir segeln morgen mit der Abendtide zurück.« Über ihnen kreischten und krakeelten die Möwen am blauen Himmel. Cerinthe blickte auf die schimmernden Türme von Faranor, dann in Thordons Gesicht mit dem leichten Flaum über den Lippen.
»Ich möchte, dass du bleibst«, sagte Thordon.
Cerinthe lächelte.
»Ich habe mit Meister Andal gesprochen«, fuhr er fort. »Sag deinem Vater, er soll sich eine Arbeit auf den Werften hier suchen. Die brauchen Segelmacher.«

»Das soll ich ihm sagen?«, fragte sie langsam. »Du kennst meinen Vater nicht. Er würde niemals in einer anderen Werkstatt als seiner eigenen arbeiten – und er hasst Faranor.«

»Dann überzeug ihn. Für dich würde er es tun.«

»Das kann ich nicht von ihm verlangen.«

Thordon blickte finster drein. Im Profil sah sein Kinn noch kantiger aus. »Na gut, wenn du dich nicht traust, mach ich es.«

»Nein!«, erwiderte sie erschrocken.

»Dann solltest du dir eine Arbeit suchen. Ich besorg dir was – Fische ausnehmen oder Netze flicken.«

»Aber Ballettstunden sind teuer. Von so einer Arbeit könnte ich kaum leben, geschweige denn Unterricht nehmen.«

Thordon rammte seinen Stiefel auf die Steine und zertrat dabei ein Gänseblümchen.

»Du setzt nicht gerade viel daran, hier zu bleiben«, stellte er fest.

Cerinthe zog die Schultern hoch. Das Wasser schien jetzt mit mehr Wucht gegen die Kaimauer zu schlagen. Ein Matrose und eine schwangere Frau gingen vorbei. Der Mann redete ununterbrochen auf sie ein; die Frau nickte, sagte aber nichts.

»Ich wollte dich nicht …«, setzte Thordon erneut an. »Ich hatte gehofft, du würdest auf Faranor bleiben. Und dass wir uns ab und zu sehen könnten.«

»Schon in Ordnung.« Cerinthe versuchte zu lächeln. »Ich weiß schon, wie du es gemeint hast.«

Sie schwiegen.

»Ich muss zurück zur Abendschicht«, sagte Thordon schließlich. »Ich hoffe, dass du mir oft schreiben wirst. Schick die Briefe zu Meister Andal.«

»Das werde ich. Die Winde seien mit dir.«
»Und mit dir.« Thordon nahm die Hände aus den Taschen. Er sah Cerinthe an und steckte sie wieder zurück. Dann drehte er sich um und wurde rasch von der Menge verschluckt.
Cerinthe überlegte, ob sie ins Gasthaus zurückgehen sollte, aber ihr fiel ein, dass ihr Vater noch unterwegs war, um neues Werkzeug und Segeltuch zu kaufen. Außerdem müsste sie sicher wieder weinen, wenn sie im *Seepferdchen* wartete, und das würde ihr bestimmt nicht helfen. So ging sie die Hafenstraße hinunter und war entschlossener denn je, eine Möglichkeit zu finden, um auf Faranor zu bleiben und Tänzerin zu werden.
Nach drei Häuserblocks gelangte sie ins Marktviertel, wo Stände und Straßenkünstler sich entlang der dem Land zugewandten Straßenseite angesiedelt hatten. Alles wurde hier zum Verkauf angeboten: von kreischenden Hühnern bis zu Sextanten für die Navigation. Die vornehmeren Händler, die aus dem gesamten Königreich importierte Waren verkauften, besaßen Geschäfte mit riesigen Schaufenstern.
Cerinthe sah einem Jongleur zu, der Bälle in die Luft warf, und einem Mimen, der Passanten imitierte. Überall tollten dünne, verlumpte Kinder herum, die aussahen, als würde sich niemand um sie kümmern. An jeder Ecke spielten Musiker Laute oder Harfe oder die dröhnende Doppeltrommel. Cerinthe blieb bei einer Wandertanztruppe stehen und fragte sich, ob sie wohl auch davon leben könnte, dass sie tanzte und die Leute ihr dafür Münzen in den Hut warfen. Dann könnte sie vielleicht auf Faranor bleiben und weiter Ballettunterricht nehmen. Aber die Frauen wirbelten wie unge-

übte Kinder herum und ihre Kostüme, mit tiefem Ausschnitt und kurzem Rock, trieben ihr die Röte ins Gesicht. Cerinthe wandte sich ab und stieß mit einem Mann in grün gestreiftem Kittel zusammen, der einen Strauß Windräder an langen Stielen in der Hand hielt.
»Kaufen oder Platz machen!«, drohte er.
»Tut mir Leid«, sagte Cerinthe, die von dem rotierenden Gold und Silber ganz benommen war. Sie beschloss einen der fünf Muschelgroschen, die ihr Vater ihr gegeben hatte, auszugeben und lief dem Mann hinterher.
Ihre Finger berührten gerade seinen Ärmel, als sie jemanden singen hörte. Sie blieb stehen. Die Frauenstimme war so tief und voll, so dunkel und klar, dass Cerinthe einen Moment lang glaubte die Meerjungfrau zu hören. Sie blickte um sich, aber sie konnte keine Straßensängerin entdecken, dennoch drang das uralte Lied über die Entstehung Windwards durch ihren Mantel, ihre Haut und Knochen direkt in ihr Herz:

Am Anfang war das Meer.
Nur Nemaree, die Göttin, gab es vorher.
Leise sang sie eine Melodie.
Aus dem Rauschen erwuchs der Wind,
Aus dem Wind erwuchs das Licht.

Wo das Licht das weite Meer durchschien,
Ein wundersames neues Lied entstand.
Die Lieder stiegen aus der See
Und jedes Lied zu einer Insel wuchs,
Zum Archipel, dem Inselmeer.

Nemaree nahm Kloud, den Gott des Himmels,
zu ihrem Mann in Liebe an.
Es ward die Meerjungfrau aus Schaum geboren.
Sie singt, in ihrer Muschel segelnd,
Weit draußen, wo das Meer den Himmel trifft.

Seefahrer ruft sie vom Meer nach Haus
Und Herzen zur Vernunft.
Sie ruft die Sterbenden zum Schwarzen Schiff,
Das schwarze Segel stolz gesetzt …

Cerinthe hielt sich die Ohren zu. Sie drehte sich um und rannte dem Windradverkäufer hinterher, der schon weit entfernt war. Einen Häuserblock weiter sah sie ein Windrad funkeln. Sie versuchte sich zu ihm durchzuschlängeln, aber die Menschenmenge war zu dicht. Nach einer Weile gab sie auf.

Cerinthe kämpfte mit den Tränen und ließ sich gegen die Kaimauer fallen. Sie versuchte das Lied aus dem Kopf zu verdrängen. In der Ferne erstreckte sich der Horizont ins Endlose, genau wie ihr zukünftiges Leben sich düster vor ihr auszustrecken schien. Ach, warum hatte die königliche Schule sie nicht angenommen? Sie wäre am liebsten quer durch die Stadt gelaufen, um an die zweiflügelige Tür zu hämmern und dem Portier zu befehlen, er solle sie einlassen. Sie blickte sich um und stellte fest, dass sie das andere Ende des Marktviertels erreicht hatte, den äußersten Südzipfel des Hafens, wo die vergoldeten Vergnügungsschiffe der Adeligen festgemacht waren. Ein steiler Felsen erhob sich über die Stadt, der bis ins Wasser hineinragte und wie eine riesige Galionsfigur vor der Bucht thronte. Rechts von Cerinthe saß ein Mann in einem langen, braunen Gewand und beobachtete sie. Cerinthe sah ihn ebenfalls an; er hatte etwas Sympathisches an sich. Mit gespreizten Knien hockte er auf einem Schemel, die Füße standen dicht nebeneinander, was seine Unterschenkel wie mit Stoff umwickelte Flügel aussehen ließ. In einer seiner faltigen, braunen Hände hielt er ein Stück Holz, in der anderen ein Messer.

»Guten Tag, Mädchen mit den traurigen Augen«, sagte er ernst.

»Hallo.« Cerinthe trat näher und blickte auf die Schnitzereien auf dem verschlissenen blauen Teppichstück vor seinen Füßen. Da lagen springende Delfine, einige mit Kronen; Vögel und Schmetterlinge mit fantastisch geschwungenen Flügeln; Leuchttürme auf Klippen und ein Dutzend verschiedene Schiffe, deren Holzsegel sich im Wind zu wölben schienen.

»Ich habe mindestens noch mal so viele in dem Weidenkorb hier«, sagte der Mann. »Aber weißt du, wenn ich die Katzen neben die Vögel stelle, werden die wilder als Matrosen auf Landgang.«

Cerinthe sah ihn wieder an. Seine Falkenaugen blitzten auf, aber sein Mund lächelte nicht. Sein Gesicht war so uneben und braun wie eine geröstete Walnuss. Er trug einen roten Wollschal um den Kopf, dessen Enden ihm über die Schultern hingen.

»Aber du willst weder Katzen noch Delfine«, fuhr er fort, »stimmt's, Mädchen?«

»Ja. Was ich will, haben Sie ganz bestimmt nicht in Ihrem Korb«, antwortete Cerinthe.
»Aha, was ist es denn?« Er streckte sich. »Ich wäre mir da nicht so sicher. Erzähl dem alten Skolla, was du willst, und vielleicht versteckt es sich ja doch in meinem Korb.«
Cerinthe seufzte. »Ich will auf die königliche Ballettschule, aber die wollen mich nicht.«
»Ach, sieh mal einer an. Dann bist du eine kleine Daina und nicht die Traurige.«
»Ich war nicht gut genug«, sagte sie. »Und es gab nur zehn Plätze. Ich habe immer davon geträumt, dort ausgebildet zu werden.«
»Du kommst aus der nördlichen Provinz.«
»Woher wissen Sie das?«
Er lächelte. »Ich bin in jeden Winkel des Königreichs gesegelt, kleine Daina. Ich erkenne den Dialekt des Nordens sofort, wenn ich ihn höre. Von welcher der nebelverschleierten Inseln bist du denn genau?«
»Normost. Und ich will nicht dorthin zurück, aber ich fürchte, ich habe keine Wahl.« Sie stellte sich Gwimma vor, wie sie auf dem Pier wartete. Gwimma, die immer nach Kamille aus der Kräuterkammer roch. Cerinthe durchfuhr ein Schauder. Nie wieder wollte sie eine Heilerin sein – wie sehr Gwimma sie auch schelten würde.
»Ah, Normost.« Der Alte schälte ein kleines Stück Holz ab. »Dann bist du die scharfen Nordwestwinde gewohnt, die die Inseln da oben heimsuchen, stimmt's?«
»Ja.«
Er beugte sich zu ihr vor. Seine Augen waren schwarz mit

leuchtenden Sprenkeln, wie Schaumkronen im Mondlicht.
»Und versteckst du dich unter dem Kopfkissen, wenn es stürmt?«
»Nein! Ich liebe Stürme.«
Er lächelte und lehnte sich zurück. »Der alte Skolla segelte einmal siebzehn Tage in den Fängen des Nordwestwindes und versuchte die Insel Borden zu erreichen. Aber der Wind blies und blies ohne Unterlass, wie eine alte Frau ihre Suppe rührt.« Er krümmte seine Hände. »Also änderte ich meinen Plan. Acht Nächte lang suchte ich im Lee von verschiedenen Inseln Schutz und wartete.«
»Und dann?«
»Ich habe meinen Hafen erreicht. Manchmal musst du dich ein wenig abseits des Weges durchkämpfen, um dort hinzukommen, wo du hinwillst. Wenn du zu hart am Wind segelst, wird das Segel angeluvt und du bleibst stehen, kleine Daina. Du musst genau die richtige Segelstellung erwischen, um vorwärts zu kommen.«
Obgleich seine Worte sie beeindruckten, wusste sie nicht, was sie damit anfangen sollte. Sie blieb noch ein wenig, bevor sie sich verabschiedete und sich auf den Weg zurück ins Gasthaus machte. In düstere Gedanken versunken nahm sie eine falsche Abzweigung und landete in der Straße, die zum Hintereingang des *Seepferdchen* führte.
Türen quietschten. Zwei Frauen traten aus dem Gasthaus ins Freie. Eine von ihnen hatte einen Besen in der Hand.
»Stell dir vor, Mara, wir besprühen die Betttücher jetzt mit Lavendel.«
Die andere Frau lachte. Sie hatte ein orangefarbenes Tuch

auf dem Kopf und trug einen Korb Schmutzwäsche auf der Hüfte.

»Übernachtet morgen die Königin höchstpersönlich bei dir, Tessa? Kommt sie aus ihrem Palast herab, um mit Heringen und Austern zu schlafen? Vielleicht will sie dich ja einstellen?«

»Wen – mich?«, rief Tessa. »Dienstmagd bei Ihrer Majestät? Hör auf!« Tessa schwang den Besen. Sie entfernten sich lachend.

Cerinthe sah ihnen nach. Bei mehr als zweihundert Schülern auf der königlichen Schule, ganz zu schweigen von den Lehrern und Angestellten, brauchte man eine ganze Armee von Bediensteten. Das war die Lösung! Sie würde in der Schule als Hausangestellte anfangen und dann einen Weg finden, um Unterricht zu nehmen.

Aber ihr Vater würde das nie erlauben. Und würde sie es ertragen können, dort, wo sie eigentlich hatte tanzen lernen wollen, zum Dienstpersonal zu gehören?

»Du setzt nicht gerade viel daran, hier zu bleiben«, hatte Thordon gesagt.

Die Türme der Stadt leuchteten gold und rosafarben in der untergehenden Sonne. Tausende von Fenstern reflektierten das Licht und glitzerten wie Diamanten. In diesem Moment wusste Cerinthe, dass sie alles aushalten, alles tun würde, um auf Faranor zu bleiben und Tänzerin zu werden.

Wieder die Hintertür

Cerinthe hatte die Hand schon gehoben, um gegen die Hintertür der königlichen Schule zu klopfen, doch im letzten Moment berührten ihre Knöchel geräuschlos das dicke Eichenholz. War es wirklich erst zwei Tage her, seit sie durch genau diese Tür zur Aufnahmeprüfung gegangen war? Dieses Mal, der Meerjungfrau sei Dank, trug sie saubere, frisch gebügelte Kleider und stank nicht nach Fisch. Und dieses Mal war sie allein. Ihrem Vater hatte sie am frühen Morgen einen Zettel geschrieben, auf dem stand, dass sie eine Arbeit gefunden hatte und nicht nach Normost zurückkehren würde.

Sie atmete einmal tief durch, dann griff sie nach dem Klöppel der Messingglocke und schwang ihn, eins, zwei, drei Mal. So. Jetzt gab es kein Zurück mehr. Sie hatte einen bitteren Geschmack im Mund. Und wenn hier jemand öffnete, der genauso unfreundlich war wie der Portier am vorderen Eingang?

Der Riegel wurde zur Seite geschoben. Ein Mädchen in schwarzem Kleid mit weißer Schürze, nur wenig älter als Cerinthe, öffnete die Tür.

»Ja, bitte?«, fragte sie.

»Ich würde bitte gern mit der Hauswirtschaftsleiterin sprechen. Ich suche nämlich Arbeit.«

Das Mädchen musterte Cerinthe kurz. »Na ja, in der Waschküche wird jemand gebraucht«, sagte sie. »Es ist allerdings eine fürchterlich schwere Arbeit. Ich würde das nicht machen wollen.« Sie hatte ein schmales Gesicht. Drei braune Locken kringelten sich unter ihrer gestärkten Haube hervor.
»Harte Arbeit hat mich bis jetzt nicht umgebracht«, erwiderte Cerinthe.
Das Mädchen lächelte und ihr schmales Gesicht nahm plötzlich einen völlig anderen Ausdruck an; auf einmal strahlte sie wie der Sonnenschein. »Warum kommst du dann nicht einfach rein?«
Cerinthe trat über die Schwelle. Jetzt war sie wieder in der Schule. Das war immerhin ein Anfang.
»Ich bin Tayla«, stellte sich das Mädchen vor. »Ich bringe dich zu Mistress Blythe. Sie ist die Assistentin der Hauswirtschaftsleiterin und sehr viel netter als die. Wenn sie dich mag, legt sie bei Mistress Odue bestimmt ein gutes Wort für dich ein.«
»Arbeitest du schon lange hier?«, fragte Cerinthe und folgte Tayla durch einen Korridor.
»Oh ja«, antwortete Tayla, »schon ewig. Angefangen habe ich in der Spülküche – bei unzähligen Töpfen! – und mich dann hochgearbeitet. Es ist nicht schlecht hier. Der Lohn ist fair, das Essen ist einfach, aber sättigend, und sie lassen uns nicht zu schwer arbeiten. Das duldet die Königin nicht«, fügte Tayla anerkennend hinzu. »Dies ist eine königliche Einrichtung, musst du wissen.«
Cerinthe lächelte. Sie hoffte, dass alle Hausangestellten hier so freundlich waren. »Vermisst du deine Familie?«

»Kein bisschen«, antwortete Tayla. »Ich habe niemanden, den ich vermissen könnte.«

Sie bogen in einen zweiten Korridor und gingen auf dieselbe Treppe zu, die Cerinthe am Tag der Aufnahmeprüfung emporgestiegen war. Aber anstatt in die zweite Etage hinaufzugehen stiegen sie in den Keller hinab. Dort sah alles schlicht und einfach aus, aber es roch sauber und der Putz an den Wänden wirkte frisch.

Irgendwo in den sieben darüber liegenden Stockwerken trainierten die Mädchen, um Tänzerinnen zu werden. Cerinthe wünschte sich nichts sehnlicher als dabei zu sein.

»Siehst du jemals einige der kleinen Dainas?«, fragte sie Tayla.

»Oh ja, ich kümmere mich um die Zimmer der Perlen«, erwiderte Tayla stolz.

»Perlen?«

»Die Tanzklassen der kleinen Dainas sind nach Edelsteinen benannt.«

Tayla hielt ihre Finger hoch. »Die ganz Kleinen, von neun bis dreizehn, sind die Achis – eigentlich Achate, aber alle nennen sie Achis. Dann kommen die Perlen – die sind so ungefähr vierzehn und fünfzehn. Danach kommen die Smaragde oder Smars. Dann die Rubine. Und die ältesten Mädchen, die auf dem Sprung ins königliche Ballettensemble sind«, ihre Stimme wurde ehrfurchtsvoll, »das sind die Diamanten.«

Tayla blieb stehen. »Das ist der Raum für das Dienstpersonal.« Sie stieß eine Schwingtür auf und steckte ihren Kopf hinein. »Mistress Blythe?«

»Ja, Tayla?«
»Hier ist ein Mädchen, ein nettes Mädchen, das Arbeit sucht. Mir fiel ein, dass jemand für die Waschküche gesucht wird.«
»Bring sie doch bitte rein.«
Tayla flüsterte Cerinthe zu: »Die Winde seien mit dir!«
»Danke«, wisperte Cerinthe und trat ein.
Bunt zusammengewürfelte, abgenutzte, aber gemütlich aussehende Möbel füllten den Raum: niedrige, lackierte Tische mit abgestoßenen Ecken, vier Sofas – kariert, geblümt, gestreift und einfarbig, zwei Korbschaukelstühle, eine ausgediente Lampe. Aus einem roten Samtsessel quoll an einer Stelle die Füllung heraus. Mistress Blythe saß an einem runden Eichentisch nahe am Ofen und hatte ein Leinentuch in der Hand.
»Sie haben wieder das Stärken vergessen«, stellte sie fest. »Ich weiß nicht, wie oft ich es ihnen schon gesagt habe.« Ihr blaues Kleid, das über ihrem molligen Körper spannte wie die Haut einer reifen Pflaume, hatte einen weichen, weißen Kragen mit Spitzenkante. Ein kleiner Junge mit verheultem Gesicht saß neben ihr.
»Es tut so weh!«, rief er und hielt einen mit Stoff umwickelten Finger in die Höhe. »Ich habe mich verbrannt«, erklärte er Cerinthe.
»Armer Dobbie«, sagte Mistress Blythe. »Wie oft hat der Koch dich ermahnt vom Herd wegzubleiben? Aber es wird bald besser, wenn du den Verband umbehältst.« Sie wandte sich Cerinthe zu. »Wie heißt du denn, meine Liebe?«
»Ich bin … Celinda.« Sie hatte beschlossen ihren Namen zu ändern; ihr eigener war ungewöhnlich und es konnte sich

jemand daran erinnern, dass eine Cerinthe beim Vortanzen gewesen war.

»Du bist aber nicht von Faranor, oder?«

»Nein, ich bin gerade angekommen, ich stamme aus der nördlichen Provinz.«

»Um Meeres willen«, rief Mistress Blythe bestürzt, »bist du nicht ein bisschen jung, um allein zu reisen?«

»Ich bin dreizehn«, erwiderte Cerinthe.

»Kann ich ihn jetzt nicht abnehmen?«, jammerte Dobbie, der unruhig auf seinem Stuhl herumrutschte. »Bitte. Es tut so weh.«

»Nein«, entschied Mistress Blythe, »du musst den ausgelassenen Speck mindestens eine Stunde einwirken lassen. Es ist eine sehr schlimme Verbrennung.«

Cerinthe zuckte zusammen. Von Gwimma hatte sie gelernt, dass ausgelassener Speck bei Verbrennungen äußerst schädlich war; dadurch begann die Wunde häufig zu faulen. Sie öffnete den Mund und wollte schon sagen: »Halten Sie seinen Finger unter kaltes Wasser und behandeln Sie ihn dann mit einem Sud von Schwarzwurz, den sie auf eine Kompresse auftragen«, aber sie brachte kein Wort heraus.

Mistress Blythe wandte sich wieder Cerinthe zu. »Hast du irgendwelche Zeugnisse, Celinda?«

»Zeugnisse?« Daran hatte sie gar nicht gedacht. »Nein, habe ich nicht.«

»Hast du jemals zuvor als Magd gearbeitet?«

»Nein, aber ich lerne schnell. Ich arbeite hart und bin ziemlich zäh.«

Mistress Blythe lächelte. »Nun gut, was weißt du?«

»Meinen Sie über das Stärken von Tischtüchern und solche Dinge?«

»Erzähl mir einfach, was du weißt, Celinda.«

Dobbie schniefte.

Cerinthe blickte wieder auf seinen Finger. Wie konnte sie ihn dieser falschen, möglicherweise schädlichen Behandlung aussetzen? Aber was wusste sie schon wirklich über das Heilen? Sie war sich bei nichts mehr sicher, seit … außerdem wollte sie keine Heilerin mehr sein.

Mistress Blythe räusperte sich.

»Ich kenne mich mit Kräutern aus«, begann Cerinthe. »Ich weiß, wie man sie findet und anbaut, wann man sie erntet und wie man sie anwendet beim – Kochen. Ich kann eine gute gerade Naht nähen. Und ich kann lesen und schreiben.«

Mistress Blythe legte das Leinentuch drei Mal zusammen ohne etwas zu sagen.

»Ich kann Marmelade und Gelee machen«, fuhr Cerinthe schnell fort. »Und ich weiß, wie man Holz aufbereitet.« Die Waschküche; sie brauchten jemanden für die Waschküche. »Ich weiß, wie man Regenwasser in einem Fass sammelt und das Bettzeug darin wäscht. Ich trockne es in der Sonne, bügele es, bis es weich ist, und mache ein Bett damit zurecht, das frisch und süß riecht, so dass man gut darin schlafen kann.«

Cerinthe dachte an ihr eigenes Bett, an ihr Zuhause, an Normost. »Ich kenne mich mit den Gezeiten aus«, redete sie weiter. »Ich kann fünf Meilen rudern, bis mir die Arme wehtun. Ich weiß, wo sich die Krebse in den Felsen verstecken und wie man Muscheln aus dem Sand ausgräbt. Und ich erkenne den Klang der Stimme der Meerjungfrau aus Wind und Wasser heraus.«

Mistress Blythe hörte mit dem Wäschefalten auf und ließ das Tuch aus den Händen gleiten. Aus glasigen blauen Augen sah sie Cerinthe an. Sie wirkten ebenso müde wie die ihres Vaters, wenn er den ganzen Tag Segel genäht hatte.

»Ich weiß, wie man eine beruhigende Tasse Salban-Tee macht«, fügte Cerinthe hinzu. »Das ist gut für müde Augen. Ich gebe Honig dazu und Zitrone und ...« Cerinthe hielt inne. Plötzlich fühlte sie sich schuldig, als sie daran dachte, wie verzweifelt und wütend ihr Vater sein würde, wenn er ihre Nachricht fand.

»Du scheinst dich ja mit vielem gut auszukennen, Celinda«, sagte Mistress Blythe lächelnd. Sie sah jetzt weniger müde aus. »So weit, so gut, ich werde dich jetzt zu Mistress Odue bringen. Sie trifft die endgültige Entscheidung.«

Nachdem sie Dobbie mit einem Teller Kekse in die Küche gelockt hatte, führte Mistress Blythe Cerinthe in den Hauptkorridor hinauf. Ihre Stiefel sanken in den dicken, königsblauen Läufer ein. Sie wartete auf dem Gang vor Mistress Odues Zimmer, während Mistress Blythe mit ihr sprach.

»Keine Zeugnisse«, hörte sie eine spitze Stimme. »Aus dem Norden und mit schäbiger Kleidung? Da könnte ja jeder kommen!«

»Als wäre ich eine eklige Kröte oder eine Mörderin«, murmelte Cerinthe. Was würde Thordon sagen, wenn er sie jetzt sehen könnte? Sie schüttelte den Kopf. Ein Mädchen aus einfachen Verhältnissen, zudem aus der nördlichen Provinz, konnte hier anscheinend nicht einmal Magd werden, geschweige denn Schülerin. Wie hatte sie jemals auf etwas anderes hoffen können? Diese schreckliche Elliana hatte Recht.

Die Tür öffnete sich.

»Komm rein, meine Liebe«, forderte Mistress Blythe sie auf. »Mistress Odue möchte dich jetzt sehen.«

Die Wände des Raumes waren mit Eichenkommoden und -schränken mit Messingschlössern voll gestellt. Mistress Odue saß über einen riesigen, eckigen Tisch gebeugt und schob die kleine goldgeränderte Brille hoch, die auf ihrer Nasenspitze saß. Die beiden Enden ihres Kragens standen steif ab. Ihr Kinn war so spitz wie ein Pfeil und zeigte auf die eckigen, schwarzen Knöpfe, die in einer Linie ihre weiße Bluse hinabliefen. Als sie Cerinthe erblickte, zuckten ihre Mundwinkel.

»Du bist also Celinda?«, fragte sie. Sie sprach, als hätte sie den Mund voller Münzen.

»Stimmt.«

»Du antwortest in Zukunft folgendermaßen: Ja, Mistress.«

»Ja, Mistress.«

»Mistress Blythe hat dich für eine Stelle in der Waschküche vorgeschlagen, obwohl du keinerlei Zeugnisse hast.« Mistress Odue schürzte die Lippen. »Wir geben dir eine einmonatige Probezeit. Während dieser Zeit lernst du deine Aufgaben bei halbem Lohn. Stehlen, Lügen, Ungeschicklichkeit oder Faulheit werden mit sofortiger Entlassung geahndet. Die Hierarchie innerhalb des Dienstpersonals muss genau eingehalten werden. Mit mir ist nicht zu spaßen, Celinda.«

»Ja, Mistress.«

»Deine direkte Vorgesetzte wird Mistress Dalyrimple sein, die Leiterin der Waschküche. Aber da dies eine Schule Ihrer Majestät ist, arbeitest du letztendlich für die Königin. Vergiss das nie und benimm dich entsprechend.«

»Ja, Mistress«, antwortete Cerinthe. Sie hoffte, diese Aufnahmeprüfung würde erfolgreicher verlaufen als die vorherige.

Mistress Odue klopfte mit den Fingerspitzen auf den Tisch. »Du kannst jetzt gehen.«

Cerinthe verließ den Raum der Hauswirtschaftsleiterin, um ein neues Leben in der königlichen Ballettschule zu beginnen – nicht, wie sie es sich erträumt hatte, als Daina, sondern als Magd in der Waschküche.

Das Leben einer Minna

»Fester rubbeln, Celinda!«, tadelte Mistress Dalyrimple und beugte sich über den Waschtrog. Sie klemmte den Saum ihres kürbisfarbenen Rocks unter ihren Gürtel, damit er nicht ins Wasser hing, das über den Steinboden lief. Ihr Doppelkinn, das vom Dampf in der Luft feucht glänzte, schwabbelte beim Sprechen.

»Faulpelz! Träumerin! Der Unterrock darf keinen einzigen Fleck mehr haben. Wo auch immer du vorher gearbeitet hast, wir haben hier gewisse Maßstäbe.«

»Ja, Mistress«, sagte Cerinthe und rubbelte so fest, dass sie sich die Knöchel am Waschbrett aufrieb. Sie fuhr zusammen. Nach fünf Tagen Arbeit in der Waschküche waren ihre Hände spröde. Das machte ihr nichts aus – zu Hause waren ihre Hände oft spröde vom Meerwasser und der Hausarbeit, aber durch die scharfe gelbe Waschlauge hier riss die Haut auf und blutete.

»Und mach voran, Mädchen!«, fuhr Mistress Dalyrimple sie an. »Der Stapel Unterröcke neben dir ist höher als der Cheslerturm!«

»Ja, Mistress.«

Mistress Dalyrimple schnaubte verächtlich und watete zum nächsten der fünfzehn Tröge.

»Na, gefällt dir das Leben im feuchten Verlies?«, flüsterte

Marese, eine dürre Zehnjährige, die neben Cerinthe rieb und rubbelte. Marese schniefte und wischte ihre Nase an ihrem grauen Ärmel ab. Alle Mädchen in der Waschküche hatten eine Erkältung.

»Es … geht«, antwortete Cerinthe, »ja, es geht.« Sie hob ihren nackten Fuß vom nassen Boden und stand wie ein Reiher auf einem Bein, während sie sich niedergeschlagen ihr neues Leben vor Augen führte.

Von sechs Uhr morgens bis sechs Uhr am Abend wusch sie im Keller. Nachts schlief sie mit zwanzig anderen Mädchen in einem fensterlosen Raum. Den Himmel hatte sie seit Tagen nicht mehr gesehen. Obwohl die Waschküche unter der Decke Fensterschlitze hatte, schienen der Dampf und die Feuchtigkeit nie hinauszugelangen und das Licht nie hinein. Auf Normost hatte sie draußen gewaschen und dabei das Rauschen der Wellen gehört, den Fischerbooten zugesehen und den Geruch eingeatmet, der von Gwimmas Kräutergarten herüberwehte.

Cerinthe seufzte. Sie zog den Tüllunterrock auf links und bemerkte den Namen, der am Bund eingestickt war: Elliana Nautilus.

Verdammt noch mal! Cerinthe schleuderte den Unterrock gegen das Waschbrett. Wenn man in Betracht zog, wie viele Kleidungsstücke sie wusch, musste das früher oder später passieren. Später wäre ihr allerdings lieber gewesen – später oder nie. Ihre Bürste schrubbte schneller und schneller, bis die Seifenblasen flogen.

Sie selbst war schuld an ihrer Lage. Wie eine blöde Krabbe war sie dem Köder in die Falle gefolgt. Und nun saß sie fest!

Cerinthe beugte sich hinunter, um den Unterrock zu spülen. Ihr Rücken schmerzte. Wie hatte sie jemals glauben können als Magd etwas über Ballett zu lernen. Die schmutzige Kleidung war alles, was sie bislang von den Tänzerinnen und Tänzern gesehen hatte, und es war nicht wahrscheinlich, dass sie mehr sehen würde. Mädchen aus der Waschküche durften nicht in die oberen Etagen.
Cerinthe wrang den Unterrock aus. Aus welchem Holz bist du eigentlich geschnitzt, Cerinthe Luv, fragte sie sich. Du hast behauptet alles aushalten zu können, um auf Faranor zu bleiben und Balletttänzerin zu werden. Gibt ein Mädchen, das fünf Meilen gegen den Tidenstrom rudern kann, so schnell auf? Wild entschlossen zog sie Ellianas Unterrock durchs Wasser und tauchte ihn anschließend in den letzten Spültrog, dann stopfte sie ihn in die Wringpresse. Als er flach wie eine Pappfigur wieder herauskam, erfasste sie Schadenfreude.
Eine Glocke läutete.
»Endlich ein Uhr«, sagte Marese. »Ich dachte, es würde nie so spät werden. Hoffentlich gibt es Brotpudding.«
Die Mädchen in der Waschküche hörten auf zu arbeiten und aßen Bohnensuppe, Muschelkuchen und Brötchen mit Butter und Marmelade im Speisesaal für die Bediensteten. Vom Tisch der Junior-Dienstmädchen auf der anderen Seite des Raumes winkte Tayla Cerinthe zu.
»Eines Tages werde ich befördert und bekomme genau so ein schickes schwarzes Kleid wie Tayla«, sagte Marese, die neben Cerinthe saß. »Ganz in Schwarz-Weiß und schön gestärkt.«
In der Wasch- und Spülküche trugen alle formlose, graue Kittel, Schürzen und Hauben, was die Dienstmädchen, die in

der Hierarchie über ihnen standen, dazu veranlasste, sie »Minnas« zu nennen. Sogar Cerinthes Nachthemd war grau.

Stundenlang lag sie an diesem Abend wach auf ihrem Bett. Schließlich war es mit ihrer Tapferkeit vorbei und sie weinte unter der Bettdecke. Sie sehnte sich nach dem Meer, denn die Musik der Gezeiten hatte sie von Kind an in den Schlaf gesungen. Sie dachte an Thordon, der in dieser riesigen Stadt ebenfalls allein war, und an ihren Vater, der ohne sie nach Normost zurücksegelte. Sie stellte sich den Blick bei Nacht aus ihrem Zimmerfenster auf Normost vor: den Kräutergarten als unscharfe Kontur von Hügeln und Spitzen, den Strand als glänzende schwarze Fläche und die Felsen dahinter, die wie schwarze Träume aus der Brandung wuchsen. Der Leuchtturm auf den Dolmarklippen blinkte von Zeit zu Zeit auf und erleuchtete alles. Nach acht Herzschlägen Dunkelheit wurde es wieder hell. Aber da sich alles nur in ihren Gedanken abspielte, leuchtete das Licht nicht, obwohl sie nach acht bis neun, zehn und elf weiterzählte. Sie schrie, als die Felsen auf sie zukamen …

Cerinthe fuhr hoch. Um sie herum atmeten die anderen Mädchen leise auf ihren Nachtlagern. Es war nur ein Alptraum – sie hatte viele gehabt, seit ihre Mutter tot war. Sie legte sich wieder hin, drückte ihr Kissen gegen das Gesicht und betete zur Meerjungfrau. *Bitte sing zu mir. Ich sehne mich nach deiner Stimme. Befrei mich von den Alpträumen. Bring mir Licht und Kraft.* Lange Minuten vergingen, und obwohl Cerinthe wartete und wartete, hörte sie keinen Gesang.

Der nächste Tag schleppte sich genauso dahin wie die anderen zuvor. Cerinthe wusch verbissen ihren Berg Unterröcke und ging dann in den Nachbarraum, um Nachschub zu holen. Dort stand Mistress Dalyrimple und sortierte Berge schmutziger Wäsche. Sie warf die Kleider so schnell durch die Luft, dass ein Windzug zu spüren war.

»Was soll das heißen: Sie braucht sie jetzt?«, fuhr sie ein Junior-Dienstmädchen an, das im Türrahmen stand. »Es ist nicht zu fassen, ungeheuerlich! Mir hat niemand etwas davon gesagt!« Das Junior-Dienstmädchen zuckte nur mit den Schultern und ging.

Mistress Dalyrimple stemmte beide Hände in die Hüften. »Was erwartet man bloß von mir? Dass ich Gedanken lesen kann?« Ihr Blick fiel auf Cerinthe. »Du!«

»Ja, Mistress?«

»Wenn Nordine die Verbände fertig gebügelt hat, bring sie Mistress Blythe. Sie werden in der Kräuterkammer im dritten Stock gebraucht. Beeil dich!«

Cerinthe lief ins Bügelzimmer, fand die Verbände, zog sich Schuhe und Strümpfe an und ging zum Bedienstetenzimmer, aber Mistress Blythe war weder dort noch in der Küche. Wem könnte sie die Verbände jetzt geben?

»Verzeihen Sie …« Cerinthe versuchte verschiedene Leute anzusprechen, doch niemand hörte hin. Schließlich stellte sie sich wütend dem nächstbesten Dienstmädchen in den Weg. Unglücklicherweise handelte es sich um ein Senior-Dienstmädchen. Sie trug ein schwarzes Taftkleid und eine weiße Leinenschürze mit einer Spitzenborte.

»… aber diese Verbände werden sofort benötigt«, beendete

Cerinthe ihre Erklärung. »Könnten Sie sie bitte in die Kräuterkammer bringen? Wie Sie wissen, darf ich dort oben nicht hinauf.«

Die Frau hob ihre Augenbrauen, die so dünn ausgezupft waren, dass sie wie Falten auf der Stirn aussahen. »Ich bin mit der wichtigen Aufgabe beschäftigt, ein Tablett mit Tee für Daina Odonna höchstpersönlich vorzubereiten. Und außerdem übernehme ich keine Botengänge für Minnas. Such dir ein Junior-Dienstmädchen.« Sie stürmte davon.

»Und was ist, wenn jemand verletzt ist?«, rief Cerinthe ihr hinterher, doch sie drehte sich nicht um.

»Alte Zimtzicke«, fluchte Cerinthe. Und was nun? Wenn sie nur Tayla finden könnte, aber Tayla war wohl oben und putzte die Zimmer der Perlen. Cerinthe ging zur Hintertreppe am Ende des Korridors und blickte hinauf. Warum brachte sie die Verbände nicht selbst hinauf? Sie setzte ihren Fuß auf die erste Stufe, dann zögerte sie. Wenn jemand sie sähe, würde sie womöglich entlassen. Andererseits könnte tatsächlich jemand verletzt sein. Da lag vielleicht jemand mit Schmerzen und blutete. Cerinthe schauderte. Sie senkte den Kopf, so dass sie mit dem Kinn den Stapel Verbände festklemmte.

Moment mal! Zur Kräuterkammer zu gehen bedeutete noch nicht, dass sie eine Heilerin war. Verbände abzuliefern gehörte zu den Aufgaben einer Magd und sie war eine Magd.

Bevor sie es sich noch anders überlegen konnte, lief sie die Treppe hinauf. Sie ließ den ersten Stock hinter sich, den zweiten und blieb am Treppenabsatz zum dritten stehen. Musik

schwebte durch die Luft. Sie bekam glänzende Augen. Vielleicht war dies ihre erste Möglichkeit, eine Ballettstunde zu sehen! Sie lief den Korridor entlang und blickte auf jede Tür, an der sie vorbeikam, aber alle waren geschlossen.
Drei Schülerinnen kamen auf sie zu. Cerinthe drückte sich gegen die Wandvertäfelung – jetzt wurde sie außerhalb des Kellers erwischt! Aber die Mädchen schienen durch sie hindurchzusehen, als wäre sie nichts weiter als ein Möbelstück. Erleichtert bog Cerinthe in den rechten Flügel ab.
Zu ihrer Linken stand eine Tür offen. Eine Ballettstunde? Sie schlich sich heran und lugte hinein. Anstelle von Tänzerinnen erblickte sie Regale voll mit blau-weißen Porzellangefäßen. Auf einem langen Tresen stand eine Messingwaage, mit der man Medikamente abwiegen konnte.
Cerinthe seufzte. Es war nur die Kräuterkammer.
»Hallo?«, rief sie von der Schwelle aus.
Niemand antwortete.
»Ich bringe die Verbände«, rief sie lauter. Die Stille surrte in ihren Ohren. Sie hätte nicht im Traum daran gedacht, hier niemanden vorzufinden, so dass sie womöglich selbst hineingehen musste. Seit dem Tag, an dem ihre Mutter gestorben war, hatte sie keinen Fuß mehr in eine Kräuterkammer gesetzt.
»Ich bin als Minna hier«, wisperte sie aufgeregt, »mehr nicht.« Sie ging bis in die Mitte des Raumes. Sonnenlicht drang durch die großen, ausladenden Fenster. Obwohl es ein kühler Herbsttag war, stand eines offen und weiße Vorhänge blähten sich wie Segel vor dem blauen Himmel. Für einen Notfall gab es keinerlei Anzeichen.

Sie legte die Verbände neben die Waage und blickte zu den edlen Gefäßen hinauf. Auf jedem stand in verschnörkelter Schrift der Name eines Krauts oder einer Heilpflanze auf dem weißen Porzellan: Arnika, Lorbeer, Kamille, Schwarzwurz, Ulmenholz, Harfkraut, Zitronenmelisse und andere, die sie nicht kannte.
Cerinthe streckte ihre Hand nach der Kamille aus, ließ sie dann aber wieder sinken und bohrte die Fingernägel in ihre Handfläche. Wovor hatte sie Angst? Es war nur Kamille. Sie griff nach dem Gefäß und öffnete den Deckel in der Erwartung von Apfelduft, aber die getrockneten Blätter rochen muffig. Das Ulmenholz war ebenfalls alt. Sie öffnete einen Krug, auf dem »Ringelblumensalbe« stand, in der Hoffnung, ihre rissigen Hände damit eincremen zu können, aber es wuchs bereits Schimmel darauf. Cerinthe rümpfte die Nase. Für eine königliche Einrichtung, wie Tayla die Schule nannte, hatte die Kräuterkammer nicht viel zu bieten. Die Gefäße waren schön, das schon, aber ihr Inhalt!
Cerinthe dachte an Gwimmas Kräuterkammer mit den einfachen Tontöpfen, in der die Meerluft selbst die Verbände nach Salz riechen ließ. Gwimma hatte ständig frische Kräuter vorrätig und warf die alten weg, sobald sie ihre Wirksamkeit verloren. Bündelweise hingen die trocknenden Pflanzen von den Dachbalken. Cerinthe hatte sie im Mörser zerstoßen, zerrieben und …
Plötzlich spürte sie einen stechenden Schmerz direkt unter dem Herzen.
»Mama«, stieß sie hervor, »oh Mama, es tut mir so Leid.« Sie sank gegen den Mahagonitresen. »Nein!« Cerinthe schlug

mit der Hand auf das Holz, dass die Waage klapperte. Sie würde nicht an jenen schrecklichen Tag denken; auf keinen Fall würde sie das. Sie hätte nie in die Kräuterkammer gehen dürfen.

Als Cerinthe sich zur Tür umdrehte, bemerkte sie eine weiße Schale, die auf einem kleinen Tisch in der Ecke schimmerte. Sie war wie eine Muschel geformt, hatte feine Riffel und wellenförmige Ränder. Cerinthe fühlte sich davon angezogen wie die Gezeiten vom Mond. Sie nahm die Schale in die Hand und ging damit zum Fenster.

Licht fiel in die Schale. Das warme Rosa ihrer Handflächen schien durch das dünne, nahezu transparente Porzellan. Sie sah aus, als hätte die Meerjungfrau höchstpersönlich sie aus Licht, Wind und Muschelschalen gewoben. Sagten die Priesterinnen nicht, die Meerjungfrau gleite in einer Muschelschale über die Wellen, die von sechs Seepferdchen gezogen werde?

Cerinthe blickte auf das leuchtende Porzellan und sah plötzlich Gesichter vor sich, die Gesichter von Menschen, die sie behandelt hatte: Onnor, eine alte Frau mit schmerzenden Gelenken; Spiri, einen kleinen Jungen mit unzähligen Schnitt- und Schürfwunden; Todd, den Fischer mit seinem Husten; und Dilla, die vor Rückenschmerzen nicht gerade gehen konnte. Nach dem Tod ihrer Mutter hatte Cerinthe sie alle Gwimma überlassen.

»Was machst du da?«, fragte eine Stimme.

Cerinthe zuckte zusammen. Die Muschelschale glitt ihr aus den Händen, fiel auf den Boden und zersprang in tausend Stücke.

Die zerbrochene Schale

»Nein!«, schrie Cerinthe und ließ sich mit ausgestreckten Händen auf die Knie fallen. »Ich habe sie kaputtgemacht.« Die glitzernden Scherben der Muschelschale lagen überall auf dem Boden der Kräuterkammer verteilt. »Und sie war so ...«

»Schneid dich nicht«, warnte die Stimme.

»... so schön.« Cerinthe ließ ihre leeren Hände in den Schoß sinken. Dieser Verlust traf sie im Innersten. Sie wünschte sich in diesem Moment nichts sehnlicher als die leuchtende Schale wieder in den Händen zu halten. Aber Wollen und Geschehen waren zwei verschiedene Dinge; das hatte der Tod ihrer Mutter sie gelehrt.

Mit leisen Schritten durchquerte jemand den Raum. Cerinthe blinzelte, wischte sich die Tränen aus den Augen und blickte auf.

Vor den großen Fenstern stand eine Frau, die vom leuchtenden und zugleich leicht dunstigen Blau des Himmels umrahmt wurde. Ihr Gesicht hatte die Farbe von schimmerndem, goldbraunem Tang und hob sich deutlich von dem schlichten, weißen Baumwollgewand ab, das in sanften Falten bis auf ihre Füße fiel. Ein dicker, brauner Zopf reichte ihr bis zur Taille. Sie schaute auf die Scherben auf dem Boden.

»Ich habe Verbände gebracht«, erklärte Cerinthe. »Das Junior-Dienstmädchen sagte, es sei dringend. Ich konnte niemand anderen finden und hatte Angst, es wäre jemand verletzt, und dann sah ich die Schale und …«

Die Frau musterte sie.

Cerinthe merkte, dass sie nur Ausflüchte machte. »Es tut mir schrecklich Leid«, sagte sie. »Ich hätte sie nicht in die Hand nehmen dürfen.«

»Das weiß nur Nemaree«, erwiderte die Frau. »Wie dem auch sei, ich habe dich erschreckt; es war meine Schuld, dass du die Schale fallen gelassen hast. Ich entschuldige mich dafür.«

Überrascht setzte Cerinthe sich auf die Fersen. Vielleicht war die Schale gar nicht so wertvoll, wie sie dachte. Die Frau, die zwei Segeltuchbeutel über dem Arm trug, kniete sich vorsichtig zwischen die Scherben. Sie hob die größte auf, sie hätte auf ihren kurz geschnittenen Daumennagel gepasst.

»Was … ich meine, wer sind Sie?«, fragte Cerinthe.

»Ich bin Mederi Grace.«

»Eine Mederi!« Cerinthe sprang auf. Heiler mit Unheil bringenden, magischen Fähigkeiten, die in mysteriösen Schulen erlernt wurden, nannte man »Mederi«. Der Legende nach konnten sie mit Blicken heilen, aber auch töten. Auf Normost fürchtete sie jeder, obwohl niemand, den Cerinthe kannte, je eine oder einen Mederi gesehen hatte. Gwimma hatte die Vorstellung immer verachtet, das Heilen aus Büchern oder mithilfe von magischen Sprüchen zu erlernen. Sie hatte ihr Wissen von einer älteren Volksheilerin erworben, die ihr alles beigebracht hatte.

Mederi Grace legte die Scherbe in ihren Schoß. »Ich nehme an, du bist noch nie einer Mederi begegnet?«

Cerinthe schüttelte den Kopf. Unwillkürlich wich sie zurück.

»Ich versichere dir, ich beiße nicht.« Mederi Grace streckte ihre Hände aus; die Innenseiten waren rau und schwielig. Verschlungene, hennafarbene Ketten aus Diamanten und Perlen wanden sich von ihren Handgelenken bis zu den Unterarmen. »Und ich könnte dich auch nicht in ein Seeungeheuer verwandeln, selbst wenn ich es wollte«, fügte sie hinzu. »Was gut so ist, denn zurzeit würde mich das durchaus reizen.« Ein Strahlen breitete sich über ihr Gesicht aus, bis ihr ganzer Körper vor Freude zu leuchten schien.

Cerinthe kniete sich wieder hin – allerdings nicht zu nahe.

»Gut«, sagte die Mederi, »du hast Mut. Ich weiß, was für abstruse Geschichten in den abgelegenen Teilen des Archipels über uns erzählt werden. Wie heißt du?«

»Cer… Celinda.«

»Danke für die Verbände, Celinda.«

»Aber es ist niemand verletzt oder haben Sie den Patienten schon geheilt mit …«, Cerinthe sprach leiser, »… Ihren magischen Fähigkeiten?«

»Oh ja. Ich habe mit einer Hand gewedelt, drei Mal geblinzelt und dem Patienten zehn gebratene Möwen verabreicht. Das hat den gebrochenen Arm geheilt, aber fürchterliche Bauchschmerzen hervorgerufen.« Die Mederi lachte ein helles, glockenreines Lachen.

Vorsichtig lächelte auch Cerinthe.

»Ich wünschte, das Heilen wäre so einfach«, seufzte die

Mederi. »Ja, zum Glück ist niemand krank oder verletzt. Mistress Blythe bat mich darum, die Kräuterkammer aufzufüllen.«
Cerinthe beobachtete sie, als sie die Segeltuchbeutel vom Arm gleiten ließ. Wozu brauchte eine Mederi eine Kräuterkammer? Was war an Kräutern und Verbänden magisch?
»Das Ulmenholz und die Kamille sind vertrocknet«, stieß sie hervor. »Und auf der Ringelblumensalbe ist Schimmel.«
»Das überrascht mich nicht. Die Schule hatte seit Ausbruch der Yulionplage im Süden keine eigene Mederi mehr. Zum einen sind wir nur wenige und dann ist der Bedarf überall im Königreich so hoch.« Sie blickte auf den Fußboden. »Ich möchte alle Scherben einsammeln. Vielleicht sind sie zu klein, um sie zusammenzukleben, aber manchmal vollbringt der Töpfermeister wahre Wunder.«
Cerinthe half sie aufzuheben. Nachdem sie die größeren Stückchen in einem der Beutel gesammelt hatten, suchte Cerinthe einen Besen und fegte auch die kleinsten Splitter auf, die die Mederi in einen Verband wickelte.
»In welchem Teil der Schule arbeitest du, Celinda?«
»Unten im Verl… in der Waschküche, meine ich.« Aber nicht mehr lange, wurde ihr plötzlich bewusst, denn wenn Mistress Odue von der zerbrochenen Schale erfahren würde, wären ihre Tage dort sicherlich gezählt. Cerinthe hielt sich am Besenstiel fest. Diese Prüfung hatte sie offensichtlich auch nicht bestanden. Mistress Odue würde sie nur zu gern entlassen. Dann würde sie obdach- und mittellos in einer Stadt umherirren, in der es bettelnde Kinder wie Sand am Meer gab.

Mederi Grace wob ihre Finger in ihren Zopf und ihre braunen Augen wurden sanft, als ob sie spürte, was Cerinthe dachte. Vielleicht war es so; man sagte, dass Mederi Gedanken lesen könnten.

»Ich werde die Schale von meinem Lohn bezahlen«, sagte Cerinthe, »sobald ich Geld bekomme. Ich habe erst vor sechs Tagen angefangen und im ersten Monat kriege ich nichts.«

»Das ist gut gemeint, aber ich fürchte, so viel kannst du in deinem ganzen Leben nicht verdienen.«

»Wirklich?«

»Ja, wirklich. Als die Schule vor vierhundert Jahren gegründet wurde, hat Königin Austeria die Schale der Mederi geschenkt, die sich um die Balletttänzerinnen kümmerte. Sie war unbezahlbar.« Das Glas klirrte in dem Beutel, als Mederi Grace ihn auf den Tresen legte.

»Vielleicht hätten wir sie hinter Schloss und Riegel aufbewahren sollen«, fügte sie hinzu, »anstatt sie als Wasserbehälter zu verwenden. Aber ich finde, die Dinge sollten benutzt werden, auch seltene und kostbare Dinge, sonst verlieren sie ihren wahren Sinn. Und das ist schlimmer als zerbrochen zu werden.«

Cerinthe lehnte den Besen neben dem Tisch, auf dem die Muschelschale gestanden hatte, an die Wand. Ihre schillernde Form schien noch in der Luft zu schweben, so dass sie sie fast … fast berühren konnte. Wenn sie nur die richtigen Worte wüsste, magische Worte, um aus Licht, Staub und Schatten die Schale wieder entstehen zu lassen. Sie ließ die Hand sinken. Was sie auch tat, die Schale würde sie niemals ersetzen können. Cerinthe nahm all ihre Kraft zusammen. Sie wandte sich um in der Erwartung, die Mederi würde ihr jetzt befehlen Mistress Odue zu holen.

Mederi Grace öffnete den zweiten Beutel. »Mach dir um die Schale keine Sorgen. Es war ein Versehen und deshalb bleibt die Sache unter uns.« Sie nahm das Gefäß mit der Kamille aus dem Regal.

»Aber was ist mit Mistress Odue?«

»Die Schale gehörte den Mederi, nicht ihr. Hältst du mir jetzt bitte den Beutel auf?«

Cerinthe war so erstaunt und dankbar, dass es ihr die Sprache verschlug, aber sie nahm den Beutel und hielt ihn auf, während die Mederi die Kamille hineinschüttete. Mistress Dalyrimple würde wegen ihrer Abwesenheit vor Wut kochen, aber das war Cerinthe egal. Die Furcht, die sie zunächst in Gegenwart der Mederi empfunden hatte, verwandelte sich mehr und mehr in Ehrfurcht. Immer wieder musste sie in ihr Gesicht schauen, es war das Gesicht einer Frau, die mitten im Leben stand. Ein starkes Gesicht, sogar die Falten wirkten kraftvoll. Es strahlte Heiterkeit und Unbeugsamkeit aus.

»Mich wundert, dass du keine kleine Daina bist«, sagte Mederi Grace. »Du wirkst auf jeden Fall wie eine. Balletttänzerin ist eine schwierige Berufung; sie kann ernste Verletzungen verursachen – an Leib und Seele.«

An der Seele, wunderte sich Cerinthe.

»Die Schule bräuchte wieder einen oder eine Mederi im Haus oder zumindest eine ordentlich ausgebildete Heilerin«, fügte Mederi Grace hinzu und leerte das Gefäß mit dem Ulmenholz. »Mistress Blythe gibt ihr Bestes, aber sie hat zu viel zu tun und keinerlei Ausbildung.«

»Ich weiß«, sagte Cerinthe, »sie gibt ausgelassenen Speck auf Verbrennungen.«

Mederi Grace runzelte die Stirn. »Darüber muss ich mit ihr sprechen. Verstehst du etwas vom Heilen, Celinda? Die Hände einer Heilerin hast du jedenfalls. Sie sehen kräftig und geschickt aus, nur ein wenig rissig. Mal sehen, was wir dagegen tun können.« Sie öffnete ein weiteres Gefäß und der beißende Geruch der Glühwurzel erfüllte den Raum.

Cerinthe erstarrte. Vor ihren Augen verschwamm alles. Ihre Gedanken wirbelten durcheinander und dieses Mal konnte sie die Erinnerung nicht zurückhalten: die Erinnerung an den Tag, an dem sie das lange, schmale Stück Metall am Strand gefunden hatte. Und die Erinnerung an den darauf folgenden Tag, den schrecklichen Tag, an dem ihre Mutter starb.

Das Schwarze Schiff

An jenem Tag im vergangenen Winter entdeckte Cerinthe ein langes, schmales Stück Metall auf dem Algengürtel, den die Flut am Strand zurückgelassen hatte. Im ersten Morgengrauen schien die Oberfläche des Sandes bis hinunter zum Wasser unruhig und dunkel und die Sonne schaffte es nicht, durch die schwarzen Wolken im Osten zu dringen. Cerinthe fror. Es wehte kein Wind und das Wasser wirkte so sanft wie die Berührung der Hand ihrer Mutter auf ihrer Wange. Cerinthe hob das Metall auf, wobei sie Acht gab sich nicht an den scharfen, zackigen Kanten zu verletzen. Es war so lang wie ihr Arm und breit wie ein Ruderblatt. Rote und blaue Muster, die das Salz des Meeres hineingefressen hatte, schimmerten auf der Oberfläche. Wieder einmal hatte die See ein Wunder vollbracht und ein gewöhnliches, nicht mehr gebrauchtes Ding zu etwas Besonderem gemacht. Cerinthe trug es vom Strand hinauf und lehnte es gegen den Brunnen.

Als ihre Mutter später für die morgendliche Hafersuppe Wasser aus dem Brunnen holen wollte, hob sie ihren Rock an, damit er vom Morgentau nicht nass wurde, und schnitt sich dabei an dem Metall. Die Wunde reichte vom Knöchel bis zum Knie, und obwohl Cerinthe sie gut säuberte, brach das Wundfieber schnell und mit voller Macht aus. Gwimma war auf der anderen Seite der Insel und half bei einer Geburt. Also machte Cerinthe immer wieder neue Umschläge und probierte jedes Heilmittel gegen Infektionen, das sie kannte, aber am Ende des nächsten Tages lag Eilisha Luv im Sterben.

»Es geht ihr schon besser, nicht wahr?«, fragte Cerinthes Vater, der vor der Kräuterkammer des Dorfes wartete. »Aber was riecht hier so? Was machst du mit ihr?«

Hektisch zerstieß Cerinthe Glühwurzel mit dem Stößel im Mörser und versuchte sich an alles zu erinnern, was Gwimma ihr beigebracht hatte. Falsch angewendet konnte Glühwurzel tödlich sein. Waren es fünf Prisen mit sechs Tropfen Baskilumöl oder sechs Prisen mit fünf Tropfen Baskilum?

»Nein, es ist nicht besser«, antwortete Cerinthe, »es geht ihr schlechter. Ich mache einen Glühwurzelaufguss.«

»Glühwurzel? Aber das ist gefährlich.« Er fasste sich in den Bart.

»Ich weiß nicht, was ich sonst noch tun kann! Sobald sie ihn getrunken hat, schneide ich das Bein auf.« Der Stößel zitterte in Cerinthes Hand. »Ich muss den Eiter abziehen.«

Sie hatte genug Glühwurzel zerstoßen, gab sechs Prisen davon in eine Schale und begann Baskilum hinzuzufügen, einen Tropfen, zwei Tropfen, drei. Obwohl Fenster und Tür offen standen, füllte der üble Geruch der faulenden Wunde den Raum.

»Bist du sicher …«, setzte ihr Vater an.

»Ich bin bei gar nichts mehr sicher«, erwiderte Cerinthe. »Bitte. Ich bitte dich noch einmal. Rudere los und hol die

Mederi, die gerade auf der Insel Thamas ist.« Seit Stunden hatte sie ihren Vater darum angefleht.

»Nein«, sagte er, »ich hole Gwimma.«

Mit einer heftigen Bewegung stellte Cerinthe die Schale auf den Tisch, ging zur Tür und zog ihren Vater an das Bett der Mutter. »Sieh doch!«, sagte sie und nahm vorsichtig den Verband ab. Das Bein ihrer Mutter war vom Knöchel bis zum Oberschenkel geschwollen und von roten Linien durchzogen. Es roch, als würde etwas im Meer verrotten.

»Bei Nemaree.« Ihr Vater bedeckte sein Gesicht mit beiden Händen.

»Siehst du es?«, fragte Cerinthe. »Die Fäulnis kriecht immer weiter. Sie wird sterben ... es sei denn ... ich glaube, das Bein muss ab.«

»Nein!«

»Ich weiß nicht, wie man das macht. Und Gwimma auch nicht, sonst hätte sie es mir beigebracht. Nur eine Mederi kann das. Auch ich fürchte mich vor ihnen, aber man sagt, sie haben magische Kräfte und ...«

»Nein!«, rief er noch einmal. »Ich lasse meine Frau nicht von einer Hexe anfassen! Gwimma wird wissen, was zu tun ist. Eilisha wird nicht sterben. Du hast keine Ahnung – du bist nur ein Kind!« Er stürmte hinaus.

»Die Mederi!«, rief Cerinthe ihm nach. »Hol die Mederi!« Aber er war schon auf dem Weg zum Hafen.

»Können wir dir helfen, Cerinthe?«, fragte Margrit, eine der Frauen, die bereits den ganzen Tag vor der Kräuterkammer warteten.

»Nur wenn eine von euch die Mederi holt.«

Alle Frauen blickten zu Boden. Als Eilisha Luv auf ihrem Krankenbett stöhnte, hielt sich Margrit die Hand vor den Mund, aber sie sah Cerinthe nicht an.

»Sturm und Donner«, schluchzte Cerinthe. Sie dachte daran, wie oft sie diesen Frauen bei Krankheiten geholfen hatte. »Ein Hai hat mehr Ehrgefühl als ihr alle zusammen!« Sie schlug die Tür zu. Langsam drückte sie den letzten Tropfen Baskilum zu der Glühwurzel. Hätte sie doch nur das Metall nicht vom Strand mitgebracht. Wenn sie es doch nur nicht am Brunnen hätte stehen lassen. Wenn, wenn …

Sie griff nach dem Kessel und goss heißes Wasser über die Mixtur. Ihre Hände zitterten dabei so stark, dass sie die Hälfte verschüttete.

»Cerinthe«, flüsterte ihre Mutter.

»Mama?«

»Hol die Möwe.«

Cerinthe lief in ihre Kate und kehrte mit der Kristallmöwe zurück, die ihre Mutter vor langer Zeit auf ihrer einzigen, wunderbaren Reise nach Faranor gekauft hatte, dem aufregendsten Ereignis ihres Lebens.

»Sie gehört jetzt dir«, sagte Eilisha Luv. »Du sollst Balletttänzerin werden. Eine große Künstlerin.« Sie schloss die Augen. »Versprich mir, dass du auf die königliche Schule gehst. Geh nach Faranor.«

»Das verspreche ich, aber du wirst wieder gesund.«

»Nein. Es kommt. Ich sehe …«

»Ich lasse dich nicht sterben!«, schrie Cerinthe. Aber sie konnte weder die Schwellung noch die fortschreitende Fäulnis aufhalten. Die Glühwurzel war die einzige Hoffnung. Nachdem der Aufguss lange genug gezogen hatte, goss sie die Flüssigkeit durch ein Sieb in eine Tasse. Draußen toste die Brandung, die Flut kam. Cerinthe hob den Kopf ihrer Mutter an.

»Versuch das zu trinken, Mama«, flehte sie. Eilisha Luv versuchte es und ein paar Tropfen des Aufgusses liefen ihre Kehle hinab. Die grausamen Linien auf ihrem Bein zogen sich mittlerweile nahezu bis zur Hüfte.

»Bitte verzeih mir«, flüsterte Cerinthe. »Das wird jetzt wehtun, aber ich muss den Eiter abziehen.« Der Kopf ihrer Mutter fiel zur Seite; sie war wieder bewusstlos.

Cerinthe bereitete die Verbände vor. Nachdem sie das Messer mit Alkohol abgerieben hatte, drehte sie es über der Kerzenflamme, wo die Hitze am größten war, ohne dass der Ruß die Klinge beschmutzte. Ein goldener Lichtball war auf dem Metall zu sehen. Cerinthe versuchte das geschwollene Bein mit Abstand zu betrachten, um zu entscheiden, wo sie den Schnitt setzen sollte, aber ihr Magen rumorte. Sie wandte sich ab. Ihr Blick fiel auf das Fenster und aus Gewohnheit schaute sie aufs Meer, um Kraft zu schöpfen. Doch statt mit Kraft erfüllte sie das, was sie sah, mit Angst und Schrecken.

Draußen war ein Schiff, das schwarze Segel gesetzt hatte, obwohl Windstille herrschte. Es flog förmlich über die Wellen, die Gischt spritzte. Sieben silberne Delfine schwammen an Backbord und sieben weitere an Steuerbord. Cerinthe wusste, was für ein Schiff das war, obwohl sie bislang nur in Erzählungen davon gehört hatte. Es war das Schiff, das die Seelen der Toten fortbrachte.

»Nein!«, rief sie und schloss die Augen. Dennoch sah sie das Schwarze Schiff näher kommen. Sie musste es aufhalten! Aber sie konnte sich nicht bewegen.
Plötzlich hörte sie über dem Rauschen der Brandung und dem Kreischen der Delfine eine Stimme. Glasklar erhob sich die Stimme der Meerjungfrau, sie hallte wie eine Glocke aus vergangenen Zeiten. Sie sang und sang, ein Lied ohne Worte, eine Arie des Lichts. Das Lied griff Cerinthe ans Herz. Ihre Hände wurden ruhiger. Sie öffnete die Augen, hob das Messer und setzte schnell und sicher einen sauberen Schnitt.
Aber das Schwarze Schiff kam näher.

✷

»Celinda!« Mederi Grace fasste Cerinthe an den Schultern. »Celinda, was ist? Geht es dir nicht gut?«
»Mama!«, flüsterte Cerinthe. Sie blinzelte und fand sich plötzlich in der Kräuterkammer der königlichen Schule wieder. Sie war schweißgebadet und zerrte am Kragen ihres grauen Kittels. »Ich kriege keine Luft!«, stöhnte sie.
Cerinthe rannte hinaus, fort von dem Glühwurzelgeruch, fort von der Erinnerung.
Ihre Mutter starb noch in jener Nacht. »Der Glühwurzelaufguss war schuld«, hatte Gwimma verzweifelt geklagt. Hilflos hatte sie vor der Toten gestanden und gesehen, wie schwer die Infektion gewesen war. »Du hättest ihn ihr nie geben dürfen!«
Cerinthe rannte den Korridor hinab und eine Treppe hi-

nauf. Sie hörte Schritte hinter sich, bog in einen anderen Gang ein und versuchte eine Tür zu öffnen. Sie war verschlossen. Die Schritte kamen näher. Cerinthe lief um eine Ecke und zog an einem Türriegel. Er bewegte sich. Sie stieß die Tür auf, schoss hinein und warf sie hinter sich zu.

Keuchend lehnte sie sich zurück. Als sie die Augen aufschlug, blieb ihr fast das Herz stehen.

An der Stange entlang der Wand hielt eine Gruppe älterer Mädchen im Tanz inne. Sie trugen königsblaue Ballettanzüge, rosafarbene Strumpfhosen und Ballettschuhe. Zwei Mädchen standen am Klavier. Eine von ihnen, eine große, strahlende Erscheinung, hatte honigfarbenes Haar. Die andere, noch halb abgewandt, hatte die melancholischen Augen eines Rehs. Alle Mädchen trugen mit Diamanten besetzte Diademe im Haar und alle starrten Cerinthe erstaunt an.

Mit rauschenden, schwarzen Röcken erhob sich eine Frau von ihrem Stuhl an der Spiegelwand. Es war Daina Odonna. Cerinthe rang nach Luft. Dann sah sie sich im Spiegel: eine graue Minna, die ihre Kopfbedeckung verloren hatte.

»Du!«, rief Daina Odonna. »Von der Aufnahmeprüfung! Warum wusste ich davon nichts?«

»Armes Ding«, murmelte das Mädchen mit den Rehaugen. »Die ist dran.«

»Und warum trägst du diesen fürchterlichen grauen Kittel?«, fragte Daina Odonna und ging auf sie zu.

»Es tut mir Leid«, stieß Cerinthe hervor. »Es tut mir sehr Leid! Es war keine Absicht. Ich wusste nicht, was ich machen sollte …« Sie riss die Tür auf und rannte den Korridor hinab.

»Ich befehle dir, sofort stehen zu bleiben!«, rief die Daina, aber Cerinthe raste die Hintertreppe hinab, bis zum nächsten Absatz, weiter und weiter.

»Blöde Minna!«, schnauzte ein verdutztes Senior-Dienstmädchen, die das Geländer abstaubte. »Was machst du eigentlich hier oben?«

Cerinthe schlängelte sich an ihr vorbei. Sie musste aus der Schule hinaus. Sie erreichte den Hauptkorridor und rannte vorbei an unzähligen Kerzenhaltern und Wandteppichen, bemalten Engeln und mit Samt bezogenen Sesseln auf die Eingangshalle mit der zweiflügeligen Tür zu. Dort standen Mistress Blythe, Mistress Odue sowie ein Mann und betrachteten ein Bild auf einer goldenen Staffelei. Als sie Cerinthes Schritte hörten, drehten sie sich um. Der Mann erstarrte.

»Cerinthe!«, rief er.

»Vater?« Cerinthe blieb abrupt stehen. »Vater!«, schrie sie noch einmal und warf sich in seine Arme.

»Cerinthe?«, sagte Mistress Blythe und zupfte an ihrem Kragen. »Dann hat sich Ihr Verdacht bestätigt, mein Herr. Celinda ist Cerinthe!«

Cerinthes Vater umarmte sie fest. »Ich dachte, du wärst entführt oder in dieser verfluchten Stadt ermordet worden! Was ist bloß in dich gefahren, Tochter? Einfach so wegzulaufen?«

»Ich bin so froh dich zu sehen«, keuchte Cerinthe außer Atem.

»Wir haben dich überall gesucht«, sagte Mistress Blythe.

Cerinthe drückte ihre Wange in die Wolljacke ihres Vaters. »Es war niemand da, um die Verbände hochzubringen, und ich hatte Angst, jemand könnte verletzt sein …«

»Nein, mein Kind!«, fiel Mistress Blythe ihr ins Wort. »Ich meinte …«

»Das ist höchst regelwidrig!«, unterbrach Mistress Odue. Die schwarzen Knöpfe an ihrer Bluse saßen schief. »In der Tat, höchst regelwidrig!«

»Sieh mal hier, Cerinthe.« Ihr Vater zeigte auf die Staffelei, aber es war kein Bild darauf, sondern ein Pergament, bedeckt mit verschnörkelten, geschwungenen Schriftzeichen. Cerinthe beugte sich vor und las:

Aufnahmeprüfung / Liste der neuen Schüler
Angenommen an der königlichen Ballettschule sind im Jahr
Zweiundvierzig der Herrschaft Ihrer Majestät, Königin Endorian
Dorthea Mistral des königlichen Hauses Meergeboren

Dann las Cerinthe den ersten Namen auf der Liste:

Cerinthe Luv von Normost

Das Leben einer Perle

Vier Stunden später, nach einem ausgiebigen, luxuriösen Bad in Mistress Blythes Privaträumen, trocknete Cerinthe ihr Haar mit einem Handtuch. Ihr grauer Kittel war verschwunden, sie schlüpfte in den weichen, blauen Bademantel, der für sie bereitlag. Mit den Fingern fuhr sie über die Buchstaben, die auf der linken Seite unterhalb des Wappens der Königin eingestickt waren: Königliche Ballettschule.

Es war unfassbar, dass sie die Erste war, die Erste auf der Liste! Die ganze Zeit an erster Stelle! Sie konnte es noch immer kaum glauben; so viel war in so kurzer Zeit geschehen. Cerinthe rubbelte sich noch ein letztes Mal kräftig das Haar. Gleich würde sie aus diesem unglaublichen Traum erwachen ... Aber nichts dergleichen geschah.

»Cerinthe Luv«, sagte sie zu ihrem Spiegelbild, »du bist hier Schülerin, eine kleine Daina. Sonst würdest du diesen Mantel jetzt waschen und nicht am Leib tragen.« Sobald sie Stift und Papier in die Hände bekäme, würde sie davon Thordon berichten.

Nachdem sie ihr Haar gekämmt hatte, ging Cerinthe in einen kleinen Salon, wo ein Feuer im Kamin knisterte. Sie kuschelte sich in einen der dicken, grünen Sessel und strich über das Spitzendeckchen auf der Armlehne. Ihre spröden, rissigen Hände sahen seltsam unpassend darauf aus.

Mistress Blythe öffnete die Tür. »Hier ist eine Tasse Salban-Tee, Liebes. Ich dachte, das beruhigt dich vielleicht etwas nach all dieser Aufregung.«

»Vielen Dank.« Cerinthe nahm die Porzellantasse, die mit zarten Rosenknospen bemalt war, und nippte an dem Tee.

»Ich hoffe, er ist mir so gut gelungen wie dir«, sagte Mistress Blythe. »Erinnerst du dich an unser erstes Gespräch? Dein Rezept ist einfach wunderbar. Ich glaube, es war letztlich ausschlaggebend dafür, dass ich dich Mistress Odue empfohlen habe.« Sie lachte.

»Ich bin froh, dass Sie es getan haben.«

»Unglaublich, dass du direkt vor unseren Augen gearbeitet hast, während wir die ganze Stadt nach dir abgesucht haben.« Mistress Blythe setzte sich in den anderen Sessel und strich ihren Kragen glatt. »Daina Odonna sagte, du seist eine der vielversprechendsten Bewerberinnen, die sie je gesehen hat. Meine Güte, war sie wütend, als du verschwunden warst! Man stelle sich vor, die begabteste aller Bewerberinnen versucht als Dienstmädchen auf die Schule zu kommen. Du bist ohne Zweifel ein sehr entschlossenes und einfallsreiches Mädchen. Das sagt auch dein Vater.«

Cerinthe ließ ihre Tasse sinken und starrte auf den Dampf, der daraus emporstieg wie Segel im Nebel.

»Es war sicher schwer, sich von ihm zu verabschieden?«, sagte Mistress Blythe sanft.

»Schrecklich«, flüsterte Cerinthe. Ihr Vater würde Faranor bei Tagesanbruch verlassen. Niemand konnte sie zum Hafen begleiten, damit sie ihren Vater abfahren sehen konnte.

»Kann ich nicht allein zum Hafen gehen?«, fragte sie noch einmal. »Ich verspreche, sofort zurückzukommen.«
»Es tut mir Leid, aber die Stadt ist voll von seltsamen Gestalten. Wir können es nicht verantworten, unsere Schüler allein ausgehen zu lassen. Das ist eine unserer strengsten Regeln.«
Cerinthe schnürte es die Kehle zu, als wäre ihr eine rohe Auster im Hals stecken geblieben. Sie sollte glücklich sein; die Meerjungfrau hatte sie schließlich doch erhört. Das unmöglich Geglaubte war tatsächlich wahr geworden: Sie war eine Daina an der königlichen Schule.
Mit einem warmen Blick in ihren blassblauen Augen beugte Mistress Blythe sich vor und tätschelte Cerinthes Knie.
»Du fängst übermorgen mit dem Unterricht an«, sagte sie. »Mederi Grace hat dir erst einmal einen Tag Ruhe verordnet. Und ich stimme ihr zu. Insbesondere da Daina Odonna sagt, dass du zu den Perlen kommst und nicht den Achaten.«
»Zu den Perlen? Aber dazu bin ich doch zu jung.«
»Du wirst die einzige Dreizehnjährige sein, das stimmt, aber die Daina glaubt, dass du für die Achis zu fortgeschritten bist.«
Cerinthe stellte ihre Tasse auf den Beistelltisch. Elliana und ihre Freundinnen waren Perlen. Elliana! Sie war schuld, dass Cerinthe geglaubt hatte keine Chance zu haben. »… du bist ausgeschieden. Nur wer es bis zum dritten Teil geschafft hat, wird auf der endgültigen Liste stehen …«
»Mistress Blythe«, fragte Cerinthe langsam, »warum ist mein Name nicht mit den anderen am Ende des zweiten Durchgangs aufgerufen worden?«

»Das hätte uns allen sicherlich eine ganze Menge Ärger erspart. Daina Odonna wusste bereits, dass sie dich wollte, aber sie musste die anderen noch auswählen. Sie ging davon aus, dass du im Kestrelsaal auf die endgültige Liste warten würdest. Das war ein Fehler.«

Im Kamin fiel ein Holzscheit in sich zusammen und Cerinthe beobachtete, wie die orangefarbene Glut pulsierte. Elliana hatte gewusst, dass es noch eine Chance gab. Wie konnte ein Mensch so gemein sein?

»Glaub mir, die Daina wird diese Vorgehensweise ändern.« Mistress Blythe erhob sich. »Ich lasse dir eine Perlen-Uniform hochschicken und dann bringen wir dich in dein Zimmer.« Sie wandte sich zum Gehen, blieb dann aber stehen.

»Oh, das hätte ich beinahe vergessen.« Mistress Blythe zog ein kleines, rundes Gefäß aus der Tasche. »Mederi Grace hat eine Salbe für deine Hände angerührt.« Sie gab Cerinthe das Gefäß und verließ den Raum.

Erfreut und zugleich voller Argwohn gegenüber der Magie der Mederi blickte Cerinthe auf die Salbe. Die Mederi hatte sie vor dem Bad eindringlich über ihren Trancezustand in der Kräuterkammer befragt. »Mir geht es gut«, hatte Cerinthe beharrlich behauptet ohne auf die Fragen einzugehen.

Sie ließ sich im Sessel zurücksinken und dachte an die Glühwurzel und an ihre Mutter. Es war grausam gewesen, alles noch einmal so genau vor sich zu sehen.

Oh Meerjungfrau, betete Cerinthe, *sag Mama, dass ich eine kleine Daina bin. Wo auch immer sie ist, wohin das Schwarze Schiff die Seelen auch immer bringt, sag ihr, unser Traum ist wahr geworden.*

Es klopfte an der Tür.
Cerinthe atmete einmal tief durch. »Herein.«
Tayla sprang fast in den Raum. »Hallo, *Miss* Cerinthe.« Sie grinste.
»Tayla! Ich bin ja so froh dich zu sehen. Ich möchte mich bei dir bedanken. Wenn du mich letzte Woche nicht hereingelassen hättest …«
»… wären Sie womöglich nie gefunden worden!«, beendete Tayla ihren Satz und drehte sich einmal um die eigene Achse, wobei die Wäschestücke, die sie über dem Arm trug, hochflogen. »Hier ist Ihre neue Schuluniform! Sie ist nicht grau! Du hättest Mistress Dalyrimple hören sollen, als ich ihr erzählt habe, für wen sie ist. Ihr fiel die Kinnlade so weit runter, dass ihr Unterkiefer fast im Waschtrog gelandet wäre – ungelogen.«
Cerinthe lachte.
»Kann ich Ihnen beim Anziehen helfen?«, fragte Tayla.
»Mir? Nein danke, mir hat niemand mehr beim Anziehen geholfen, seit ich drei Jahre alt war.«
Tayla strich über die Kleider. »Einige der kleinen Dainas haben zu Hause ihr eigenes Dienstmädchen. Sie sind es gewohnt, dass ihnen jemand die Knöpfe auf dem Rücken zumacht. Die Perlen lassen sich von mir helfen. Na ja, bei den vielen verschiedenen Unterrichtsstunden müssen sie sich auch den ganzen Tag umziehen.« Tayla rollte die Augen. »Deshalb gibt es so viel Wäsche!«
Cerinthe zog die Unterwäsche an, dann einen der Tüllunterröcke, von denen sie Dutzende gewaschen hatte. Womöglich hatte sie sogar genau diesen gewaschen. Anschlie-

ßend streifte sie ein Leinenhemd über den Kopf und stieg dann in ein wadenlanges, perlenfarbenes Unterkleid. Als Nächstes kam die königsblaue Schuluniform, die sie einen Moment in knisternde Dunkelheit hüllte, als sie über ihren Kopf glitt. Der Rock und die Ärmel waren gerade so lang, dass der Perlenstoff darunter noch zu sehen war. Zum Schluss machte Tayla für sie die Knöpfe zu – nur zum Spaß, sagte sie.

»Ich habe noch nie solche Kleider getragen.« Cerinthe zog ihre Schultern hoch; sie fühlte sich unwohl, die vielen Schichten gaben ihr ein Gefühl von Steifheit. »Ich trau mich nicht einmal zu atmen.«

»Das ist noch gar nichts«, erwiderte Tayla. »Sie sollten erst mal sehen, welche Kleidung Sie für besondere Anlässe haben, Miss Cerinthe. Echte Satin- und Brokatkleider – und Seidenstrümpfe statt Baumwolle. Alles von Ihrer Majestät höchstpersönlich zur Verfügung gestellt.«

»Um Meeres willen, sag nicht dauernd ›Sie‹ und nenn mich nicht ›Miss‹«, bat Cerinthe. »Dann komme ich mir ja noch merkwürdiger vor.«

»Oh, ich bekomme aber richtig Ärger, wenn jemand hört, dass ich eine kleine Daina nur mit Vornamen anspreche.«

»Aber wir sind Freundinnen.«

»Das ist nicht erlaubt.« Tayla zog die steife Schleife an ihrer Schürze fest. »Das geht nicht ohne Ärger ab. Und das wäre schlimmer für mich als für Sie, wenn ich das anmerken darf.«

Cerinthe seufzte. »Puh, haben die hier viele Regeln.«

Mistress Blythe trat ein, ein Perlendiadem in der Hand, das

sie in Cerinthes feuchtem Haar befestigte. »So. Jetzt gehörst du offiziell dazu. Ich bringe dich in dein Zimmer.«

»Danke für alles, Tayla«, sagte Cerinthe. Tayla machte einen übertriebenen Knicks und zwinkerte ihr zu.

Cerinthe folgte Mistress Blythe den Korridor entlang und die große Haupttreppe hinauf – die Zeit der Hintertreppen und Hintertüren war für sie vorbei. Während sie die Stufen hinaufstiegen, erklärte Mistress Blythe ihr alles Mögliche über die Schule.

»Die Klassenzimmer für Schulfächer wie Lesen, Geschichte und Musik sind im zweiten Stock«, erklärte sie. »Die meisten Übungsräume sind im dritten und vierten Stock.«

Sie gingen immer höher. Im fünften und sechsten Stock wohnten die Schülerinnen. Als sie den Südflügel in der sechsten Etage erreichten, öffnete Mistress Blythe eine Tür. »Das ist der Flügel der Perlen«, sagte sie und ließ Cerinthe eintreten. »Ihr seid zurzeit vierzig, fünf pro Schlafraum.« Sie öffnete eine weitere Tür. »Und das ist dein Zimmer.«

Cerinthe sah sich um. Durch zwei winzige Dachfenster drang ein wenig Licht hinein. Fünf Betten standen in regelmäßigen Abständen an den Wänden. An jedem Fußende befand sich eine niedrige Kommode und neben jedem Kopfende ein kleiner Tisch. Auf einem davon saß eine elegante Puppe, deren rote Samtröcke über die Kante fielen. Auf dem nächsten stand ein Farn, auf dem dritten eine silberne Glocke. Auf dem vierten thronte auf einer goldenen Staffelei ein Miniaturbild von Daina Kasakol.

Das fünfte Bett sah frisch gemacht aus. Cerinthes Segeltuchbeutel lag auf der Kommode. Tayla musste ihn aus dem Schlafsaal der Minnas hier heraufgebracht haben. Im Vergleich zu dem dunklen Loch dort unten war dieses Zimmer das reinste Paradies. Cerinthe hatte gerade begonnen eine Liste mit Hausregeln zu lesen, die an der Wand hing – »… körperliche Auseinandersetzungen haben den Verweis von der Schule zur Folge« –, als plötzlich Türen schlugen und polternde Schritte auf dem Gang zu hören waren.

Mistress Blythe lächelte. »Das hört sich eher nach Hafenarbeitern als nach Balletttänzerinnen an, nicht wahr?«

Eine Gruppe Mädchen drängte in den Raum.

»Das ist sie. Das verschollene Mädchen!«, riefen mehrere von ihnen.

»Hallo«, sagte Mistress Blythe. »Begrüßt eure neue Klassenkameradin, Cerinthe Luv von Normost.«

»Noch nie hat jemand die Achis übersprungen«, sagte eine von ihnen, »nicht mal Elliana.«

»Sieht nicht gerade außergewöhnlich aus, oder?«, flüsterte eine andere.

Dann verstummten alle. Cerinthe sah rotes Haar aufblitzen, als die Mädchen zurückwichen, um Elliana Platz zu machen.

»Du?« Sie starrte Cerinthe mit ihren kalten, grünen Augen an. »Du, aus der Galerie? Dieser ganze Aufstand wegen einer Schnüfflerin?« Elliana bückte sich, nahm ihren Rock hoch und steckte den Saum am Bund fest. Ohne Scham und ohne zu zögern zog sie ihre lange Rüschenunterhose hinunter und stieg vor aller Augen erst aus dem einen Hosenbein, dann aus dem zweiten.

»Bist du hier, um meine schmutzige Wäsche zu holen?«,

fragte sie und schleuderte die Unterhose hoch, die mit wehenden Hosenbeinen durch die Luft flog und Cerinthe traf. »Den Rest findest du hier.« Elliana deutete auf einen Schrank. »Sieh zu, dass alles ordentlich gewaschen wird.« Sie musterte Cerinthe von oben bis unten. »Alles, was hier aus der Waschküche kommt, ist so fürchterlich schmutzig.«

Cerinthe klatschte mit gespielter Freude in die Hände. »Elliana! Ich freue mich dich wieder zu sehen. Offensichtlich war ich doch gut genug.« Sie hob die Unterhose auf und warf sie auf eines der Kopfkissen. »Ich hoffe, das ist dein Bett. Das mit dem Bild der Kasakol? Das gleich neben meinem?«

Zwei rote Flecken flammten auf Ellianas hohen Wangenknochen auf. Ihre Augenfarbe wechselte wieder von Meergrün zu Meerblau.

»Mistress Blythe«, sagte Elliana, »schaffen Sie diese, diese … *Minna* aus meinem Zimmer. Sofort!«

Rivalinnen

»Aber Elliana, Liebes«, sagte Mistress Blythe. »Das ist das einzige freie Bett.«

»Und jetzt ist es nicht mehr frei«, fügte Cerinthe hinzu und setzte sich auf die Kante.

Elliana stemmte ihre Hände in die Hüften. »Mistress Blythe«, sagte sie, »wenn meine Eltern wüssten, dass Sie es wagen, mich mit einer Minna in ein Zimmer zu stecken, würden sie die finanzielle Unterstützung für die Schule einstellen. Und da sie Verwandte dritten Grades der Königin sind, werden sie sicherlich Ihre Majestät davon in Kenntnis setzen. Dann werden Sie, Mistress Blythe, vor die Tür gesetzt, wenn Sie nicht sofort tun, was ich sage.«

»Du alte Gräte«, sagte ein sommersprossiges Mädchen, »als wenn es der Königin nicht völlig piepe wäre, wo du schläfst.« Die anderen Mädchen lachten, aber Mistress Blythe fingerte nervös an ihrem Haarknoten.

»Elliana«, sagte sie schließlich. »Bei uns sind alle Schüler gleichgestellt. Das ist ein Grund, warum ihr eine Schuluniform tragt. Allein die Fähigkeit bestimmt den Rang.«

»Vielleicht im Unterricht«, erwiderte Elliana. »Aber nicht in meinem Schlafzimmer.«

Ein Mädchen drängelte sich zu Ellianas Bett, wo die zusammengeknüllte Rüschenunterhose lag. Sie hob sie auf und begann sie zusammenzulegen.

»Ich würde …«, stammelte sie, »ich würde das Zimmer tauschen, wenn es Ihnen recht wäre, Mistress Blythe. Vorausgesetzt, es wäre für Elliana in Ordnung, wenn ich das Bett hier nähme?«

»Ritoria.« Elliana tippte mit dem ausgestreckten Fuß auf den Boden, während sie das Mädchen musterte. »Ritoria Windset aus der Bucht von Inverness.«

Ritoria duckte sich erwartungsvoll wie ein Welpe. »Meine Familie ist …«

»Ich weiß alles über deine Familie«, unterbrach Elliana sie. Sie wandte sich Mistress Blythe zu. »Ritoria ist akzeptabel. Und jetzt entfernen Sie das da.« Sie zeigte auf Cerinthe.

✸

Zwei Tage später, während ihrer ersten Ballettstunde, war Cerinthe immer noch wütend darüber, wie Elliana sie behandelt hatte.

»Und jetzt die andere Seite, meine Perlen«, rief Daine Miekel, der Lehrer. »Denk dran, Isalette, die Übung heißt Grands Battements. Das Bein geht auf Kopfhöhe, verstanden? Nicht nur bis zur Hüfte.«

Cerinthe drehte sich mit allen anderen und legte ihre linke Hand auf die Eichenholzstange, die an drei Seiten des Raumes entlanglief. Die vierte Wand war verspiegelt.

»Fertig?«, fragte Daine Miekel. »Arme, eins, zwei … und!«

Der Mann am Klavier, der nur aus Haut und Knochen zu bestehen schien, begann zu spielen.
Vierzig Beine in rosafarbenen Strumpfhosen schwangen auf und nieder. Cerinthe entdeckte sich im Spiegel inmitten einer langen Reihe anderer Mädchen in identischen königsblauen Ballettanzügen mit engen Oberteilen und kurzen, bauschigen Tutus. Aus den Augenwinkeln beobachtete sie Elliana. Sie machte ihre Übungen nicht an der Stange, sondern stand allein am Klavier, dem Platz, der der besten Schülerin der Klasse vorbehalten war. Ihr Bein schwang bis über ihren Kopf.
Cerinthe hätte es schrecklich gefunden, mit »Ihrer Hoheit«, wie Elliana von den Mädchen genannt wurde, ein Zimmer zu teilen. Warum war Elliana so sehr gegen sie? Weil sie den Streit mit Lady Nautilus mit angehört hatte? Oder weil Elliana alle, die nicht aus adeligen Familien kamen, verachtete. Aber Cerinthe hatte erfahren, dass es in der Schule noch andere gab, die aus einfachen Verhältnissen stammten, obgleich es aufgrund der Kosten allein für die Aufnahmeprüfung – Unterricht, Schuhe, Ballettanzüge, Anreise – nicht viele waren. Keiner der Gründe schien ihr wirklich überzeugend.
Konzentrier dich, zwang sich Cerinthe. Sie war eine kleine Daina und keine Minna, egal was die anderen dachten. Zeig's ihnen! Sie streckte ihre Zehe, so weit es ging, drehte Füße und Hüfte nach außen und drückte die Knie durch, bis sie so gerade wie Masten waren.
»Schultern parallel.« Daine Miekel ging die Reihe entlang und korrigierte die Haltung der Mädchen. Er kam aus dem

Süden und seine Haut war so schwarz und glatt wie die Steine, die Cerinthe am Strand gesammelt hatte. Ein goldenes Band hielt sein langes, braunes Haar zusammen. Vor Beginn des Unterrichts hatte er Cerinthe skeptisch willkommen geheißen – beim Vortanzen war er nicht dabei gewesen – und ihr dann einen engen Eckplatz an der Stange zugewiesen. Einen Mann als Lehrer zu haben kam Cerinthe merkwürdig vor.

Er näherte sich, war nur noch zwei Mädchen von ihr entfernt. Nervös begann sie mit ihren Battements aus der zweiten Position und konzentrierte sich auf den blonden Haarknoten der Schülerin vor ihr.

»Den Arm beugen, Sylva«, sagte Daine Miekel zu dem Mädchen. Cerinthes Zunge fühlte sich trockener an als Seetang in der Sonne. Aus dem Augenwinkel sah sie, wie Daine Miekel sie beobachtete, aber er ging zum dritten Mal vorbei ohne etwas zu sagen. War sie so schlecht, dass er sich nicht einmal die Mühe gab, sie zu korrigieren?

Als die Musik aufhörte, rief Daine Miekel: »Die Übungen an der Stange sind hiermit beendet. Fünf Minuten dehnen und dann alle in die Mitte.«

Cerinthes Ballettanzug klebte an ihrem verschwitzten Rücken. Sie schwang ihr rechtes Bein auf die Stange und ließ es auf dem polierten Holz entlanggleiten, bis es in ihrem Oberschenkel zog. *Meerjungfrau,* betete sie, *hilf mir. Alle werden mich beim Tanzen beobachten. Lass mich vor Elliana und dem Daine nicht versagen.*

Wie eine Königin, die sich auf ihrem Thron niederlässt, ging Elliana in den Spagat; ihre langen Beine schienen sich endlos zu strecken. Sie bog ihren Rücken nach hinten und bewunderte sich im Spiegel.

Als Cerinthe ihr linkes Bein auf die Stange schwang, merkte sie, dass die Bänder ihrer Spitzenschuhe lose um ihre Knöchel hingen.

»In die Mitte!«, rief Daine Miekel.

Während die anderen Mädchen sich in Gruppen aufstellten, band Cerinthe hastig ihre Bänder neu und verknotete die Enden.

»Cerinthe Luv«, sagte Daine Miekel, »du tanzt in Gruppe drei. Sie wird von Isalette geführt.«

Isalette, das sommersprossige Mädchen, das Elliana widersprochen hatte, war eine von Cerinthes Zimmergenossinnen. Sie nickte ihr zu, wobei ihr kurzes, in alle Richtungen abstehendes Haar wie eine Seeanemone hin und her schwang. Cerinthe lief zu ihr hinüber.

»Bevor wir an dem Adagio arbeiten«, sagte Daine Miekel, »habe ich eine neue Aufgabe für euch. In den nächsten Monaten werdet ihr alle einen eigenen Tanz erarbeiten.«

»Sturm und Donner!«, stöhnte Isalette. Auch die anderen Mädchen murrten. Überrascht blickte Cerinthe um sich. Am Strand von Normost hatte sie stundenlang Tänze erfunden. Das war leicht. Sie dachte einfach daran, wie die Dinge sich bewegten – Bäume, Wellen, Seehunde –, und versuchte sich in sie hineinzuversetzen.

Daine Miekel ging zur Tür des Übungsraums und öffnete sie. »Eure Beschwerden landen bitte da draußen, nicht in meinen Ohren. Es bleibt euch überlassen, ob ihr sie weiter verfolgt, aber dann braucht ihr nicht zurückzukommen.«

Das Murren verstummte.
»Ihr sucht euch ein Thema und eine Musik aus«, fuhr er fort.
»Der Tanz soll fünf Minuten dauern. Irgendwelche Fragen?«
»Dürfen wir etwas aus dem Repertoire des Ensembles variieren?«, fragte Elliana.
»Nein. Es muss ein Original sein. Sucht nach eurem kreativen Kern und lasst daraus einen Tanz entstehen.«
Elliana blickte finster drein.
Isalette flüsterte Cerinthe zu: »Ihre Hoheit könnte nicht mal im Schlaf zwei Schritte frei hintereinander setzen.«
»So«, sagte Daine Miekel, »wenn Isalette mit dem Reden fertig ist, werden wir das Adagio wiederholen.« Er zeigte die Schrittfolge so schnell, dass Cerinthe sie sich nicht merken konnte. Die Klasse übte das Adagio anscheinend schon seit geraumer Zeit; sie bemerkte, dass die Mädchen die einzelnen Bewegungen nur mit der Hand andeuteten. »Und wir enden mit einer Arabesque Effacée Penchée. Noch irgendwelche Fragen?«
Obwohl sie mindestens zwanzig hatte, traute Cerinthe sich nicht, sie zu stellen.
Daine Miekel nickte. »Gruppe eins, bitte Position einnehmen. Fertig? – Arme, eins, zwei und …« Die langsame Musik setzte ein.
Cerinthe beobachtete, wie Elliana die erste Gruppe führte. Sie war neugierig zu sehen, ob sie ihrem Ruf als beste Tänzerin der Klasse gerecht würde.
Ausdrucksstark und selbstsicher tanzte Elliana anmutig wie eine junge Priesterin, die die Göttin anrief. Ihre Schritte waren präzise und gingen fließend ineinander über, bis das

Adagio sich öffnete wie eine Knospe. Zunächst war Cerinthe hingerissen, aber schon bald runzelte sie die Stirn. Irgendetwas stimmte nicht, auch wenn sie nicht sagen konnte, was es war. Ellianas Körperhaltung war gut, ihre Balance ebenfalls – alles war gut. Was war es dann?

Gruppe eins war fertig.

»Elliana«, rief Daine Miekel, »die Arabesque bitte noch mal.« Sie stand in der Arabesque, während er ihre Armhaltung korrigierte. »Und so, und hier. Dein Blick folgt der ausgestreckten Hand. Und weiterstrecken. Als wenn da etwas außerhalb deiner Reichweite wäre … greif danach. Und jetzt hoch und halten!«

Cerinthe war begeistert, wie anders Elliana jetzt wirkte. Jeder Muskel schien lebendig, ihr Körper strahlte eine Energie aus, die den Raum erfüllte. Da begriff Cerinthe: Nicht ein einziges Mal während des Adagios hatte Elliana eine Figur bis zum Äußersten gehalten oder gestreckt. Jetzt, als sie aus der Arabesque ins Penché ging, war sie atemberaubend. Warum versuchte sie nicht die ganze Zeit so zu tanzen? Wenn sie das täte, könnte sie eines Tages eine berühmte Daina werden.

»Besser«, bestätigte Daine Miekel. »Verstehst du, was ich meine?«

»Oh ja, Sir, ich verstehe.« Elliana lächelte ihn bewundernd an.

»Dann zeig's mir noch mal.«

Ellianas nächste Arabesque hatte die kurzzeitig aufblitzende Energie wieder verloren; sie wirkte wie die während des Adagios – ohne Dehnung und Streckung. Anscheinend gab sie sich keine besondere Mühe mehr.

Daine Miekel presste die Lippen zusammen und bedeutete ihr abzutreten.

»Gruppe zwei!«, rief er. Als Elliana zur Stange zurückging, rieb sie sich den Arm an der Stelle, an der sie der Daine angefasst hatte.

Als er schließlich Gruppe drei zu sich rief, stellte Cerinthe sich ganz nach hinten, obwohl sie wusste, dass sie sich nicht verstecken konnte, dass jedes Auge im Raum auf sie gerichtet war – auf die Neue, die Minna, die die Achis übersprungen hatte. Was, wenn sie so schlecht tanzte, dass Daine Miekel sie zu den Achis schickte? Oder zurück ins feuchte Verlies? Oder aus der Stadt verwies? Oder …

»Fertig? Arme, eins, zwei und …«

Zum dritten Mal schallte das Adagio durch den Raum. Cerinthe tanzte. Die Sonne, die durch das Fenster schien, strich über ihren Körper und sie verlor ihre Unsicherheit in dieser Verbindung von Wärme, Musik und Bewegung. In ihren Träumen hatte sie so oft in der königlichen Schule getanzt. Träumte sie jetzt? Oder war sie zu guter Letzt tatsächlich eine kleine Daina?

Plötzlich zuckte sie zusammen. Der Knoten in ihren Schuhbändern drückte unter ihrem Knöchel. Sie hatte sie zu fest gebunden. Ihre Träumerei endete abrupt und sie vergaß den nächsten Schritt. Als sie aufblickte, um sich an den anderen zu orientieren, sah sie, dass Daine Miekel sie beobachtete. Im Spiegel hinter ihm konnte sie erkennen, dass auch alle anderen Blicke auf sie gerichtet waren. Sie konnte die Arabesque nicht mehr halten und hüpfte, um wieder ins Relevé zu kommen. Jemand kicherte. Völlig verkrampft versuchte

sich Cerinthe am Penché, als abermals ein Kichern durch den Raum drang.
»Stopp!« Der Daine klatschte in die Hände und die Musik verstummte. Cerinthe ließ den Kopf hängen und zweifelte nicht daran, dass er sie in die Waschküche zurückschicken würde. Dabei begannen ihre Hände doch gerade zu heilen.
»Elliana!«, sagte Daine Miekel. »Komm her.«
Mit schnellen, eifrigen Schritten ging Elliana nach vorn. »Ja, Sir?«, fragte sie und lächelte wieder ihr bewunderndes Lächeln.
»Warum hast du meinen Unterricht gestört?«, wollte der Daine wissen. »Was findest du so amüsant?«
»Verzeihen Sie.« Elliana machte einen Knicks. »Ich konnte nicht anders. Aber Sie haben Recht. Die Situation ist gar nicht amüsant, eher schockierend. Seitdem diese …«, sie nickte in Richtung Cerinthe, »… diese Minna zur Aufnahmeprüfung kam und dann verschwand, gibt's hier kein anderes Thema mehr: ›Wie gut sie sein muss! Wie sehr Daina Odonna sie haben will! Die beste Bewerberin seit Jahren.‹ Und nun – sehen Sie sich an, wie schlecht sie tanzt.«
Cerinthe wäre am liebsten im Erdboden versunken.
»Wie ist das vereinbar mit dem Standard unserer Schule?« Elliana machte eine abfällige Geste. »Wenn eine einfache Minna zum Lieblingskind wird?«
Daine Miekel verschränkte die Arme. »Meine Mutter war Köchin. Ich komme auch aus einfachen Verhältnissen.«
Elliana blickte einen Moment erstaunt drein, dann warf sie ihren Kopf in den Nacken und lachte ein wenig zu schrill.
»Sie sind ein Daine«, sagte sie, »ein Solotänzer im könig-

lichen Ballettensemble. Daines und Dainas gehören der Oberschicht an – das ist königlicher Beschluss.«
»Du kannst zurücktreten, Elliana«, sagte Daine Miekel. »Cerinthe, du kommst bitte nach vorn.«
»Ja, Sir?« Cerinthe machte einen Knicks.
»Von jetzt an wirst du in Gruppe eins tanzen, an zweiter Position. Außerdem wirst du während der Übungen an der Stange am Klavier stehen – vor Elliana.«
Die anderen Mädchen schnappten nach Luft. Cerinthe wurde schwindelig. War sie für den Daine wirklich die zweitbeste Tänzerin der Klasse? Nur die Erste in der Gruppe war ranghöher.
Elliana öffnete den Mund, aber es kam kein Ton heraus.
»Du solltest sprachlos sein, Elliana«, sagte Daine Miekel. »Dieses Mädchen hier ist das jüngste in der Klasse und fast so gut wie du. Und du wirst hart arbeiten müssen, um besser zu bleiben als sie. Aber du weißt nicht, was es heißt, zu arbeiten, stimmt's?«
»Du solltest schon bei den Smaragden sein«, fuhr Daine Miekel fort. »Du bist älter als alle anderen Perlen.« Er hob einen Finger. »Aber du bist faul. Dir ist alles zugefallen. Aber jetzt gibt es jemanden, der dich herausfordert; mit Talent allein kommst du jetzt nicht mehr durch. Wenn du weiterhin Klassenerste bleiben willst, musst du lernen zu arbeiten. Kannst du das?«
Mit hochrotem Gesicht warf Elliana den Kopf in den Nacken.
»Wir werden sehen, ob du das Herz einer Tänzerin hast«, sagte Daine Miekel. »Jetzt geh an deinen Platz zurück. Und stör meinen Unterricht nie wieder.«

Elliana drehte sich um und starrte Cerinthe wütend an. Ihr Kopf bewegte sich hin und her, dass es aussah wie eine Mischung aus Zucken und Zittern. Cerinthe bohrte ihre Fingernägel in die Handflächen. Sie wünschte, der Daine hätte Elliana nicht vor allen anderen bloßgestellt.
Jetzt hatte Elliana einen guten Grund, sie zu hassen.

Eine unverhoffte Freundin

Mitten in einer Fouetté hielt Cerinthe inne. Sie ließ sich im Windrosenraum auf den Boden fallen und seufzte erschöpft. Es war Samstagnachmittag. Sie hatte versucht einen Tanz über die einarmige Frau zu kreieren, die auf dem Markt Zimtkrapfen verkaufte, aber sie fand weder die richtigen Schritte noch stellte sich ein Gefühl dafür ein. Trotz aller Mühen war es Cerinthe nicht gelungen, in den letzten sechs Wochen einen Tanz für Daine Miekel zu choreografieren.

Ihr Magen rumorte. Sie hatte nur die zwei Stunden nach dem Mittagessen am Samstag frei. Um eine Extrastunde für den Tanz abzuknapsen, hatte sie heute das Essen ausfallen lassen. Ballettstunden, Schulstunden, Mahlzeiten und sogar Unterricht in gesellschaftlichen Umgangsformen füllten jede Minute ihres Tages und ließen kaum Luft zum Atmen. Manchmal fand Cerinthe ein paar Minuten Zeit am Abend für den Tanz. Aber für heute hatte Daina Odonna alle aus Schule und Ballettensemble nach dem Abendessen zu einer außerordentlichen Versammlung bestellt.

Durch die Fenster fiel das Licht schräg gegen die Wände des Raumes, der sich in einem der Erker des Südflügels im siebten Stock verbarg. Cerinthe hatte ihn eines Nachmittags entdeckt, als sie unbedingt allein sein musste. Er wurde nicht häufig genutzt, da sich an den schrägen Wänden keine Spiegel anbringen ließen.

Cerinthe streckte die Beine aus, fasste sich an die Fersen und dehnte sich, bis ihre Nase die Knie berührte. Sie durchdachte eine Idee nach der anderen für den neuen Tanz. Als sie sich lockerte, verrutschte ihr Rock und sie bemerkte einen daumenlangen Schlitz auf der Rückseite, kein Riss, sondern ein absichtlich gesetzter Schnitt mit der Schere.

»Der Teufel soll dich holen, Elliana!«, fluchte Cerinthe und schlug auf den Boden. Seit sie von Daine Miekel bloßgestellt worden war, hatte Elliana immer neue Wege gefunden, Cerinthe das Leben schwer zu machen. Einmal waren die Bänder ihrer Spitzenschuhe abgerissen; ein anderes Mal wachte sie morgens auf und fand eine dicke Strähne ihres Haars abgeschnitten, und als sie eines Tages ihre Kommode öffnete, lag der erste Brief ihres Vaters, der für sie so kostbar war, zerrissen darin.

»Warum kann Elliana mich nicht einfach in Ruhe arbeiten lassen?«, fragte Cerinthe den leeren Raum. »Ich will doch nur tanzen!«

In den letzten Wochen hatte sie mehr für das Ballett trainiert, als sie jemals an etwas anderem gearbeitet hatte. Je mehr sie lernte, desto mehr verstand sie, dass sie lernen musste, und zwar nicht nur tanzen. Eine Balletttänzerin musste auch über Kunst, Schauspiel und Literatur Bescheid wissen – über alles Schöne. Und über Musik! Cerinthe hatte nie zu etwas anderem getanzt als zu ihrer eigenen Stimme, Toneas Summen oder dem wundervollen Lied der Meerjungfrau.

Sie ließ ihren Rock los und war entschlossen sich nicht von Elliana provozieren zu lassen. Sie stand auf, um eine andere Idee für den Tanz zu probieren. Sie stellte sich vor, mit Thordon auf dem Deck der *Hoffnung des Morgens* zu tanzen. Wie sehr sie ihn vermisste … Sie hatten drei Briefe ausgetauscht, aber ein Brief war nicht das Gleiche wie ihn zu sehen. Cerinthe versuchte ihre ganze Sehnsucht in den Tanz fließen zu lassen.

Aber wieder fühlte sie nichts. Sie hielt inne und wischte sich mit der Hand über die Stirn. Und sie tanzte ohne sich etwas dabei vorzustellen oder zu denken? Wenn sie aus reiner Freude tanzte? Die Schritte wie Wasser fließen ließe, wie sie es immer auf Normost getan hatte?

Cerinthe begann mit dem ersten Schritt, der ihr in den Sinn kam – Glissade, Jeté, Assemblé, Changement … Drehung … Pirouette, Piqué, Piqué – aber dann schossen ihr all die Dinge durch den Kopf, an die sie sich erinnern sollte.

Die Beine vom Oberschenkel an nach außen drehen!, hörte sie Daine Miekel sagen. *Vom Zentrum des Körpers aus bewegen, die Hände wölben, damit sie kleiner aussehen.* Obwohl ihr Kopf voller Gedanken war, fühlte sie sich leer. *Die Hüfte gerade. Strecken!* Sie tanzte schneller und schneller, bis sie gegen eine der schrägen Wände stieß.

»Verdammt noch mal!«, fluchte sie und rieb sich die Schulter. »Was ist bloß los mit mir? Es war doch sonst immer so einfach.« Sie seufzte und blickte aus dem Fenster in den grauen Winterhimmel. Ihre Sehnsucht nach Thordon war zu etwas Größerem geworden; etwas, das ihrem Herzen einen Stich versetzte.

Der Riegel wurde beiseite geschoben, die Tür öffnete sich und zwei ältere Mädchen in Ballettanzügen kamen herein.

»Du hast offensichtlich nicht zugehört, Sileree«, sagte die eine. »Die Daina sprach davon, dass eine Attitude auf die Brisés Volés folgen soll …« Sie sah Cerinthe und hielt inne.

Cerinthe erkannte Juna Wilner und Sileree Vox, die beiden Diamanten, die an dem Tag, an dem sie in Daina Odonnas Unterricht geplatzt war, am Klavier ihre Übungen gemacht hatten. Sie waren die besten Tänzerinnen der Schule. Juna war groß und hellhäutig, mit goldenem Haar und blauen Augen. Sileree war ein dunklerer Typ mit riesigen, unergründlichen Rehaugen und glattem, dunkelblondem Haar wie das von Cerinthe.

»Nanu, sieh mal, wer da ist.« Juna blinzelte einige Male. »Das ist doch das Mädchen, das immer überraschend irgendwo auftaucht. Erst ist sie eine Minna in der Waschküche, dann die Erste auf der Liste der Aufnahmeprüfung. Und jetzt ist sie hier im Windrosenraum – eine Perle, die ›Ihrer Hoheit‹ den Platz streitig machen kann, wie man hört.« Juna grinste. »Was glaubst du, wo sie nächstes Mal auftaucht?«

Cerinthe, die es nicht mochte, wenn man über sie sprach, als wäre sie nicht da, klopfte mit den Fingern gegen das Fenster. »Ich wusste nicht, dass dieser Raum reserviert war«, sagte sie.

Sileree kam näher und blieb neben ihr stehen. »Du heißt Cerinthe, stimmt's? Ein ungewöhnlicher Name … ich mag seinen Klang.« Sie wiederholte ihn langsam. »Cerinthe.« Ihre tiefe, volle Stimme vibrierte wie Musik.

Cerinthe lächelte. Sie mochte den Klang ihres Namens ebenfalls, wenn Sileree ihn aussprach.

»Wir haben den Raum nicht reserviert«, klärte Sileree sie auf. »Wir kommen nur ab und zu hier rauf, um unsere Ruhe zu haben.«

»Ich auch«, sagte Cerinthe.

»Aha!« Juna machte einige schnelle Chainé-Drehungen und blieb neben ihnen stehen. Das Diadem in ihrem Haar blitzte. Sie blickte aus dem Fenster. »Ach, deshalb bist du hier. Aber ich würde es an deiner Stelle nicht versuchen.«

»Was versuchen?«, fragte Cerinthe.

»Von hier zum Erker der Kasakol zu kommen«, erklärte Juna. »Hast du nicht dort hingesehen?«

»Ich habe in den Himmel geschaut.«

Juna lachte. »Ja, klar.«

»Juna!«, mahnte Sileree. »Lass sie in Ruhe.«

»Was meinst du mit Erker der Kasakol?«, fragte Cerinthe. »Ich weiß natürlich, wer Daina Kasakol war, aber …«

Sileree zeigte aus dem Fenster. »Da, drei Erker weiter, am Hauptflügel, wo die Möwe langspaziert … Dort hat Daina Kasakol gewohnt, als sie eine der Diamanten war.«

»Oh«, sagte Cerinthe voller Ehrfurcht.

»Man sagt, er heißt Erker der Kasakol«, fügte Sileree hinzu, »weil sie einmal ein Paar Spitzenschuhe an einem einzigen Tag durchgetanzt hat. Dann kroch sie aus dem Dachfenster und hängte sie am Erker auf.«

»Angeberei«, sagte Juna.

»Der Raum wurde so erhalten, wie er war«, fuhr Sileree fort. »Als eine Art Schrein. Die Legende sagt, wenn eine kleine Daina auf dem flachen Dach neben dem Erker tanzt, wird sie die größte Tänzerin ihrer Zeit.«

»Was für ein Unsinn.« Juna lehnte sich gegen das Fensterbrett und dehnte ihre Waden. »Die Mädchen haben sich aus dem Fenster der Kasakol geschlichen, um dort oben zu tanzen. Dann ist vor zwanzig Jahren irgendein Tollpatsch runtergefallen und hat sich den Hals gebrochen. Jetzt halten sie den Raum verschlossen.«
Cerinthe schaute in den Hof sieben Stockwerke unter ihr und erschauderte. »Das ist sehr tief. Ist die Legende wahr?«
Juna schnaubte verächtlich. »Der einzige Weg, die Beste zu werden, ist hart zu arbeiten. Dein ganzes Herzblut hineinzugeben. Dich selbst jeden Tag zu fordern. Egal wie müde du bist oder wie sehr deine Füße schmerzen, wie sehr die Lehrer dich auch demütigen. Und glaub mir, das werden sie.«
»Juna, bitte«, rügte Sileree.
»Es kann nicht schaden, wenn sie gleich lernt, wie das hier läuft«, sagte Juna, »auch wenn sie eine Art Günstling aus dem wilden Norden oder Kloud-weiß-woher ist.«
Cerinthe blickte finster drein. »Nördliche Provinz heißt das.«
»Oh Verzeihung«, Juna machte einen übertriebenen Knicks.
Cerinthe biss sich auf die Lippen und sah abermals zum Erker der Kasakol hinüber. Die Möwe war fortgeflogen.
»Hör nicht auf sie.« Sileree legte ihre Hand auf Cerinthes Schulter. »Sie hat schlechte Laune, weil Daina Odonna ihr nicht sagen will, warum sie die Versammlung einberufen hat.«
»Es muss etwas ganz Wichtiges sein«, sagte Juna und tippte sich drei Mal an die Nasenspitze. »Sogar im Ensemble kur-

sieren Gerüchte.« Sie wandte sich vom Fenster ab. »Soll ich dir was sagen, Cerinthe? Es ist leichter, allerdings trotzdem gefährlich, vom Dach aus auf den Erker der Kasakol zu kommen.«

»Das darf ja wohl nicht wahr sein!«, rief Sileree.

Aber Juna lächelte nur. »Was darf nicht wahr sein?« Sie ging in die Mitte des Raumes. »Und, was ist jetzt mit der Variation?« Sie machte drei Brisés Volés und schloss mit einer Attitude. In perfekter Haltung stand sie auf der Spitze und warf Cerinthe einen Blick zu. »Du warst hier doch fertig, oder?«

»Ja, ja«, antwortete Cerinthe. »Natürlich.«

»Wir können auch woanders hingehen«, bot Sileree an. »Du warst zuerst hier.«

Cerinthe hob ihren Schal auf. »Nein, danke. Ich bin sowieso nicht vorangekommen.«

»Ich weiß, was du meinst«, sagte Sileree. Sie sahen sich an und Cerinthe überkam ein Gefühl, als würde sie in den Tiefen von Silerees Augen versinken, dunkle Augen von Goldbraun über Nussbraun bis zu einem Braun, so tief wie der Meeresgrund. Cerinthe fühlte sich unbehaglich; die Worte blieben ihr im Halse stecken.

»Ich halte heute Abend bei der Versammlung nach dir Ausschau«, sagte Sileree freundlich.

Cerinthe nickte und verließ den Raum, aber statt zur Haupttreppe ging sie nach rechts. Sie bog um eine Ecke, ging durch zwei Türen und blieb vor der dritten stehen. Daran hing ein Bronzeschild mit der Aufschrift: *Erker der Kasakol.* Cerinthe blickte sich um; der Gang war leer. Sie versuchte den Riegel zurückzuschieben, aber er gab nicht nach.

Sehnsucht

Als sie in den Flügel der Perlen zurückkam, sah sie, dass die Tür zu ihrem Zimmer weit offen stand. Sie näherte sich vorsichtig und überlegte, welchen Streich Elliana ihr dieses Mal gespielt haben könnte. Aber sie sah nur Tayla, die gerade die Betten abzog.

»Hallo Miss«, begrüßte Tayla sie, »wie läuft es mit dem neuen Tanz?«

»Gar nicht.« Cerinthe ließ sich auf die unbezogene Matratze fallen. Die Sonne kämpfte sich mühsam durch den grauen Himmel und schien durch das Dachfenster.

»Wie schade«, sagte Tayla. »Ich habe so auf den Tanz mit der Krapfenfrau gehofft. Ich kann den Zimt fast riechen.« Sie schloss die Augen und schnupperte. »Köstlich.«

Cerinthe musste lächeln, aber der Gedanke an Zimtkrapfen bereitete ihr eher noch Magenknurren.

»Ich hab's sehr wohl gehört.« Tayla stopfte die schmutzigen Laken in einen Wäschesack. »Mit Verlaub, Mahlzeiten auszulassen nützt nicht viel. Mit einem Loch im Bauch kann ich nie gut arbeiten.«

»Mit vollem Magen kann ich nicht tanzen«, erwiderte Cerinthe. Auch sie spürte ein Loch in ihrem Inneren, aber sie sehnte sich nach etwas anderem als nach Schellfischeintopf.

Tayla blickte sie misstrauisch an und faltete ein frisches Laken auseinander. Der Staubwedel, den sie sich unter die Schürzenbänder geklemmt hatte, flatterte hin und her, wenn sie sich bewegte. Plötzlich erhellte sich ihr Gesicht.

»Sehen Sie doch mal, Miss.« Sie zeigte auf Cerinthes Nachttisch, wo die Sonnenstrahlen auf die Kristallflügel der Möwe schienen und sich in allen Regenbogenfarben brachen. »Wie sie glitzert! Sie begrüßt mich immer so freundlich, wenn ich hier die Zimmer mache, aber ich staube sie nie ab, wenn Sie nicht da sind. Niemals, Miss. Soll ich es heute machen?«

»Bitte.« Cerinthe hielt den hölzernen Sockel der Möwe fest, während Tayla mit dem Staubwedel über das feine Kristall fuhr. In dem reflektierenden Licht auf dem Glas sah Cerinthe für einen Moment echte Möwen – einen ganzen Schwarm, der kreischend über dem Meer schwebte.

Das Meer. Der Gedanke daran fuhr ihr in die müden Beine und sie wollte tanzen. War die Sehnsucht nach dem Meer verantwortlich für ihre Rastlosigkeit? In ihrem Leben auf Normost war das Meer ständig da gewesen. Jeden Morgen wurde sie vom Rauschen der Brandung – manchmal laut, manchmal leise – geweckt und jeden Abend von ihm in den Schlaf gesungen. Hier, in der königlichen Schule, hörte sie nur das Klappern der vorbeiziehenden Wagen und Pferde auf der Straße. Seit dem Tag auf dem Markt mit Thordon und – wie hieß er noch? Der Schnitzer? Skolla – dem alten Skolla hatte sie das Meer weder gesehen noch gehört.

Tayla breitete ein frisches Laken auf Isalettes Bett aus. Cerinthe stand auf und griff nach einem Ende.

»Danke, Miss, aber das ist wirklich nicht nötig.« Tayla schaute zu der offenen Tür.
»Lass mich helfen«, sagte Cerinthe, »dann fühle ich mich wie zu Hause. Außerdem ist es leichter, zu zweit Betten zu machen.« Sie bezogen drei Betten und machten sich dann an das vierte. Sie ließen das Laken auffliegen, bis es sich wie ein Segel wölbte. Cerinthe stand regungslos. Warum nicht hinausschleichen, um zur Majestätsbucht zu laufen? Möglicherweise fand sie sogar Thordon unten am Hafen. Cerinthe seufzte. Sie konnte Mistress Krissel, die Internatsleiterin, mit ihrer vornehmen Stimme förmlich sagen hören: »Schülerinnen, die das Gelände ohne Erlaubnis und Begleitung verlassen, werden von der Schule verwiesen.« Regel Nummer dreitausendzweiundsechzig.
Die Sonne war weitergewandert; die Möwe saß jetzt wieder im Schatten. Cerinthe wusste, dass unter all ihren Sehnsüchten auch die Sehnsucht nach ihrer Mutter war. Daran konnten weder das Meer noch Thordon etwas ändern. Daran konnte niemals irgendjemand etwas ändern.
Tayla zog behutsam an dem Laken, das auf dem Bett in sich zusammengefallen war.
»Entschuldigung«, sagte Cerinthe. »Anstatt dir zu helfen behindere ich dich. Ich musste an meine Mutter denken. Sie hütete die Möwe wie einen Schatz. Kurz vor ihrem Tod hat sie sie mir gegeben.«
»Oh Miss, sie muss sie sehr geliebt haben.«
»Wie ergreifend«, sagte eine Stimme hinter ihnen.
Erschrocken drehten Cerinthe und Tayla sich um.
Im Türrahmen stand Elliana mit verschränkten Armen.

»Schlechter Geschmack scheint in eurer Familie offensichtlich verbreitet zu sein«, sagte sie. »So einen Ramsch kann man für fünf Muschelgroschen auf dem Markt kaufen. Sie ist aus ganz normalem Glas, nicht aus Kristall. Man muss ganz schön dumm sein, um so was zu kaufen, und noch dümmer, um es dann auch noch zu hüten wie einen Schatz.«

Mit geballten Fäusten ging Cerinthe auf Elliana los. Anstatt ihre Arme zu heben, um den Schlag abzuwehren, beobachtete Elliana sie nur mit zusammengekniffenen Augen. Instinktiv zögerte Cerinthe, denn – das wusste sie von Kämpfen auf Normost – es war merkwürdig und unnatürlich, so ungeschützt dazustehen. Elliana wollte getroffen werden. Aber warum? Aus dem Augenwinkel sah Cerinthe ein Stück weißes Papier an der Wand leuchten – die Liste mit den Hausregeln. Sie hielt mitten im Schwung inne – ihre Faust kurz vor Ellianas spöttischem Gesicht.

»Clever«, sagte Cerinthe.

»Ich habe keine Ahnung, wovon du sprichst«, antwortete Elliana.

»Wenn ich dir das blaue Auge verpasse, das du verdienst, fliege ich wegen Prügelei von der Schule. Dann brauchst du dir keine Sorgen mehr um deine Position als Klassenerste zu machen.«

Elliana gähnte. »Dir fehlt einfach das Feingefühl. Ich habe viel wichtigere Dinge zu tun als mir deinetwegen Sorgen zu machen.«

»Aha? Lauschen und anderen Leuten nachspionieren zum Beispiel?«, fragte Cerinthe. »Das schickt sich aber nicht für eine Adelige, ›Eure Hoheit‹.«

»Was weißt du schon über den Adel?« Elliana lehnte sich wieder gegen den Türrahmen. »Du weißt nicht mal etwas über die Benimmregeln von Dienstmädchen. Tayla könnte vor die Tür gesetzt werden, weil sie eine Schülerin ihre Arbeit machen lässt – ohne Zeugnis vor die Tür gesetzt. Mittellos würde sie durch die Gassen ziehen, hungrig in verfilzten Lumpen betteln und es wäre alles deine Schuld.«

Tayla wurde so weiß wie ihre Haube. »Bitte, Miss Elliana. Es wird nicht wieder vorkommen. Ich schwöre es.«

»Keine Sorge, Tayla«, sagte Cerinthe. »Ich werde Mistress Blythe alles erklären.«

»Ach, zu ihr würde ich erst gar nicht gehen«, sagte Elliana, »die Sache ist meiner Meinung nach so ernst, dass ich Mistress Odue davon in Kenntnis setzen muss.«

Tayla und Cerinthe sahen sich bestürzt an.

»Elliana …«, begann Cerinthe.

»Ich will nur dein Bestes, Cerinthe«, wurde sie von Elliana unterbrochen. »Du solltest all deine Kräfte fürs Tanzen verwenden. Wenn du zu müde bist, könntest du den Platz hinter mir verlieren. Das würde ich nicht wollen – du bist eine solche Inspiration.« Sie lächelte und sah dabei fast schüchtern aus.

Cerinthe stand erstaunt da. Es war, als hätte der Wind gedreht und das Schlachtschiff die Taktik geändert. Sie wusste, dass die Gefahr nicht gebannt war, aber sie wusste nicht, aus welcher Richtung der Angriff erfolgen würde. Über den Bug oder das Heck? Backbord oder Steuerbord? Jeden Moment würde das Schiff mit geladenen Kanonen aus dem Nebel auftauchen und abfeuern.

Elliana wandte sich Tayla zu. »Ich weiß, dass ihr, du und Miss Cerinthe, im Keller Freundinnen gewesen seid. Deshalb kann ich verstehen, dass du dich selbst vergessen und dich jenseits deines Standes bewegt hast. Aber dieses Verhalten kann nicht toleriert werden.«

»Nein, Miss.« Tayla knüllte eine Ecke ihrer Schürze in der Hand zusammen.

»Du bist ein gutes Dienstmädchen, Tayla, und ich möchte nicht, dass du Schwierigkeiten bekommst. Vielleicht kannst du dich bei Miss Cerinthe dafür revanchieren?«

»Ja natürlich!«, rief Tayla.

»Lass mich mal überlegen.« Elliana legte die Fingerspitzen auf ihr Kinn und zeigte dann auf Cerinthes Ballettanzug. »Siehst du den Riss? Du bist so ungeschickt, Cerinthe. Warum flickst du das nicht einfach, Tayla? Als kleine Strafe. Dann bin ich sicher, dass wir alle diesen kleinen Verstoß gegen die Regeln vergessen können.«

In Cerinthes Ohren rauschte es. »Tayla hat dafür keine Zeit«, sagte sie. »Sie muss den ganzen Tag arbeiten.«

»Ach ja?« Elliana winkte ab. »Auch Bedienstete müssen irgendwann mal schlafen, oder?«

»Ich mache es gern«, sagte Tayla.

»Wunderbar. Dann muss ich diesen unglücklichen Zwischenfall nicht Mistress Odue melden.« Elliana nickte lächelnd und ging hinaus.

Cerinthe griff nach dem Laken auf dem Bett. »Das ist Erpressung. Sie hat mir den Rock zerschnitten und keine andere.«

»Ich weiß«, flüsterte Tayla und versuchte ihre zerknitterte

Schürze glatt zu streichen. »Dareen aus der Spülküche unten hat früher für die Familie Nautilus gearbeitet. Sie sagt, dass Elliana dauernd die Kleider ihrer Schwestern zerschnitten hat.«

»Ich habe dich in Schwierigkeiten gebracht«, sagte Cerinthe. »Ich übernehme das Flicken und wir sagen ihr, du hast es gemacht.«

»Nein, Miss.« Tayla griff nach ihrem Staubwedel und wischte den Türrahmen von oben bis unten ab. »Ich lasse es nicht zu, dass Sie sich dazu erniedrigen, etwas zu reparieren, was sie zu verantworten hat. Außerdem hat Miss Elliana ganz bestimmt ihre unschönen Methoden, es herauszufinden. Ich hole den Anzug ab, wenn ich wiederkomme, um die Betten fertig zu machen.« Tayla hob den zum Bersten gefüllten Wäschesack auf, klemmte ihn sich unter den Arm und ging aus dem Zimmer. Ihren Staubwedel schwang sie wie ein Schwert.

Fassungslos ließ Cerinthe sich auf ihr Bett sinken. Wie konnte sie das je wieder gutmachen? Die Wände der Schule schienen näher zu kommen. Ein Gefühl der Enge ergriff sie und legte sich schwer auf ihr Herz. Sie fuhr mit dem Finger über den Flügel der Möwe und die Sehnsucht überkam sie, stärker als je zuvor.

Cerinthe ging zur Kommode am Fußende ihres Bettes und öffnete sie. Sie wühlte hektisch darin herum, bis sie ihren alten Mantel von Normost fand. Hastig streifte sie ihn über, setzte die Kapuze auf und schlich sich die Treppen hinab. Niemand bemerkte sie, als sie durch eine Seitentür ins Freie schlüpfte.

Die Majestätsbucht

Cerinthe lehnte sich gegen die Mauer, die die Hafenstraße begrenzte, und atmete tief ein. Die Seeluft, die mit dem Südwestwind herüberwehte, roch nach Salz, Tang und Fisch. Die Masten von Hunderten von Schiffen waren in der Majestätsbucht zu sehen. Über ihnen kreisten Adler, die auf eine bequeme Mahlzeit von über Bord geworfenen Fischköpfen warteten. Sie atmete nochmals tief durch und dann noch einmal. Endlich am Meer. Das beengende Gefühl, das sie in der Schule überkommen hatte, ließ nach.

Eine Kutsche ratterte auf dem Kopfsteinpflaster vorbei. An den Seiten und den Lampen rankten blitzende, silberne Verzierungen. Sogar die Hufe der vier Pferde waren mit Silber geschmückt, das im Trab glitzerte. Die Kutsche hielt unter den wehenden Fahnen am Zugang zum königlichen Pier, wo ein kleines Vergnügungsschiff mit drei Masten festgemacht war. Die Spieren waren mit Gold verziert und das dunkle, polierte Holz glänzte. Am Bug des Schiffes ragte eine geschnitzte Nemaree-Figur mit gewölbten Händen hervor. Darunter leuchteten auf beiden Seiten des Rumpfes aufgemalte blaugrüne Augen. Jedes Schiff Windwards trug dieses Zeichen, das das Schiff sicher durch den Archipel führen sollte.

Obwohl die Segel eingerollt waren, konnte Cerinthe erkennen, dass sie blau und golden waren. Ihr Vater wäre begeistert, Segel für so ein feines Schiff zu machen, auch wenn er die Oberschicht und den Adel verachtete. Er hielt sie für verdorben und faul. Mama dagegen hatte sie bewundert.

»Trainiere so hart wie möglich«, hatte sie zu Cerinthe gesagt. »Du sollst eine große Künstlerin werden. Auf Faranor verkehren auch Tänzer aus einfachen Verhältnissen mit der Oberschicht. Vielleicht heiratest du sogar einen Adeligen und lebst dann in einem wunderschönen, eleganten Haus. Ach, Faranor ...«

Als Cerinthe jetzt die Leute aus der Kutsche aussteigen sah, dachte sie an Elliana mit ihrer adeligen Familie, schönen Kleidern und einem vornehmen Haus; alles, was Cerinthes Mutter sich immer für sie gewünscht hatte. Ellianas Benehmen hätte ihre Mutter allerdings schockiert. Cerinthe zog ihren Mantel fester an sich und dachte an Ellianas abfällige Bemerkungen über die Möwe. Wie konnte sie es wagen, sich über Mama lustig zu machen!

Ein Lakai half einer Frau in einem schillernden blauen Samtumhang aus der Kutsche. Cerinthe wandte sich ab und blickte wieder auf den Hafen hinaus. Das Wasser hatte ein leuchtenderes Blau, als es ein Samtmantel je haben konnte. Sie legte ihre Hand zum Schutz vor der Sonne über die Augen und schaute zum Horizont, wo der Himmel auf das Meer traf und zwei Blautöne ineinander flossen. In diesem Moment verspürte sie eine solche Sehnsucht, dass sie sich krümmen musste, als hätte ihr jemand in den Magen geschlagen.

Was war es? Warum spürte sie ein so schmerzendes Verlangen? Wonach hatte sie Sehnsucht? Zuerst hatte sie gedacht, es sei Thordon, später, es sei das Meer. Aber hier, wo die Wellen gegen die Kaimauer schlugen, war die Sehnsucht nur noch stärker.

Langsam richtete Cerinthe sich wieder auf. Ihre Augen folgten der geschwungenen Linie die Bucht entlang bis zu den Werften am äußersten Nordrand. War es Thordon, zu dem sie wollte? Wie sollte sie ihn in einem so großen Hafen je finden? Selbst wenn es ihr gelänge, er müsste höchstwahrscheinlich arbeiten. Cerinthe kuschelte sich in ihren Mantel und ging auf der Suche nach dem alten Skolla zum Marktviertel hinüber. Sie wollte eine geschnitzte Figur für Tayla kaufen, um die Sache mit dem Ballettanzug ein wenig gutzumachen.

Bald war sie wieder mitten im Gewühl. Voll beladene Wagen mit Kohl, Bierfässern, scharfen Gewürzen und aufgerollten Teppichen ratterten an ihr vorbei. Ein Musiker mit einem Korb auf dem Kopf bellte in seine Trompete. Münzen, die in die Hände der Verkäufer fielen, klimperten gegen Ringe. Zwei Fischhändler warfen sich unter dem Gejohle von Frauen in handgewebten Röcken Lachse und Bonitos zu. »Hören Sie! Hören Sie!«, krächzte ein rot gefiederter Papagei aus der südlichen Provinz. Das Stimmengewirr wurde immer lauter und Cerinthe fühlte sich wie ein Stück Treibholz, das in den Wellen des Lärms hin und her geschleudert wurde.

Um sich zu beruhigen, schaute sie zu den Tannen auf dem steilen grünen Felsen auf, der sich im Süden erhob. Wind und Stürme hatten ihnen im Laufe der Jahre fantastische Formen gegeben. Einer, krumm wie eine alte Frau, erinnerte sie an

Gwimma. Dort oben standen die einzigen Bäume, die sie auf Faranor gesehen hatte, die nicht in Reihen gepflanzt waren, so gerade wie die Matrosen der Königin.

Ein paar Häuser weiter sah sie den alten Skolla an einer Mauer sitzen. Er sah genauso aus wie zwei Monate zuvor – als würde er noch an demselben Stück Holz schnitzen.

Er trug den roten Wollschal um den Kopf gewickelt. »Ah, sieh mal einer an!«, sagte er. »Die kleine Daina hat den alten Skolla also nicht vergessen.«

»Sie kann man nicht so einfach vergessen«, erwiderte Cerinthe und blickte auf die Schnitzereien auf dem Teppichstück. Dieses Mal gab es Nemaree-Figuren, dargestellt als Mutter der Fische, als weise Greisin und als Leben spendende Schlange. Cerinthe nahm einen kleinen, tanzenden Affen, der Tayla ihrer Meinung nach am besten gefallen würde.

»Möchtest du etwas für deine Ballettschule kaufen?«, fragte der alte Skolla.

Cerinthe sah ihn überrascht an. »Woher wissen Sie, dass ich auf der Schule bin?«

Er kicherte. »Die ganze Stadt weiß von dem kleinen, verlorenen Mädchen, das so kühn war die Ärmel hochzukrempeln und sich das, was sie wollte, zu erschrubben. In vielen Kneipen der Stadt war die Geschichte das Gesprächsthema überhaupt, Cerinthe Luv von Normost. Aber jetzt sag schon. Ist die Ballettschule so, wie du sie dir erträumt hast?«

»Ich habe viel gelernt«, sagte sie. »Die Lehrer sind gut.«

»Viel gelernt hast du also und die Lehrer sind gut. Aber stimmt es nicht, dass nichts jemals so ist, wie man es sich erträumt hat?«

Cerinthe zögerte.

»Setz dich.« Er deutete auf einen Hocker neben dem Teppich. »Der alte Skolla hat sofort gerochen, dass da was in der Luft liegt, als er dich allein in deinem alten Mantel dort entlanglaufen sah. Du bist halt nicht wie die meisten kleinen Dainas.«

»Wahrscheinlich nicht.« Cerinthe setzte sich und rieb über das Mahagonikinn des Affen. »Die Schule ist so, wie ich sie mir erträumt habe, aber irgendetwas ist doch anders. Eines der Mädchen ist schrecklich – aber sie allein ist es nicht. Ich weiß nicht, wie ich es beschreiben soll. Aber etwas fehlt.«

»Was fehlt dir?«

»Viel. Allein sein zu können. Die Freiheit zu haben, zu kommen und zu gehen, wann ich will. Normost. Ich vermisse die Fischerboote, die in den Hafen einlaufen – *Spika* oder *Lange Nase* oder *Wasserläufer.* Früher bin ich jeden Tag zum Pier hinuntergelaufen, um ihren Fang zu sehen.« Sie blickte auf die Majestätsbucht hinaus, auf das Dickicht von Masten, Spieren und Takelage. »Und mir fehlt, meinem Vater in seiner Werkstatt beim Nähen der Segel zuzuschauen. Ich vermisse sogar den Regen.«

Der alte Skolla hatte aufgehört zu schnitzen. »Dafür gibt es einen ganz bestimmten Namen«, sagte er. »Heimweh.«

»Nein, es ist mehr als das.« Cerinthe stellte den tanzenden Affen ab und nahm ein Seepferdchen in die Hand. »Verdammt! Vielleicht brauche ich nur einen ordentlichen Nordwestwind, der den grauen Schleier aus meinem Hirn bläst, oder vielleicht hilft ein Besuch bei Thordon.«

»Nordwestwinde sind auf Faranor selten, aber wer ist dieser Thordon?«

Cerinthe erzählte es ihm.

»Hmm, hmm! Also daher weht der Wind«, stellte er fest. »Vielleicht könnte der alte Skolla es für dich organisieren, dass du deinen Freund hier mal triffst?«

»Würden Sie das tun?«, rief sie aus. Dann verfinsterte sich ihr Blick. »Aber ich weiß nicht, wann ich mich wieder hinausschleichen kann – ich darf nämlich eigentlich gar nicht hier sein. Ich musste nur das Meer sehen und hören. Obwohl die Majestätsbucht nicht ganz dasselbe ist wie das offene Meer.«

»Stimmt«, antwortete er. Seine Augen folgten einem Klipper, der aus dem Hafen auslief. »Manchmal denkt der alte Skolla, dass er auch gern wieder zur See fahren würde.«

»Warum machen Sie es dann nicht?«

»Die Zeiten sind vorbei. Alte Träume sollte man loslassen, wegpusten. Und Platz für neue machen.« Er schnippte einen Span vom Holz. »Außerdem war ich so lange auf See, dass die See jetzt in mir ist. Jetzt ist die Zeit für meine Schnitzereien und zum Nachdenken.«

Er zeigte mit seinem Messer auf den Felsen, auf dem die vom Wetter gezeichneten Tannen wuchsen. »Von dort oben, vom Heilerhügel, hat man einen Blick aufs Meer, der deine Seele singen lassen wird.«

»Heilerhügel?«, hakte Cerinthe nach.

»Das ist die Schule, in der die Mederi ausgebildet werden. Es ist ein guter Ort, offen für die Armen, die krank sind. Die Reichen wissen ihn auch zu schätzen. Die besten Heiler von Windward werden dort ausgebildet.«

»Haben Sie keine Angst vor den Mederi?«

»Wie eine Frau Angst vorm Kindbettfieber hat, aber sich an dem Baby freut.« Der alte Skolla schnitzte weiter. »Was in den abgelegenen Provinzen geredet wird, ist zugleich wahr und unwahr. Die Mederi können Magisches vollbringen, ja, aber dafür haben sie sich Wissen angeeignet, Erfahrungen gesammelt und die Weisheit des Herzens erforscht. Das ist in der Tat Magie.«

»Ich habe Mederi Grace kennen gelernt.«

»Sie leistet viel Gutes bei den Armen«, sagte er. »Der alte Skolla wird seine Reise vermutlich als Invalide auf dem Heilerhügel beenden. An schlechten Tagen wünschte ich, ich wäre auf See gestorben anstatt …« Er hielt inne.

Schaudernd dachte Cerinthe an das Schwarze Schiff.

»Aber schließlich und endlich«, setzte der alte Skolla erneut an, »gibt es auch ohne Wind in den Segeln viel zu lernen, bevor die Zeit gekommen ist, sich ins ewige Windward mitnehmen zu lassen.«

Sie saßen schweigend da, bis der Alte begann ein Seemannslied zu summen. Sein Messer schnitzte, aber Cerinthe konnte nicht sehen, was sich da aus dem Holz formte. Als er den Refrain laut sang, blickte sie zu den Bäumen hinüber, die auf dem Heilerhügel im Wind schwankten.

Oh nimm dich unser an,
egal wie der Wind auch weht.
Meerjungfrau, bring uns nach Haus zurück,
von Stürmen, von Felsen,
egal wie der Wind auch weht.

Die Sehnsucht packte sie wieder. Langsam, fast ohne zu atmen, blickte Cerinthe erst auf das Seepferdchen in ihrer Hand, dann auf die Nemaree-Schnitzereien auf dem Teppich.

Schließlich verstand sie. Sie sehnte sich nicht nur nach Thordon oder Normost oder dem Meer oder nach ihrer Mutter und ihrem Vater, sondern nach all dem zusammen und nach noch etwas viel Größerem.

In all den Wochen, die sie schon auf Faranor war, hatte sie kein einziges Mal die Meerjungfrau singen hören.

Die Prinzessin des Archipels

Cerinthe kam fast zu spät zum Abendessen in die königliche Schule zurück. Zum Glück waren alle damit beschäftigt, über die bevorstehende Versammlung zu reden, so dass noch niemand sie vermisst hatte. Sie rührte mit ihrem Löffel im Austerneintopf und starrte auf die sich bildenden Strudel, noch ganz benommen von dem, was sie an der Majestätsbucht gehört hatte.

Warum hatte die Göttin sie verlassen? Was sie am meisten überraschte und ihr zugleich Angst machte, war, dass ihr das Schweigen der Meerjungfrau so lange gar nicht aufgefallen war. Sie war zu überwältigt von ihrem neuen Leben gewesen.

Nach dem Essen gingen die Schüler über den dunklen Hof zum königlichen Theater, dessen Fenster hell erstrahlten. Sie hatten die Form einer Nautilusmuschel mit buntem Glas in Rubinrot, Smaragdgrün, Blau und dem leuchtenden Violett der Seeanemone.

»Ich bin schon drei Jahre hier«, sagte Isalette und machte ein schnelles Jeté, »und ich gehe immer noch zu gern ins königliche Theater. Es ist ein magischer Ort.«

»Ach ja?«, antwortete Cerinthe, hörte aber kaum hin. Sie versuchte sich daran zu erinnern, wann sie die Stimme der Meerjungfrau zum letzten Mal gehört hatte. Aber als sie das

Theater betrat, schnappte sie doch nach Luft. »Beim heiligen Kloud!«
»Was habe ich dir gesagt?«, rief Isalette triumphierend.
Cerinthe blinzelte. Befand sie sich plötzlich in Klouds Schatzkammer auf dem Meeresgrund mit all den Juwelen und der Ausbeute von unzähligen gesunkenen Schiffen? Nie zuvor hatte sie so viel Gold auf einmal gesehen. Sie hätte sich nicht einmal vorstellen können, dass so viel im gesamten Königreich Windward überhaupt existierte.
Gold floss über die weißen Säulen, die die in Rängen angeordneten Balkone trugen. Gold rankte sich in filigranen Bordüren um die Decke des Theaters. Goldüberzogen war der mit Perlmutt besetzte Volant, der die Bühne umrahmte. Sogar die blauen Samtsitze hatten Goldränder und den türkisfarbenen Vorhang schmückten goldene Fransen. Hunderte von Kerzen, die in Leuchtern an den Wänden flackerten, brachten das Gold zum Glänzen. Cerinthe hatte die Schule für prachtvoll gehalten, aber das war nichts im Vergleich zu dem, was sie hier sah.
»Ich wünschte, wir könnten vorne sitzen«, sagte Isalette, während sie sich durch eine der Reihen drängte, die für die Perlen vorgesehen waren; nur die Achis saßen noch weiter von der Bühne entfernt. Die Diamanten nahmen vorn, direkt hinter den Tänzern des Ensembles, Platz. Die Jungen saßen im Seitenbereich und verdrehten sich die Köpfe nach den Mädchen. Weibliche und männliche Schüler trafen nur in den Partnerstunden aufeinander.
Sileree legte ihren Umhang über den Sitz und drehte sich zu den hinteren Plätzen um. Als sie Cerinthe entdeckte, lä-

chelte sie und winkte. Juna, die neben ihr stand, deutete mit dem Finger einen Gruß an und blickte verschwörerisch herüber.

Cerinthe winkte zurück. Die anderen Perlen sahen sie überrascht an.

»Was machst du da?«, flüsterte Isalette.

»Nichts«, antwortete Cerinthe. »Ich habe mich heute Nachmittag mit ihnen unterhalten. Das ist alles.«

»Juna hat mit dir gesprochen?« Isalette kniff sich selbst. »Die faszinierende Juna, der Star, der Liebling der Daina? Wenn die beste Tänzerin der Schule jemals mit mir sprechen würde, fiele ich wahrscheinlich tot um.«

»Ich dachte, Sileree wäre die Beste«, sagte Cerinthe.

»Die meisten sind der Meinung, sie ist nur die Zweitbeste. Merkwürdig, wie sie so enge Freundinnen sein können, obwohl sie Rivalinnen sind.«

Cerinthe setzte sich. Wie verächtlich das klang – nur Zweitbeste. Das war sie ebenfalls, Zweitbeste nach Elliana. Cerinthe musste an den Ballettanzug denken, der jetzt mit einem sorgfältig geflickten Schnitt in einem dunklen Schrank hing. Sie fühlte in ihrer Tasche nach dem geschnitzten Affen, den sie für Tayla gekauft hatte. Dann lehnte sie sich zurück und blickte zu der bemalten Decke hinauf. Dort umschlang Nemaree Inseln, die aus wogenden Wellen emporstiegen. Links von ihr blies Kloud seine Tritonmuschel. Daneben rankte sich etwas Rotes – das Haar der Meerjungfrau! Obwohl Cerinthe sich in ihrem Sitz hin und her wand, versperrte der riesige, glitzernde Kronleuchter die Sicht auf die Meerjungfrau, abgesehen vom Haar und von einer ausgestreckten, weißen Hand.

Isalette stieß sie in die Seite. »Du windest dich wie ein Aal.«
»Tut mir Leid«, sagte Cerinthe und setzte sich wieder gerade hin. Sie starrte auf die Hand. Die Handfläche zeigte nach vorn, die Finger nach oben. *Warum singst du nicht mehr für mich?*, betete sie. *Ich fühle mich so leer. Ich habe niemals aufgehört zu dir zu beten.*
»Die Daina kommt!«, rief eine der Achis.
Daina Odonna betrat in gerader und dennoch geschmeidiger Haltung die Bühne. Ihr schwarzes Gewand schwebte wie eine Gewitterwolke vor dem türkisfarbenen Vorhang vorbei. Der Mann, der hinter ihr ging, erinnerte Cerinthe an einen Einsiedlerkrebs, der eine gestohlene Muschel mit sich schleppte.
»Wer ist das?«, fragte sie flüsternd Isalette.
»Daine Rexall, der Chefchoreograf. Ein fürchterlicher Sauertopf.«
Als die Daina sich dem Publikum zuwandte, verstummte das Gemurmel.
»Ich habe diese außerordentliche Versammlung einberufen«, begann Daina Odonna, »um den haarsträubenden Gerüchten ein Ende zu bereiten, die im Ensemble und in der Schule verbreitet werden.« Sie machte eine bedeutungsvolle Pause und blickte streng in Richtung Publikum. »Wir haben eine Anfrage der Königin erhalten«, sagte sie schließlich. »Königin Meergeboren hat uns um ein Ballett gebeten, mit dem am elften Tag des Monats Grüning die Mündigwerdung der Prinzessin Zandora gefeiert werden soll.« Die Daina lächelte.
Alle applaudierten.

Daina Odonna hob eine Hand; sofort wurde es still. Cerinthe bewunderte, wie die Daina das Publikum mit einer einzigen Geste zur Ruhe bringen konnte.
»Das bedeutet harte Arbeit«, fügte Daina Odonna hinzu. »Das Ballett, das *Die Prinzessin des Archipels* heißen wird, muss zusätzlich zu unserem normalen Repertoire erarbeitet werden. Wir brauchen Tänzer sowohl aus dem Ensemble als auch von der Schule. Sechs Diamanten als Hofdamen. Einige Rubine und Smaragde werden auch benötigt und zwölf Perlen für den Hofstaat der Prinzessin.«
Unter den Perlen brach ein Gemurmel aus. Cerinthe setzte sich gerade hin.
»Aber die Prinzessin!«, flüsterte Elliana laut und beugte sich vor. »Wer wird die Prinzessin tanzen?«
»Das Ballett wird die Höhepunkte im Leben der Prinzessin vom Tag ihrer Namensgebung bis zur Gegenwart darstellen«, sagte die Daina. »Ich habe mich mit Daine Rexall beraten und daraufhin beschlossen diese Rolle mit zwei Tänzerinnen zu besetzen. Eine Perle für die frühen Jahre und eine der Diamanten für die späteren.«
Elliana presste die Fingerknöchel gegen ihre Zähne.
Mit leichtem Hüftschwung trat Daine Rexall vor. »Daina Odonna und ich werden allen Klassen einen Besuch abstatten und dann gemeinsam die Auswahl für die Rollen treffen. Zusammen …«
»Ja«, unterbrach ihn die Daina. »Die Liste wird nächste Woche ausgehängt. Was für eine Ehre und Verantwortung das für uns bedeutet, brauche ich ja wohl nicht zu betonen. Danke schön.«

Alle klatschten. Im Theater wurde wieder ein Gewirr von Stimmen hörbar, viel lauter dieses Mal, und das Gold des Saales kam Cerinthe noch glänzender vor. Sie nahm ihren Umhang und fragte sich, ob sie eine Chance hatte, eine Rolle im Hofstaat zu bekommen. Unvorstellbar, mit dem königlichen Ballettensemble zu tanzen!

»Was glaubst du, wer die Rolle der älteren Prinzessin bekommt?«, fragte Isalette, als sie in den Gang hinaustraten. »Juna oder Sileree?«

»Elliana wird die jüngere Prinzessin«, sagte Jasel.

»Das muss ich«, beeilte sich Elliana zu sagen und ihre meergrünen Augen funkelten. »Ich muss sie einfach bekommen. Wenn Daina Odonna mir eine solch wichtige Rolle gibt, wird Mutter mich nicht verloben …« Sie hielt inne.

»Du wirst verlobt?«, rief Jasel erstaunt aus.

»Mit wem?«, wollte Maiga wissen.

»Armer Kerl«, kommentierte Isalette.

Elliana blickte finster drein. »Ist doch egal.«

»Nun los, sag schon!«, forderten die Mädchen lautstark.

Cerinthe dachte an die Auseinandersetzung zwischen Elliana und ihrer Mutter, die sie mit angehört hatte. Sie verzog das Gesicht und ergriff die Gelegenheit, sich für Tayla zu rächen, indem sie vorgab zu niesen: »Ha … ha … ha … Mardlehop!«

»Lord Mardlehop!«, rief Isalette begeistert. »Der Oberfettwanst von Faranor!«

Alle Mädchen lachten.

»Dazu wird es nicht kommen«, fauchte Elliana und warf Cerinthe einen bösen Blick zu, »weil die Daina mich auswählen wird. Ich bin die Beste der Perlen. Und darüber hinaus bin ich eng mit der Prinzessin Zandora verwandt.«

Isalette lachte höhnisch. »Seit wann ist eine Cousine vierten Grades eine nahe Verwandte? Und außerdem sagt man von der Prinzessin, dass sie nett sei – und du kannst unmöglich jemand Nettes darstellen. Womöglich kriegt Cerinthe die Rolle. Sie kann deutlich höher springen als du.«

»Wenn ich Beine wie ein Brauereipferd hätte«, erwiderte Elliana, »könnte ich auch höher springen.«

Cerinthe wurde rot.

»Abgesehen davon«, fügte Elliana hinzu, »glaubst du wirklich, Daina Odonna würde es der königlichen Familie antun, ihre Tochter von einer Minna darstellen zu lassen?«

Darauf sagten weder Isalette noch Cerinthe etwas.

Als sie zur Schule zurückgingen, spekulierte Isalette, wer wohl für den Hofstaat ausgewählt werden würde, aber wieder hörte Cerinthe kaum zu. Die rote Haarsträhne der Meerjungfrau ging ihr nicht aus dem Kopf und die weiße Hand schien ihr zuzuwinken.

Jemand stieß ihr in den Rücken.

»Warum bist du stehen geblieben!«, rief das Mädchen hinter ihr.

»Tut mir Leid«, sagte Cerinthe. »Ich habe es gar nicht bemerkt.« Sie ging weiter. In ihrem Kopf tosten die Gedanken. Sollte sie vielleicht ihren Solotanz der Meerjungfrau widmen? Oder, noch besser, sich einen Tanz über die Meerjungfrau selbst ausdenken? Vielleicht würde die Göttin dann wieder zu ihr singen. Cerinthe wäre am liebsten direkt in den Windrosenraum geeilt, um mit der Arbeit zu beginnen, aber um neun Uhr würde Mistress Krissel kontrollieren, ob alle im Bett waren.

Lange nach Mitternacht kroch Cerinthe aus dem Bett. Ihr Kopf glühte von all den Ideen für ihren Tanz. Sie zog eine Kerze und ihre Spitzenschuhe unter der Bettdecke hervor und schlich sich auf Zehenspitzen aus dem Raum. Ihr Ballettanzug raschelte unter ihrem Nachthemd. Sie entzündete die Kerze an einer Lampe, die auf dem Tisch im Korridor stand, und stieg dann die Treppe zum Windrosenraum hinauf.

Der Raum war kalt. Cerinthe machte drei Wandlampen an. Womöglich bemerkte jemand das Licht – die Fenster hatten keine Vorhänge – aber sie wollte den Tanz choreografieren, während die Ideen in ihrem Kopf brannten; wenn sie zu lange wartete, waren sie vielleicht wieder fort.

Nachdem sie sich aufgewärmt hatte, zog Cerinthe ihr Nachthemd aus. Sie kniete sich auf ihr linkes Bein, streckte das rechte aus, glitt hinab und beugte den Oberkörper nach vorn, bis ihre Wange das Schienbein berührte. Einen Arm legte sie gerade neben ihr ausgestrecktes Bein.

In dieser Position, flach auf dem Boden liegend, rief sie sich die Klänge des Meeres ins Gedächtnis; das Tosen, wie eine Stimme, die endlos eine einzige Note summt; das Schlagen der Wellen gegen die Felsen; das kurze Zischen, wenn die Wellen wieder aufs Meer hinausglitten. Die Klänge sammelten sich und wuchsen, bis sie schließlich die Macht der Gezeiten in sich spürte.

Bitte akzeptier das Geschenk dieses Tanzes zu deinen Ehren, betete Cerinthe, *und kehr zu mir zurück.*

Sie stellte sich vor, sie wäre die Meerjungfrau, die in ihrer prächtigen Muschelschale schlief, die auf dem dunklen Wasser dahinglitt. Langsam, wie ein Segel, das gesetzt wird, richtete Cerinthe sich auf und bewegte ihre Arme in einem verlängerten Port de Bras. Sie erhob sich aus dem Kniestand, ging auf die Zehenspitzen, immer weiter. Sie bewegte sich ein wenig schneller – Bourrée, Glissade, Balancé – und hoffte, der Ablauf der Schritte würde sie in den Tanz tragen. Aber das, was sie sich vorstellte, entglitt ihr immer wieder, es war nicht zu greifen. Von den Wänden, der Stange, den Fenstern schien es spöttisch zu ihr herüberzuschallen: Hier! Hier! Nein, hierher! Sie umtanzte, verfolgte es; sie floh vor ihm ohne zu wissen, was es war. Cerinthes Augen füllten sich mit Tränen und sie blieb schließlich stehen.
Zumindest war da ein Gefühl. Zumindest war es keine Leere. Cerinthe schloss die Augen und versuchte ruhig zu werden. Sie summte die Musik, die sie sich ausgesucht hatte. Sie begann von neuem.
Als sie sich wieder niederkauerte, wirkten zwei Erinnerungen aus dem Theater zusammen: die weiße Hand an der Decke und die Faszination, dass eine einzige, entschlossene Bewegung das Publikum fesseln konnte. Sie verschmolzen mit ihrer Traurigkeit. Cerinthe drehte ihre Handflächen nach oben und legte ihre Hände so auf den Boden.
Ihre Finger begannen zu vibrieren. Ihre Hand hob sich ein wenig, dann fiel sie wieder. Sie wartete und zählte imaginäre Wogen – eins, zwei, drei – dann streckte sie sich in Richtung Himmel. Cerinthe ging in den Kniestand, hob den Arm und begann das Port de Bras. Der Boden unter ihr schien

sich in Luft aufzulösen. Wellen bauten sich auf und brachen in sich zusammen, sie schaukelten die Muschel wie eine Wiege und Cerinthe wurde zur im Morgengrauen erwachenden Meerjungfrau.

Die Schritte waren da, auch die Übergänge. Der Tanz floss dahin und Cerinthe wusste, dass sie ihr Geschenk für die Göttin und ihr Solo für Daine Miekel gefunden hatte.

»Was tanzt du da?«, fragte eine Stimme.

Augenblicklich wich die Spannung aus Cerinthes Attitude. Elliana stand im Türrahmen und beobachtete sie mit wachen, neugierigen Augen. Ihr langes Nachthemd leuchtete weiß vor dem dunklen Korridor.

Der Tanz der Meerjungfrau

»Du schon wieder«, stöhnte Cerinthe und starrte wütend auf Elliana im Türrahmen. »Wie lange stehst du schon da?« Instinktiv tastete sie mit den Händen prüfend nach den Verschlüssen ihres Oberteils; ihr war es, als hätte Elliana ihre Gebete mit angehört, so dass sie sich irgendwie nackt vorkam. »Hast du nichts Besseres zu tun als irgendwelche Intrigen auszuhecken? Irgendjemandem die Kleider zu zerschneiden?«

»Ich war im Waschraum und habe das Licht deiner Kerze gesehen. Da bin ich dir gefolgt.« Elliana beugte sich vor, bis ihre Fersen sich vom Boden hoben und sie auf den Zehenspitzen stand. »Was ist das Thema des Tanzes?«

Cerinthe sagte nichts.

»Wenn du es mir nicht erzählst, werde ich Mistress Krissel sagen, dass du nachts herumschleichst. Und gerade jetzt kannst du doch bestimmt keinen Eintrag in deiner Akte gebrauchen, stimmt's? Jetzt, wo entschieden wird, wer in *Die Prinzessin des Archipels* tanzen wird.«

Cerinthe biss sich auf die Lippen. »Das ist mein Tanz für Daine Miekel.«

»Das war klar. Aber was willst du damit zum Ausdruck bringen? Ein Vogel ist es nicht, eine Welle auch nicht, auch kein Schiff, das unter Segeln fährt – irgendwie sind es all diese drei Dinge zusammen, denn da ist dieses Wogen. Womöglich etwas ganz Außergewöhnliches.« Ihre Augen vollzogen wieder den erstaunlichen Wechsel von Meergrün zu Meerblau. »Erzähl mir, was es ist!«, forderte sie.

Cerinthe hob die Augenbrauen. Hatte »Ihre Hoheit« gerade zugegeben, dass eine Minna tatsächlich etwas Außergewöhnliches schaffen konnte? Cerinthe wollte gerade sagen, dass der Tanz ganz allein ihre Sache sei, als ein sonderbarer, neuer Ausdruck in Ellianas Augen – eine Mischung aus Ernsthaftigkeit und Leidenschaft – sie dazu bewog, ihre Meinung zu ändern.

»Es geht um eine Geburt«, erklärte Cerinthe.

»Wessen Geburt?«

Cerinthe zögerte. »Die der Meerjungfrau. Sie erwacht in ihrer Muschelschale und steigt aus der Gischt auf.«

»Ja!« Ellianas Ausdruck hellte sich auf. »Die Schritte sind gut, wirklich! Aber du tanzt sie nicht gut. Welche Musik gehört dazu?«

»Die Arie«, verriet Cerinthe verwirrt. *»Die Arie der Meerjungfrau.«*

»Perfekt!« Elliana schleuderte ihre Hausschuhe von sich, schritt barfuß in den Raum und nahm die Ausgangsposition ein. Ihr Haar, ein roter Wust, der sich hart von ihrem weißen Nachthemd und den blassen Gliedmaßen abhob, legte sich um sie wie Tang und bedeckte ihren Körper fast vollständig. Ihr ausgestreckter Arm lag auf dem Boden; die Handfläche mit dem zarten Gelenk zeigte nach oben.

Ellianas Finger vibrierten wie ein Triller und wurden wieder ruhig. Dann begannen sie aufs Neue zu vibrieren und das

Handgelenk hob sich, in Verzückung schwelgend, als wäre es überrascht von der Faszination der Bewegung. Mit jedem Atemzug erwachte die Göttin im Körper der Meerjungfrau ein Stück mehr.

Ihr weißer Arm schwang nach oben, behutsam und freudig: Eine Hand greift nach dem Beginn der Welt. Noch immer zusammengekauert begann sich Elliana im Rhythmus der wogenden Wellen zu bewegen. Sie ließ ihren Arm sinken. Mit einem einzigen, kraftvollen Schwung erhob sie sich auf ein Knie, beugte sich zur Seite und schwang ihren Arm ein zweites Mal gen Himmel. Sie begann mit dem Port de Bras und flog dabei nahezu auf die Füße. Die Muschel wurde vorwärts getragen. Ihr rotes Haar flog hoch, während sie tanzte.

»Ja«, wisperte Cerinthe. Sie stand nun nicht mehr in einem düsteren, eiskalten Raum, sondern in der strahlenden Wärme des ersten Sonnenaufgangs, den die Welt je gesehen hat, und war Zeugin eines Wunders. Vögel sangen über ihrem Kopf, Delfine, deren Rücken silbern glänzten, sprangen aus der rotgoldenen Gischt, die der Meerjungfrau ins Gesicht sprühte.

Als Elliana bei der Attitude angelangt war, blieb sie stehen. Sie blinzelte; ihre Pupillen waren riesengroß, als ob ein Teil von ihr noch im Tanz gefangen wäre.

»Mach weiter!«, rief Cerinthe.

»Aber mehr habe ich nicht gesehen«, erwiderte Elliana und die Entrückung verschwand aus ihrem Gesicht. »Was kommt als Nächstes?«

»Weiter bin ich noch nicht«, antwortete Cerinthe und war

plötzlich eifersüchtig. Elliana hatte verstanden, worum es ging, und tanzte es nicht nur so, wie Cerinthe es sich vorgestellt hatte, sie brachte noch viel mehr zum Ausdruck. Wie konnte Elliana sich die Schritte so perfekt merken und sie so gut tanzen, obwohl sie sie nur ein einziges Mal gesehen hatte? »Das ging doch ganz gut«, fügte Cerinthe hinzu. »Tanz einfach in demselben Fluss weiter.«

»Aber ich weiß nicht, welche Schritte als Nächstes kommen!«, rief Elliana. »Warum bist du noch nicht fertig mit dem Tanz?« Sie zerrte an ihrem Nachthemd. »Ich will diesen Tanz tanzen. Ich sage dir, ich muss ihn tanzen!«

Cerinthe sah sie erstaunt an und stieß verwirrt ein kurzes Lachen aus.

»Hör auf zu lachen!«, rief Elliana. »Das ist kein Spaß. Sie haben immer gelacht, aber es ist kein Spaß, es geht hier ums Tanzen!« Sie drehte sich weg und ging steif in Richtung Fenster.

»Wer hat immer gelacht?«, fragte Cerinthe. »Meinst du die anderen Mädchen? Weil du … weil es dir schwer fällt, dir selbst einen Tanz auszudenken?«

Elliana antwortete nicht. Von der Dunkelheit umgeben blieb sie bewegungslos zwischen Cerinthe und dem Fenster stehen. Ihre weißen Fersen unter dem Saum ihres Nachthemds leuchteten wie weiße Knöpfe. Eine fast greifbare Schwärze verbarg den Erker der Kasakol. Cerinthe rieb sich die Arme, ihr wurde wieder kalt. Das Gefühl von Wärme und Licht, das sie noch einen Augenblick zuvor verspürt hatte, war verschwunden. Die flackernden Kerzenflammen warfen zungenförmige Schatten an die Wände und auf den Boden.

Als Elliana sich wieder umdrehte, schien jegliche Leidenschaft aus ihr gewichen. Sie hatte erneut die Maske des Hochmuts aufgesetzt. War es eine Maske? Hatte Cerinthe gerade die wahre Elliana gesehen?

»Du bist zu stämmig für diesen Tanz«, stellte Elliana mit ihrer gewohnt gelangweilten Stimme fest. »Deine Gliedmaßen sind nicht lang genug. Dein Rücken ist nicht so flexibel, wie er sein müsste. Mein Körper dagegen ist wie dafür gemacht. Es steht außer Frage, dass ich den Tanz besser tanzen kann als du.«

Cerinthe setzte ihren Spitzenschuh hart auf. Obgleich es in ihr brodelte, wusste sie, dass Elliana Recht hatte. Der Tanz schien für sie geschaffen zu sein. Aber er ist für die Meerjungfrau, hätte Cerinthe am liebsten geschrien, für die Meerjungfrau und für mich, nicht für dich! Es ist mein Tanz!

»Wenn du die Schritte choreografierst«, sagte Elliana, »könnte ich sie tanzen. Dann wird der Tanz so gut, wie er nur sein kann. Stell dir vor, wie überrascht und begeistert Daine Miekel sein wird. Ich werde natürlich zusätzlich meinen eigenen Tanz präsentieren.«

Cerinthe hob herausfordernd den Kopf. »Du willst mit einer einfachen Minna zusammenarbeiten? Ausgerechnet du?«

»Das hat damit nichts zu tun! Ich möchte einen schönen Tanz tanzen. Dies ist ein Stück über das Ballett selbst, über die erste Bewegung, das Göttliche in der Bewegung. Siehst du das nicht?«

»So habe ich es noch nicht gesehen …«

»Wenn ich dies tanze, lerne ich mehr übers Ballett.«

Cerinthe starrte sie an. Wieder hatte sie das Gefühl, die

wahre Elliana stünde vor ihr, und die war ihr deutlich lieber. Aber warum spürte sie nicht dieselbe wilde Leidenschaft wie Elliana?

»Außerdem«, begann Elliana erneut, »habe ich schon vorher mit Leuten aus den einfachen Schichten getanzt – mit Straßentänzern.«

»Ja, klar hast du das. Und der Mond besteht aus purem Gold.«

»Es stimmt! Als ich sieben war, tanzte Daina Carroll bei uns zu Hause. Danach wollte ich tanzen lernen – richtig tanzen –, mehr als alles andere, aber meine Eltern lachten nur. ›Unpassend‹, sagten sie. ›Du kannst höfischen Tanz lernen wie deine älteren Schwestern. Mehr brauchst du nicht, um deiner Rolle in der Gesellschaft gerecht zu werden.‹« Elliana rümpfte die Nase. »Deshalb habe ich mich von da an fortgeschlichen und bin zu den Straßentänzern gegangen. Ich habe eine Menge von ihnen gelernt.«

»Haben deine Eltern das nicht gemerkt?«

Eine der Kerzen an der Wand erlosch, was den Raum noch dunkler machte. Elliana stand auf einem Bein und rieb sich mit dem Fuß des anderen die Wade.

»Doch«, sagte sie schließlich, »aber es war mir egal. Ich bin trotzdem hingegangen. Meine Eltern hatten eine solche Angst, es könnte jemand mitbekommen, dass sie schließlich nachgaben und ich mich auf die Aufnahmeprüfung vorbereiten durfte.« Sie lachte. »Natürlich war ich die Erste auf der Liste. Daina Odonna sagte ihnen, ich wäre die beste Bewerberin, die sie je hatten.«

Elliana drehte eine Haarsträhne um ihren Finger. »Los. Lass

uns unseren Streit begraben und um der Kunst willen zusammenarbeiten. Jeder, der die Seele eines großen Künstlers hat, würde das tun.«

Cerinthe verschränkte die Arme vor der Brust. Der Tanz war nie für sie bestimmt gewesen. Er war ein Geschenk für die Meerjungfrau. Wenn sie das Geschenk so kostbar wie möglich machen wollte, sollte dann nicht Elliana tanzen?

»Entscheide dich.« Elliana schnippte mit den Fingern. »Mir ist kalt. Bist du eine Künstlerin oder nicht?«

»Ja, das bin ich«, sagte Cerinthe und bohrte die Fingernägel tief in ihre Handflächen. »Gut. Ich muss wohl damit einverstanden sein.«

Elliana lächelte und drehte die Haarsträhne fester ein. Sie ging in die Mitte des Raums. »Also, was kommt nach der Attitude …?«

Behutsam begannen sie mit der Arbeit. Und *Der Tanz der Meerjungfrau* wurde von Elliana anstatt Cerinthe zum Leben erweckt.

Der Tag der Mondfinsternis

Unter dem Geläut einer Handglocke schritt die Priesterin der Meerjungfrau durch die Reihen der Jungen und Mädchen; mehr als dreihundert von ihnen saßen auf den Fersen im Speisesaal der Schule, der für die Zeremonie leer geräumt worden war. Es war der Tag der Mondfinsternis am Ende des Winters, an dem die Priesterin die Menschen auf das Fest der Meerjungfrau im Frühjahr vorbereitete. Zwei Altargehilfinnen folgten ihr, die eine läutete die Glocke, die andere schwang einen Weihwedel. Cerinthe spürte, wie ihre Gedanken ruhig wurden, als sie den beißenden Weihrauchgeruch einatmete, der aus einem seltenen, heiligen Tang gemacht wurde und dem Geist Klarheit verschaffen sollte.

Das Ritual, das die Sorgen und Ängste des dunklen, stürmischen Winters austreiben sollte, besagte, dass die Priesterin jeden auswählen und befragen oder segnen und dass jeder mit ihr sprechen konnte. Cerinthe wollte fragen, warum sie die Meerjungfrau immer noch nicht hatte singen hören, obwohl sie seit mehr als drei Wochen an dem Tanz arbeitete. Aber sie fürchtete, die Priesterin würde sie für anmaßend halten.

»Was plagt dich, mein Kind?«, fragte die Priesterin eine der Achis.

Das Mädchen ging linkisch auf die Knie, gab die rituelle

Antwort und blickte zu der Priesterin auf. Nachdem sie mit dem Mädchen gesprochen hatte, ging die Priesterin weiter. Sie trug eine weiße Seidenschärpe um die Schultern, die an ihrer blauen Robe herunterhing. Die Seide war reich bestickt mit silbernen Möwen, Wellen, Muscheln und gehörnten Monden, die beim Gehen glitzerten.

Cerinthe lehnte sich zurück und fühlte Isalettes Wirbelsäule an der ihren; sie schauten in entgegengesetzte Richtungen. Rechts und links von Cerinthe saßen jeweils zwei weitere Mädchen Rücken an Rücken und dieses Muster bildete eine lange Reihe. Eine fünf Fuß breite Lücke trennte jede Doppelreihe von der nächsten und ließ der Priesterin Platz, um hindurchzugehen.

Die Priesterin blieb vor Sileree stehen, die sich weder aus ihrer zusammengekauerten Stellung erhob noch der Frau in die Augen sah. Wenn sie sich überhaupt bewegte, dann schien sie zu schrumpfen. Cerinthe quetschte ihre Finger zwischen Oberschenkel und Waden. Sie hatte es noch nie erlebt, dass jemand nicht die rituelle Antwort gab.

»Ich würde gern deine Stimme hören«, sagte die Priesterin. Sileree blickte immer noch nicht auf. »Das würde ich auch gern«, antwortete sie.

Die Priesterin beugte sich vor und strich mit der Innenseite ihres Handgelenks über Silerees Wange, womit sie ihr den Segen der Meerjungfrau erteilte. Dann sagte sie: »In den Ruinen auf dem Meeresgrund ist ein Schatz verborgen. Suche nach dem Schatz der Göttin in deiner verletzten Seele.« Die Altargehilfin schlug zweimal die Glocke und die Priesterin ging weiter.

Eine der Smaragde streckte die Hand aus. »Heiligste, meine Mutter plagt eine schleichende Krankheit. Wird sie wieder gesund?«

»Ihr kommt aus dem Meer und werdet dorthin zurückkehren. Möge der weiße Schwan sie beschützen.«

Die Prozession schritt die Reihe weiter hinab, um das Ende derselben herum und die nächste hinauf, bis sie schließlich bei den Perlen ankam. Die Priesterin ging an Isalette und Jasel vorbei, bevor sie neben Elliana stehen blieb, die zarte Bänder in ihre langen roten Locken geflochten hatte. Elliana erhob sich auf die Knie und sah mit entrücktem Blick auf. Cerinthe rutschte unruhig hin und her. Sie konnte lediglich Ellianas Profil sehen, aber wenn dieser Blick einen Geschmack hätte, würde er wie klebrige, süße Lutschstangen auf dem Markt schmecken.

»Würdest du bitte aufstehen, mein Kind?«, bat die Priesterin. Graziös erhob sich Elliana und machte einen tiefen Knicks.

»Nemaree hat dich als Abbild ihrer Tochter, der Meerjungfrau, geschaffen«, sagte die Priesterin. »Sag mir, wie gut kannst du tanzen?«

»Ich werde die beste Tänzerin sein, die es je in Windward gegeben hat.«

Ein Mundwinkel der Priesterin zuckte, aber als sie sah, wie Ellianas Augen die Farbe wechselten, wurde sie ernst.

»Könntest du dir vorstellen Tempeltänzerin zu werden?«, fragte sie. »Und eines Tages womöglich sogar Tänzerin der Priesterin? Widme deine Kunst der Göttin. Was könnte ruhmreicher für die beste Tänzerin Windwards sein?«

»Aber Heiligste, wer würde dann sehen, wie gut ich bin?«, fragte Elliana.
Die Priesterin schloss die Augen, so dass man ihre blau bemalten Augenlider sah. »Das Leben unter der Wasseroberfläche sollst du suchen.«
Elliana sah, dass sie gehen wollte, und machte einen Knicks, der mehr eine Zuckung war. Dann kauerte sie sich wieder auf den Boden.
Die Priesterin näherte sich Cerinthe, der ihre Frage auf der Zunge brannte, die ihre Hand nach ihr ausstrecken wollte, ihren Mund öffnen … aber die Priesterin ging vorbei und es war zu spät. Ein Wort flammte in Cerinthe auf: Mama. Die Priesterin drehte sich um. Ihre Robe schlug zurück und ein schwarzer Fuß mit blau bemalten Zehennägeln wurde kurz sichtbar, aber sogleich wieder von Stoff verdeckt. Sie trat vor Cerinthe.
Ohne nachzudenken erhob Cerinthe sich auf die Knie und blickte auf, aber sie schwankte, als sie der Priesterin in die Augen sah. Weihrauch hing in der Luft; die Altargehilfin schwenkte den Wedel hin und her. Der Blick der Priesterin machte Cerinthe Angst. Er konnte alles verändern, konnte einen bewegen … was zu tun?
Die Priesterin beugte sich zu ihr herab und berührte mit der weichen Haut der Innenseite ihres Handgelenks Cerinthes Wange – die Berührung einer Blüte, eines Flügels.
»Meine Tochter«, sagte sie. »Du weißt es bereits. Die Antwort ist in dir.« Dann wandte sie sich ab.
Cerinthe sank auf die Fersen zurück. Was wusste sie? Was meinte die Priesterin? Minuten später – oder war es eine

Stunde später – blickte Cerinthe auf und sah die Priesterin neben dem großen Tisch auf dem Podium stehen. Ihre Arme hoben sich, als die Glocke ertönte, und sie sprach einen Segen für alle. Die Zeremonie war beendet. Die Schüler erhoben sich; nur Cerinthe und Sileree blieben regungslos in sich versunken sitzen.

✷

»Balancé, Arabesque Effacée.« Cerinthe rief Elliana die Schritte zu. Die beiden probten am Tag nach der Zeremonie im Windrosenraum. »Jetzt in die Vierte … doppelte Pirouette – Arme über den Kopf und nach vorn strecken … nein! Warte.«

Elliana blieb stehen, ihr Fuß schwang aus einem Coupé bis hoch an ihre Schulter und berührte ihren Ballettanzug.

»Was ist?«, fragte sie. Obwohl sie seit mehr als einer Stunde arbeiteten, schwitzte sie noch nicht einmal. »Ich habe diese Sequenz tadellos getanzt – wie zuvor auch. Warum unterbrichst du mich dauernd?«

Cerinthe nestelte an einer Haarnadel. Sie zögerte. Was konnte sie vorbringen ohne Ellianas Wut zum Überschäumen zu bringen? »Du musst versuchen mehr in die Schritte hineinzulegen«, erklärte sie.

»Das sagt mir nichts.«

»Nach einer Pirouette, zum Beispiel, beuge dich nur in der Hüfte und strecke dich, so weit du kannst. Stell dir vor, jemand zieht dich dorthin. So.« Cerinthe machte es vor.

Dies war ihre fünfte Übungsstunde und der *Tanz der Meer-*

jungfrau war fast perfekt – er war vollendet, aber der Feinschliff fehlte. Die besondere Kopfhaltung, der langsame Armschwung, die Verlängerung des Beines durch einen gestreckten Zeh – Details, die einer Tänzerin Spannung und Brillanz verliehen – fehlten bei Elliana. Heute mehr denn je.
»Versuch's noch mal«, sagte Cerinthe, »von dem Teil der Arie an, in dem es heißt: ›Wir ehren deine unermesslichen Geschenke, oh Meerjungfrau, die du aus der Tiefe kamst ...‹«
Mit stocksteifen Beinen schritt Elliana geziert auf den Spitzen durch den Raum und begann zu tanzen. Ihr Arm zuckte wie eine Seezunge im Netz. Von der Arabesque Effacée ging sie in eine wilde, unkontrollierte Pirouette über, dann beugte sie sich in der Hüfte und fiel vornüber ohne sich auch nur ein bisschen zu strecken.
»Sturm und Donner!« Elliana ließ sich mit einem Ruck zu Boden fallen. Cerinthe versuchte nicht zu grinsen; Elliana hatte schon einige Flüche von ihr gelernt.
»Du musst daran arbeiten«, sagte sie, »versuch's noch mal.«
»Versuchen! Versuchen! Versuchen! Ich höre nichts anderes mehr. Von Daine Miekel, von Daina Odonna. Versuch's, Elliana! Arbeite daran, Elliana. Ich habe es so satt!«
Sie streckte sich auf dem Rücken aus und lag jetzt mitten in dem Lichtkegel, der durch das eckige Fenster fiel. Das schmiedeeiserne Gitter vor der Fensterscheibe warf ein Schattennetz auf ihren Körper; die unscharfen, gekreuzten Linien verschoben sich bei jedem Atemzug.
»Mutter hat herausgefunden, dass die Priesterin mich gefragt hat, ob ich im Tempel leben möchte«, sagte Elliana plötz-

lich. »Sie will, dass ich annehme, ›weil es von unschätzbarem Wert wäre, eine Hohe Priesterin in der Familie zu haben‹«, imitierte sie die Stimme ihrer Mutter. »Und vor ein paar Stunden erklärt mir Daina Odonna, dass sie nichts dagegen unternehmen würde, wenn ich nicht härter trainiere und damit zeige, dass ich arbeiten kann.«

»Kein Wunder, dass du dich nicht konzentrieren kannst«, sagte Cerinthe. Sie versuchte sich die Schule und ein Leben ohne Elliana vorzustellen. Wie wundervoll wäre es, jeden Morgen aufzuwachen und sich frei bewegen zu können ohne ständig damit rechnen zu müssen, dass jemand über einen herfiel.

»Ich werde niemals in den Tempel gehen, niemals. Ich werde etwas so Verwerfliches tun, dass die Priesterin mich nicht …« Elliana setzte sich mit funkelnden Augen auf. »Ich weiß schon! Ich werde Delfinfleisch essen.«

»Das darfst du nicht! Das würdest du auch nicht tun.«

»Oh doch. Ich würde alles tun, um Balletttänzerin sein zu können – eine richtige Balletttänzerin.« Weiße Tupfer sprenkelten Ellianas Augen, als ihre Farbe von Blau zu Grün wechselte. »Ich muss lernen härter zu arbeiten, aber nicht nur wegen des Tempels. Nur so kann ich die beste Tänzerin von Windward werden.«

Cerinthe starrte sie an. »Lernen härter zu arbeiten?«

»Bis vor kurzem war Tanzen für mich immer leicht«, fügte Elliana hinzu. »Sie haben alle Recht. Ich weiß nicht, wie man hart arbeitet. Du dagegen …« Sie stand auf. »Du kommst aus einfachen Verhältnissen – du bist zum Arbeiten geboren. Zeig's mir also.«

»Ich?«
»Bitte«, sagte Elliana mit demselben ernsten Gesichtsausdruck, den Cerinthe in der ersten Nacht im Windrosenraum gesehen hatte. Aber war es ihr wirklich ernst? Oder war ihre Ernsthaftigkeit nur ein Trick? Elliana hatte alles in ihrem Leben durch List und Tücke erreicht. Aber jetzt, für die eine Sache, die sie wirklich wollte – gut tanzen –, reichte das nicht aus.
Cerinthes Zehen verkrampften sich. Zentimeter für Zentimeter setzte sie ihren Fuß auf. Wenn sie Elliana beibrachte, wie man arbeitete, wäre ihr Vorteil dahin. Warum sollte sie es also tun? Ohne Elliana wäre sie die beste Tänzerin der Klasse. Als sie an ihrem Anzug hinunterschaute, fiel ihr Blick auf die ordentliche, schmale Naht, den von Tayla geflickten Schnitt. Cerinthe erinnerte sich daran, wie Elliana sie fast dazu gebracht hatte, sie zu schlagen, worauf sie von der Schule verwiesen worden und Elliana wieder die alleinige Herrschaft sicher gewesen wäre.
»Und?«, fragte Elliana.
Cerinthe runzelte die Stirn. Wenn sie nur ohne Elliana Erfolg haben konnte, benahm sie sich genauso erbärmlich wie Elliana selbst. Diese Art von Erfolg war so sauer wie eingelegte Austern. Und mit einem Mal konnte Cerinthe den ernsten Ausdruck in Ellianas Gesicht deuten: Sie konnte ihn benennen; sie konnte die Finger auf die Stelle ihrer Brust legen, die dasselbe Gefühl in sich barg – Sehnsucht.
»Zwei Stunden«, brach es aus Cerinthe hervor. »Zwei Stunden nehme ich mir Zeit, um dir zu helfen.« Aber wie konnte sie Elliana beibringen, wie man arbeitete? Ihre Lehrer hatten

es versucht, Daina Odonna hatte es versucht und all ihr Lob und Tadel waren fehlgeschlagen. Cerinthe blickte aus dem Fenster auf den steil abfallenden Erker direkt davor. Dann dachte sie an das Porträt neben Ellianas Bett.

»Komm mit«, sagte Cerinthe. Sie verließen den Raum und gingen die Treppe hinab in die Galerie der Meister. Dort blieben sie vor der Statue der Kasakol stehen. Sie hatte einen zickzackförmigen Riss in ihrem Marmorknie.

»Willst du das mehr als alles andere auf der Welt?«, fragte Cerinthe Elliana und nickte in Richtung Statue.

»Ja, aber …«

»Dann schau sie an und geh in die erste Position.«

Elliana gehorchte.

»Führe mit der Ferse«, sagte Cerinthe, »und Tendu nach vorn. Streck deinen Zeh zu der Statue hin – zu dem, was du mehr als alles andere willst.«

Elliana streckte den Fuß.

»Jetzt wieder in die Erste«, sagte Cerinthe. »Noch mal. Weiter strecken! Strecke ihn stark, ganz stark, so stark wie das Verlangen, das du in dir spürst. So weit wie den Willen, die Sehnsucht.« Ihre Stimme zitterte. »Die Sehnsucht ist in deinem Fuß, dein Fuß strebt nach dem, was du willst.«

Ellianas ganze Kraft und all ihre Energie flossen durch ihr Bein und strahlten durch ihren Zeh zu der Statue der Kasakol. Ihr Bein vibrierte nahezu: straff, brillant, wunderschön. Nach dem vierten Tendu rann ihr ein winziger Tropfen Schweiß über die Stirn.

Die Rolle der Prinzessin

Zehn Tage später, kurz nachdem die Glocke am Abend sieben Mal geschlagen hatte, saß Cerinthe auf ihrem Bett und las in einem Geschichtsbuch, als Isalette den Kopf zur Tür hereinsteckte.

»Cerinthe!«, rief sie. »Hast du nichts von dem Aufruhr mitbekommen?«

»Von welchem Aufruhr?«

»Die Liste mit den Rollen für *Die Prinzessin des Archipels* ist gerade in der Eingangshalle ausgehängt worden! Die ganze Schule ist wahrscheinlich inzwischen unten. Leg das Buch weg und lass uns hingehen.«

»Nein«, sagte Cerinthe und stellte sich den Andrang der Mädchen vor, die alle darauf hofften, ihren Namen auf der erfreulichen und zugleich grausamen Liste zu sehen. »Ich muss … gleich an meinem Tanz weiterarbeiten. Außerdem bin ich sicher, dass Elliana die Rolle bekommen hat.«

»Ach Elliana, die alte Gräte! Bist du nicht neugierig?«

»Ich weiß es schon«, sagte Cerinthe mit einem flauen Gefühl im Magen. »Erinnerst du dich nicht mehr, wie es war, als Daina Odonna in unserer Klasse zugeschaut hat?« Elliana hatte wie eine Prinzessin ausgesehen und wie eine Prinzessin getanzt; man sah in jeder Geste, dass sie eine Adelige war. Wie sollte ein Mädchen aus einfachen Verhältnissen von einer Provinzinsel da je mithalten? Die Unterrichtsstunde und das darauf folgende Warten, Fürchten und Hoffen war wie eine zweite Aufnahmeprüfung gewesen. Als Cerinthe jetzt eine Seite in ihrem Buch umblätterte, die sie gar nicht gelesen hatte, wurde ihr bewusst, dass dies im Leben einer Tänzerin immer so sein würde. Selbst wenn sie eines Tages eine Daina würde, wäre da immer ein Leiter des Balletts, der entschied, ob sie einen Part tanzen würde oder nicht. Das machte sie nachdenklich.

»Elliana wird eine perfekte Prinzessin sein«, sagte Cerinthe und blätterte noch einmal um.

»Du bist ein hoffnungsloser Fall.« Isalette kam zu Cerinthes Bett. »Ich wette mit dir um drei Muschelgroschen, dass du für die Prinzessin ausgewählt wurdest – und für den Hofstaat ebenfalls.« Sie griff nach dem Geschichtsbuch.

»Gib es her!«, rief Cerinthe.

Aber Isalette hielt das Buch hinter ihren Rücken. »Cerinthe Luv«, sagte sie streng, »und du weißt doch noch, was letztes Mal passierte, als du meintest, es wäre nicht nötig, auf die Liste zu schauen!« Sie grinste.

Cerinthe musste lachen. »Ja. Ich habe ein ganz schönes Durcheinander verursacht.«

»Dann komm!« Isalette legte das Buch neben die Möwe auf den Nachttisch, fasste Cerinthe an der Hand und zog sie auf den Korridor hinaus. Sie rannten die Treppe vier Etagen hinunter. Auf der letzten, zwischen erstem und zweitem Stock, hörten sie Trampeln und Schreien.

»Wo ist sie?«, rief ein Mädchen.

»Und wo ist Elliana?«, wollte jemand anderes wissen.

»Cerinthe! Da ist Cerinthe!« Mindestens fünfzehn Perlen standen auf den Stufen unter ihnen. »Cerinthe!«, riefen sie. »Du wirst die junge Prinzessin tanzen!«

Sie hielt sich am Geländer fest.

»Beim heiligen Kloud!«, rief Isalette. »Ich hab's dir doch gesagt! Ich hab's dir gesagt! Lasst uns mal durch, damit sie es selbst sehen kann.«

Cerinthe wurde schwindelig, aber Isalette zog sie den letzten Treppenabsatz hinunter. Die Eingangshalle war voller Schüler, einige redeten und lachten, andere weinten. Eine der Rubine saß auf einem der unbezahlbaren Brokatstühle; sie hatte einen Zusammenbruch erlitten. Ihr roter Unterrock war an der Armlehne hängen geblieben und warf jetzt Falten wie ein Akkordeon. »Steh auf!« Ein anderes Mädchen schüttelte sie. »Beeil dich, bevor die Krissel dich sieht.«

Isalette preschte durch die Menge und bahnte ihnen einen Weg direkt zur goldenen Staffelei. Cerinthe folgte ihr mit dröhnendem Kopf. Was ist, wenn die Mädchen sich auf ihre Kosten einen Scherz erlaubten, von Elliana dazu angestachelt?

Auf der Staffelei war ein steifes Stück Pergament aufgezogen. Cerinthe überflog die geschwungene Schrift, bis sie Folgendes sah:

Die Rolle Ihrer königlichen Hoheit, Prinzessin Zandora
Die ältere Prinzessin: Sileree Vox von Umbrea
Zweitbesetzung: Juna Wilner von Alicia
Die jüngere Prinzessin: Cerinthe Luv von Normost
Zweitbesetzung: Elliana Nautilus von Faranor

»Sieh da!«, rief Isalette. »Drei Muschelgroschen bitte.«
Cerinthe blinzelte. Es war wahr. Weiter unten auf der Liste, beim Hofstaat, sah sie ihren Namen noch einmal. Zwei Rollen? Sie las es wieder und wieder, bis eine der Smaragde sie schließlich mit den Worten zur Seite schob: »Jetzt, wo du ein Star bist, lässt du wohl niemand anderen mehr schauen?« Benommen trat Cerinthe zur Seite.
Am anderen Ende des Raums umringten die Diamanten Sileree, die völlig ruhig die Gratulationen in Empfang nahm. Sie sah müde aus; um die Augen war ihre Haut merkwürdig grünlich blass. Juna schwatzte fröhlich neben ihr. Man hätte glauben können, Juna hätte die Rolle bekommen und Sileree wäre die Zweitbesetzung.
Als Sileree Cerinthe entdeckte, hoben sich ihre Mundwinkel ein wenig. Sie sahen sich an und Cerinthe spürte, wie damals im Windrosenraum, dass es zwischen ihnen ein Einvernehmen gab. Sie wusste noch immer nicht, worin es bestand.
»Das ist ungerecht«, beschwerte sich hinter ihr eine Perle, »dass Cerinthe zwei Parts kriegt und einige von uns nicht mal einen.«
Cerinthe rieb sich die Wange und blickte auf den Teppich; sie wusste, was für ein schlechtes Gefühl es war, nicht berücksichtigt zu werden.
»Beim Heiligen Meer, warum hat Daina Odonna Cerinthe ausgewählt und nicht Elliana?«, fragte eine der Smaragde.
»Weil Cerinthe kleiner ist und …«, begann jemand. Cerinthe spitzte die Ohren, um mehr zu hören, aber in dem Moment stürzte sich Ritoria auf sie.

»Cerinthe! Kloud sei mit dir. Herzlichen Glückwunsch!« Ritorias Stimme überschlug sich fast. Dann wurde Cerinthe von den anderen Perlen umringt. Einige Rubine und Smaragde gratulierten ihr ebenfalls. In vielen Gesichtern sah sie Neid und einige der Mädchen drückten ihre Hand ein wenig zu fest.

»Ich kann es kaum erwarten«, sagte Jasel mit verträumten Augen, »mit dem Ensemble im königlichen Theater zu proben.« Sie war für den Hofstaat ausgewählt worden.

»Ist Elliana schon unten gewesen?«, fragte Isalette.

Jasel nickte.

»Was um alles in der Welt hat sie gesagt?«, wollte Ritoria wissen.

»Zuerst gar nichts«, antwortete Jasel. »Sie starrte eine halbe Ewigkeit auf die Liste und zeigte keinerlei Regung. Natürlich wurde sie von allen beobachtet. Dann sagte sie, sie müsse sich umziehen, weil ihre Eltern sie für eine Party abholen würden.«

»Das sagt sie immer«, kicherte Maiga. »Aber sie wird nur von ihrer Mutter besucht – und das auch nur, wenn es Schwierigkeiten gibt. Ihren Vater oder ihre neun älteren Brüder und Schwestern habe ich noch nie gesehen. Sie ist die Jüngste. Es stimmt, dass die Kutsche vorfährt, aber nur mit zwei Lakaien drin.«

»Vielleicht erfindet sie all diese Partys«, sagte Jasel achselzuckend.

»Zumindest hat sie eine Rolle im Hofstaat«, sagte Isalette. »Damit sollte sie sich zufrieden geben. Ich selbst wäre ja viel zu nervös, vor dem König und der Königin zu tanzen. Ihr

kennt mich ja – ich würde über irgendetwas stolpern oder verursachen, dass das ganze Theater in die Luft gehen würde.« Isalette war Zweitbesetzung für den Hofstaat.
Als Cerinthe den Arm um die Schultern ihrer Freundin legte, durchfuhr es sie wie ein Blitz. Die Königin und der König! Bis zu jenem Moment hatte sie völlig vergessen, dass sie vor ihnen und vor tausend Unbekannten tanzen würde.
»Ist alles in Ordnung?«, flüsterte sie Isalette zu. Sie spürte deren Enttäuschung.
»Alles bestens.«
»Dann gehe ich jetzt auf unser Zimmer zurück.« Cerinthe wollte allein sein. Sie schlängelte sich durch die Menge und stieg langsam die Treppe hinauf.
»Oh Mama!«, flüsterte sie. »Ich werde die Prinzessin tanzen. Wie sehr hättest du dich darüber gefreut. Ich wünschte, du würdest davon erfahren.« Zumindest ihrem Vater und Thordon würde sie es sagen können. Mit jedem Schritt nahmen sowohl ihre Begeisterung, aber auch Angst und Erstaunen zu. Und sie begann zu zweifeln. Hatte Daina Odonna sie nur ausgewählt, weil sie kleiner war als Elliana? Und wie konnte die Daina glauben, dass Elliana sich damit zufrieden geben würde, ihre Zweitbesetzung zu sein?
Auf dem Treppenabsatz im sechsten Stock, wo es zu Cerinthes Zimmer ging, sauste ein rotgoldener Goldfisch durchs Aquarium. Ihr fiel ein, dass sie zu spät dran war für ihre Übungsstunde mit Elliana. Das Bild einer wütend schreienden Elliana kam ihr in den Sinn. Ihnen fehlte nur noch eine Minute zu ihrem Tanz, aber Cerinthe fürchtete, dass ihre labile Partnerschaft jetzt beendet sein würde. Es tat ihr nicht

Leid. Eine Luftblase stieg in der Wasserpflanze im Aquarium auf und zerplatzte an einer karminroten Lilie. Sie war noch immer eifersüchtig darauf, dass Elliana die Meerjungfrau so graziös tanzte, als wäre die Göttin selbst in ihr und würde jeder Handbewegung, jeder Drehung des Kopfes und jedem schwingenden Schritt Leben einhauchen.

Meerjungfrau, betete Cerinthe. *Ich habe den Tanz geschaffen. Warum kommst du nicht zu mir? Warum inspirierst du mich nicht?*

Sie zog ihren Ballettanzug an und stieg in den siebten Stock hinauf. Wenn Elliana nicht mehr weitermachte, musste Cerinthe sofort damit beginnen, den Tanz selbst einzuüben. Und sie musste sich Ellianas Wut stellen.

Der Windrosenraum war dunkel und leer. Das spitze Dach schien die Wände niederzudrücken; obwohl es so düster war, schimmerten die weißen Leisten an den Kanten wie fest gespannte Schnüre. Elliana war nicht da; sie war wohl tatsächlich zu einer Party gegangen. Cerinthes Anspannung ließ nach und sie betrat vorsichtig den Raum. Kopfschüttelnd musste sie über sich selbst lachen. Sie brauchte sich nicht zu fürchten. Außerdem konnte sie den Tanz jetzt selbst aufführen, wie sie es sich immer gewünscht hatte. Die Darbringung, das Geschenk war nun wieder ganz allein ihre Sache. Plötzlich bewegte sich etwas in der Dunkelheit. Sie wich mit einem Sprung zurück. Es war niemand da.

Auf der anderen Seite des Daches, im Südflügel, brannte im dritten Fenster Licht – noch nie zuvor hatte sie dort Licht gesehen. Es wurde abwechselnd hell und dunkel, als ginge jemand vor einer Kerze auf und ab. Cerinthe verließ

den Raum und blieb neben der geschlossenen Tür stehen, die zum Erker der Kasakol führte. Eine gebrochene, gelbe Linie schien unter der Tür hindurch. Jemand war dort drinnen.
Cerinthe schob den kalten Riegel zurück und öffnete die Tür. Im schwachen Kerzenschein sah sie das Fenster auf der gegenüberliegenden Seite. Eine riesige Eisenstange war davor angebracht, beide Seiten verschraubt und mit Vorhängeschlössern gesichert. So konnte niemand auf das Dach des Erkers gelangen, nicht einmal wenn man das Glas zerschmetterte, da die einzelnen Scheiben kaum so breit waren wie zwei Hände.
Zu ihrer Linken warf ein schmales Bett einen länglichen Schatten auf den Boden – ein Schatten, der von der Kerze auf dem Tisch in der Ecke herrührte. Am Fußende saß Elliana auf dem Boden und schaute in die Nacht hinaus. Einige Haarsträhnen hatten sich aus ihrem Knoten gelöst und lagen um ihren Hals. In dem schwachen Kerzenlicht hatte ihre Haut die Farbe von alter Spitze. Elliana drehte sich nicht einmal um, als Cerinthe die Tür schloss.
»Wie bist du an den Schlüssel gekommen?«, fragte Cerinthe und machte sich auf einen Wutausbruch gefasst. Aber Elliana sagte nichts. Ihr Schweigen und der Geruch von in der Sonne verrottenden Muscheln – ein Geruch, der Cerinthe erschaudern ließ – erfüllten den Raum.
»Bedeutet das, du wirst den Meerjungfrauentanz nicht tanzen?«, fragte Cerinthe.
»Für sämtliches Gold von Windward würde ich deinen däm-

lichen Tanz nicht vor Daine Miekel tanzen«, fauchte Elliana. »Nicht, wenn die Kasakol höchstpersönlich mich darum bitten würde. Das schwöre ich bei ihrem Grab.«

Cerinthe lächelte. Das war die Elliana, die sie kannte. Sie trat weiter in den Raum hinein und da sah sie Ellianas Füße, die von einem Dreieck aus Licht beschienen wurden. Unterhalb ihres Rockes, den sie fast bis zu den Knien hochgezogen hatte, schimmerten die muskulösen, weißen Waden und darunter, die Hacken gegeneinander und fast parallel zum Boden, die nackten Füße …

»Bei Nemaree!«, schrie Cerinthe auf. »Was ist passiert?« Ellianas Füße waren voller Blasen – einige waren noch geschlossen, andere eiterten und einige waren mit Blut oder Schorf verkrustet. Sie bedeckten ihre Zehen, die Sohlen, sogar ihre Fersen. Cerinthe stockte der Atem. Sie hatte es gewusst, von dem Moment an, als sie in den Raum getreten war, hatte sie gewusst, dass der Geruch von einer faulenden Wunde herrührte.

»Du«, sagte Elliana mit tonloser Stimme, »alles, was ich je wollte … ist deinetwegen verloren. Wegen einer einfachen, stinkenden Minna. Warum bist du nicht in deiner Lehmhütte geblieben? Ich sollte die Prinzessin sein und das weißt du.«

»Vielleicht«, erwiderte Cerinthe.

»Ich kann es nicht fassen, wie sehr ich mich erniedrigt habe. Mit dir zu arbeiten! Dich zu bitten mit mir zu arbeiten. Das macht mich krank. Arbeiten! Ich habe gearbeitet.« Sie zeigte auf ihre blutigen Füße. »Siehst du das? Und was hat es genützt? Gar nichts.«

Cerinthe zuckte zusammen. »Du solltest dir etwas aus der Kräuterkammer geben lassen.«
Elliana lachte. »Ach, das ist nichts. Siehst du die Narben?« Sie berührte das wirre Netz von weißen Linien auf ihrem Spann, einer der wenigen Stellen ohne Blasen. »Immer wenn ich nach Hause kam, nachdem ich weggelaufen war, um die Straßentänzer zu sehen, hat meine Kinderfrau mir die Füße ausgepeitscht. Mit einem Lederriemen hat sie immer wieder darauf geschlagen.«
Cerinthe erschauderte.
»Aber habe ich mich davon abbringen lassen? Nein!« Ellianas Stimme wurde schrill. »Ich werde nie wieder im Schatten von irgendjemandem stehen. Nichts wird mich je vom Ballett abhalten. Meine Mutter nicht, die Priesterin nicht und ganz gewiss auch keine Minna. Willst du wissen, was mit meiner Kinderfrau passiert ist?« Sie lachte wild. »Das war nicht schön; das war gar nicht schön. Du solltest gut aufpassen, Minna. Lass dir auf dem Hinterkopf Augen wachsen, denn ich schwöre dir, ich werde dich an einen Felsen ketten und am Strand tanzen, wenn die Flut kommt.«
Cerinthe wich zurück.
»Recht so«, sagte Elliana. »Lauf weg, lauf nur weg; aber es ist zu spät, es ist bereits zu spät für dich.« Dann wandte sie sich wieder ab und blickte aus dem dunklen Fenster.
Cerinthe stolperte aus dem Raum. In ihrer Eile vergaß sie die Tür zu schließen. Als sie die Treppe hinunterrannte, schien der Geruch neben ihr herzulaufen, nach ihr zu schnappen, an ihrer Kehle zu zerren und sie so wund zu machen wie jene Füße voller Blasen. Was war das für ein

Mädchen, das mit solchen Füßen tanzen, das solche Qualen ertragen konnte!

Cerinthes Zimmertür stand sperrangelweit offen. Drinnen war ein Dutzend schnatternder Mädchen versammelt, einige sprangen auf und ab, um eine bessere Sicht zu haben.

»Da ist sie«, verkündete Maiga. Alle Mädchen drehten sich um und sahen Cerinthe an. Dann traten sie zur Seite. Auf dem Boden neben Cerinthes Bett kniete Tayla inmitten von tausend glitzernden Glassplittern. Cerinthe blickte auf den Nachttisch; das Geschichtsbuch lag noch dort, aber die Kristallmöwe war fort.

Tayla drehte sich zu ihr um. Tränen liefen ihr übers Gesicht. »Oh Miss«, schluchzte sie. »Ich bin gerade hochgekommen, um die Betten zu machen, und habe sie hier völlig zerschmettert vorgefunden. Dabei war sie doch so schön!« Tayla knüllte ihre weiße Schürze zusammen.

Cerinthe durchquerte den Raum und kniete sich neben sie. Was von der Möwe übrig geblieben war, sah fast wie Puder aus, als wenn jemand die Scherben in noch kleinere Stücke gemahlen hatte, nachdem die Figur zerbrochen war.

Tayla schluchzte lauter. »Wer konnte so etwas Böses tun? Vielleicht war eine Katze hier drin.«

Die Tür knarrte. Entschlossenen Schrittes betrat Mistress Odue den Raum und baute sich vor Tayla auf. »Ich werde rausfinden, was das soll, du freche Göre; ich werde es rausfinden! Erkläre es mir auf der Stelle.«

»Ich …«

»Du hast Schande über eine Institution Ihrer Majestät gebracht!«

»Es war ein Versehen«, sagte Cerinthe. »Tayla war es nicht.«

»Oh doch – und zwar mit voller Absicht.« Mistress Odue zog sich die goldgeränderte Brille von der Nase und fuchtelte damit vor Taylas Gesicht herum. »Elliana hat sie gesehen.«

Tayla und das Buch der Heilkräuter

Obwohl Cerinthe protestierte und Tayla immer wieder rief: »Ich habe sie nicht angefasst! Niemals! Sie war so schön!«, glaubte Mistress Odue Ellianas Geschichte.

»Bedienstete, die derartige Fehler machen, sind für eine Schule Ihrer Majestät nicht akzeptabel«, ließ Mistress Odue Tayla wissen. »Und was dein Lügen angeht …!« Ihr spitzer Kragen klappte nach oben und stach in ihr Kinn. »Ich sollte dich vor die Tür setzen.« Sie packte Tayla am Arm und zerrte sie fort.

Die halbe Nacht wälzte sich Cerinthe schlaflos von einer Seite auf die andere. Sie wusste, dass Elliana die Möwe aus Rache zerschmettert hatte; sie hatte ein Talent dafür, genau dort zuzuschlagen, wo es am meisten wehtat.

»Ich habe mein letztes Stück von Mama verloren«, schluchzte Cerinthe unter ihrem Kissen. Sie glaubte, dass Elliana zu allem fähig war. *Ich werde dich an einen Felsen ketten und am Strand tanzen, wenn die Flut kommt …*

… Ertrinken. Cerinthe ertrank. Schwarzes Wasser drang in ihre Kehle, ihre Augen, ihre Nase. Luftblasen stiegen auf, zerplatzten, dann wurde es still und sie sank tiefer. Zwei weiße Meeresungeheuer griffen sie an, ihre blutigen Zungen peitschten hin und her …

Nach Atem ringend wachte Cerinthe auf und zog sich das Kissen vom Gesicht. Auf der anderen Seite des Zimmers drang

Tageslicht durch das Dachfenster. Isalette schnarchte im Bett neben ihr. Cerinthe atmete ein paar Mal tief durch, um den Alptraum abzuschütteln, dann zog sie ihre Schuluniform an, warf sich ihren alten Mantel über und setzte die Kapuze auf. Sie schlich sich eine Dienstbotentreppe hinunter. Mistress Blythe würde ihr sicher sagen, was mit Tayla geschehen war.

Im Keller angekommen versuchte Cerinthe wie ein armes, Arbeit suchendes Mädchen auszusehen. Sie zog ihre Schultern hoch und schlurfte los. Kleine Dainas durften nicht nach unten, genauso wie Minnas nicht nach oben durften. »Jeder hat seinen Platz und sollte dort bleiben«, pflegte Mistress Krissel zu sagen. Zwei Senior-Dienstmädchen, die Silbertabletts mit abgedeckten Tellern und dampfenden Kannen voll heißer Schokolade trugen, näherten sich Cerinthe. Der Duft von gebuttertem Toast erfüllte die Luft.

Cerinthe machte einen Knicks und trat an die Seite. Taft knisterte und Silberlöffel klapperten gegen kleine Schälchen mit Marmelade, Butter und Honig, als die Senior-Dienstmädchen vorbeirauschten. Cerinthe lief auf Mistress Blythes Tür zu. Stimmen drangen aus dem Raum und die Tür öffnete sich langsam.

Mistress Blythe würde sie wahrscheinlich nicht verraten, aber die Gefahr war zu groß, dass jemand anderes es tun konnte. Gegenüber stand ein Wäschewagen mit gefalteten Handtüchern. Dahinter versteckte sich Cerinthe.

»Danke, dass Sie nach Lisanne gesehen haben«, sagte Mistress Blythe. »Ich wusste nicht mehr, was ich tun sollte. Sie hat die ganze Nacht geschrien – es kam mir fast hysterisch vor.«

»Es war gut, dass Sie nach mir geschickt haben«, antwortete eine Frau. Die Stimme kam Cerinthe bekannt vor.
»Ein Bänderriss«, seufzte Mistress Blythe. »Ich habe ihr gesagt, dass sie sich schonen sollte, nachdem sie sich letzte Woche die Dehnung zugezogen hatte, aber sie hat weitergemacht und jetzt ist es gerissen.«
»Lisanne ist jung«, erwiderte die Frau. »Das Bein sollte eigentlich gut heilen, aber es braucht Pflege – und Ruhe.«
Es war Mederi Grace. Cerinthe presste ihre Wange gegen die Handtücher in der untersten Reihe.
»In letzter Zeit hatten wir eine Verletzung nach der anderen«, sagte Mistress Blythe. »Die Kinder muten sich zu viel zu. Arme Lisanne, vielleicht holt sie es nie wieder auf. So haben schon einige Schüler ihren Platz in der Schule verloren. Sie setzen nicht lange genug aus, damit die Verletzungen heilen können. Und wenn Sie meine Meinung hören wollen«, Mistress Blythe senkte die Stimme, »sind die Lehrer da auch nicht gerade hilfreich. Ich bin mit meiner Weisheit am Ende.«
»Die Schüler brauchen eine oder einen Mederi oder Heiler, die oder der ständig hier ist«, sagte Mederi Grace. »Was passiert, wenn es einen Notfall gibt? Der für wohltätige Einrichtungen zuständige Minister der Königin könnte die Genehmigung dafür erteilen, aber er ist immer zu beschäftigt, um mich zu empfangen. Ich verspreche, dass ich es weiter versuchen werde.«
»Danke.«
»Ach, übrigens«, sagte Mederi Grace, »wie macht sich eigentlich Cerinthe Luv?«

Cerinthes Augen weiteten sich.
»Ausgezeichnet«, antwortete Mistress Blythe. »Sie wurde für die Rolle der Prinzessin Zandora in dem neuen Ballett ausgewählt.«
»Tatsächlich? Und sonst?«
»Ihre Lehrer sagen, dass sie bisweilen recht bedrückt wirkt. Höchstwahrscheinlich Heimweh.«
»Vielleicht.« Mederi Grace klang nicht überzeugt. »Ich würde demnächst gern mal mit ihr sprechen.«
Warum? Die rauen Handtücher verursachten einen Juckreiz auf Cerinthes Wange. Der beißende Geruch der Waschlauge, ein Geruch, an den sie sich nur zu gut erinnerte, stieg ihr in die Nase.
»Darf ich Sie in einer anderen Sache um einen Rat bitten?«, fragte Mistress Blythe. »Gestern Abend hat Mistress Odue eines unserer vielversprechendsten Dienstmädchen zur Arbeit in der Waschküche degradiert.«
Nein! Cerinthe umklammerte eins der Räder an dem Wagen. Nicht das Verlies für Tayla! Tayla ohne ihr gestärktes schwarz-weißes Kleid? Tayla als Minna?
»Wie kann ich da helfen?«, wollte Mederi Grace wissen.
»Das arme Mädchen hat schwache Lungen und die Waschküche ist fürchterlich feucht. Gibt es irgendeine Medizin, die ich ihr geben kann, damit sie nicht krank wird?«
»Kommen Sie mit mir in die Kräuterkammer – ich muss ohnehin dieses Buch zurückbringen und nachschauen, wie viel von den getrockneten Beintastlern noch da sind. Dann erkläre ich Ihnen, auf welche Symptome Sie achten müssen.«
Schlüssel klapperten, als Mistress Blythe die Tür verriegelte.

Cerinthe machte sich ganz klein und rund, bis die beiden Frauen an ihrem Versteck vorbeigegangen waren. Sobald sie um die Ecke gebogen waren, rannte sie in die andere Richtung zur Haupttreppe davon. Cerinthe nahm zwei Stufen auf einmal, zog dabei ihren alten Mantel aus und raffte ihn unter dem Arm zusammen. Als sie das Hauptstockwerk erreichte, zwang sie sich selbst, langsamer zu werden, indem sie zwischen jedem Schritt »Ozean« vor sich hin sang. Bis zum fünften Stock hatte es sich in »Tayla … Tayla … Tayla« gewandelt.

Die Glocke schlug acht, Zeit fürs Frühstück, aber Cerinthe wusste, dass sie nichts essen konnte. Ihre Wut wurde mit jedem Glockenschlag größer. Tayla im Verlies! Die Möwe zerbrochen! Und das alles, weil Elliana eifersüchtig war. Alles wegen einer Rolle in einem Ballett. Sturm und Donner noch mal!

Im Windrosenraum schleuderte Cerinthe ihre Schuhe von sich und stellte sich an die Stange. Sie machte ein Plié, streckte sich und ging mit einem Relevé auf die Spitze, bevor sie die Knie für ein weiteres Plié beugte. Die Übung wiederholte sie immer wieder – fünf Relevés, zehn, fünfzig. Wie konnte sie Tayla helfen? Wie konnte sie beweisen, dass Elliana die Möwe zerbrochen hatte? Cerinthe hielt auf der Spitze inne. Die Mederi wollte mit ihr sprechen. Ob sie ihren Einfluss geltend machen würde, um Tayla zu helfen, wenn sie ihr die Sache mit der Möwe erzählte?

Warum ging sie nicht in die Kräuterkammer, um sie zu fragen? Cerinthe merkte, dass ihre Knie nachgaben. Seit dem Tag, an dem sie vor der Glühwurzel geflohen war, war sie nicht in der Kräuterkammer gewesen und es zog sie auch

jetzt nicht dorthin. Aber da war auch etwas in ihr, das den Rat der Mederi hören und ihre klaren, braunen Augen noch einmal sehen wollte.
Cerinthe ging zum Fenster und blickte voller Sehnsucht nach der Meerjungfrau hinaus. *Die du auf den Wellen der Inseln der Seligen reitest, gib mir Kraft,* betete Cerinthe. *Lass mich deine Stimme hören, wenn ich tanze. Hilf mir Tayla zu helfen.* Aber die Meerjungfrau schwieg.
Die Schieferplatten auf dem Erker der Kasakol glänzten und reflektierten das Licht. So sah das Meer zu Hause an einem bedeckten Sommertag aus. Cerinthe fühlte sich wie ein Seemann in Not, der sich verzweifelt am Mast seines Bootes festklammert. Am Horizont schien Mederi Grace wie ein Licht in der Ferne zu leuchten.
»Ich werde die Kräuterkammer einfach nicht wirklich betreten«, entschied Cerinthe. Sie würde die Mederi bitten auf den Gang hinauszukommen.
Kurze Zeit später blieb Cerinthe auf der Schwelle zur Kräuterkammer stehen. Die Tür stand offen.
»Hallo?«, rief sie und kratzte mit den Fingernägeln über ihre Handflächen. Niemand antwortete. Die Türen zu den Krankenzimmern waren geschlossen, aber sie spürte, dass irgendetwas oder irgendjemand – wahrscheinlich Lisanne – hinter einer von ihnen wartete. Immer noch hingen die weißen Vorhänge vor den Fenstern und die blau-weißen Gefäße … Cerinthe wandte sich ab.
»Mederi Grace?«, rief sie lauter. »Ich würde gern mit Ihnen sprechen.« Sie atmete langsam aus, ein wenig erleichtert, dass die Mederi schon fort war.

Zwei Schritte neben der Tür lag auf einem Stuhl ein dickes, wunderschön gebundenes Buch. Ein goldenes Medaillon glänzte auf dem grünen Einband, der mit Blüten und Blättern aus winzigen farbigen Lederstücken verziert war. Es hatte einen Silberschnitt.

Cerinthe hatte noch nie ein so schönes Buch gesehen; ein Meister seines Fachs musste es gemacht haben. Sie trat an den Stuhl heran. Auf dem Buchdeckel waren die Worte *Leighs Buch der Heilkräuter* eingeprägt. In dem Medaillon wand sich in feinen Linien eine Schlange um eine Muschelschale und eine offene Hand – das Symbol der Heiler. Das Medaillon war eine kunstvolle Variante des tönernen Amuletts der Heiler, das Cerinthe in den Brunnen im Hof geworfen hatte. Plötzlich zitterte sie und musste gegen die tückische Strömung ankämpfen, die sie der Trauer entgegenspülte.

Bleib dort, wollte sie rufen. Ich habe dich fortgeworfen. Bleib fort! Zornig nahm sie das Buch, setzte sich und legte es auf ihren Schoß. Dann klemmte sie ihre Fersen hinter die untere Sprosse des Stuhles und öffnete es.

Sie wurde von einem Feuerwerk an Farben geblendet. Das Wort »Delyptus«, dessen Buchstaben kobaltblau umrandet und innen rot und gold ausgemalt waren, schmückte den oberen Teil der Seite. Darunter zeigten detaillierte Illustrationen Ausschnitte der Pflanze sowie ihren Querschnitt. Im Text wurde die medizinische Anwendung des Krauts beschrieben und in den Anmerkungen am Rand erfuhr man alles über Wachstum und Ernte.

Cerinthes Fingerspitzen glitten unter eine dünne, weiße Seite nach der anderen. Sie blätterte und las und schon bald war sie entsetzt, wie wenige Heilkräuter sie kannte und wie wenig sie über sie wusste. Als sie unter »G« bei Glirium angelangt war – das *Buch der Heilkräuter* war alphabetisch geordnet – erfuhr sie, dass ein Aufguss aus Glirium und wild wachsendem Hafer die Nerven beruhigt. Gwimma hatte ihr das nie beigebracht.

Cerinthe las: »Glirium niemals zum Fiebersenken verwenden, da es fatales Herzrasen verursachen kann.« Erschrocken blickte sie auf. Gwimma hatte Glirium immer gegen Fieber benutzt; sie hätte jemanden töten können. Vielleicht war es sogar passiert.

Kein Geräusch unterbrach die Stille in der Kräuterkammer, kein Rascheln, keine Stimme, nicht eine einzige knarrende Diele. Cerinthe fuhr mit den Fingern über den Silberschnitt des Buches; er fühlte sich weich an. Warum hatte Gwimma es verachtet, aus Büchern zu lernen? Hätten sie ein Heilpflanzenbuch besessen, hätte Cerinthe das Leben ihrer Mutter womöglich retten können. »Du hättest ihr niemals Glühwurzel geben dürfen«, hatte Gwimma gesagt. Hatte sie damit womöglich ebenfalls Unrecht? Vielleicht hatte sie nicht gewusst, wie man die Wurzel richtig anwandte.

Cerinthe blätterte um. Zweiundfünfzig war die nächste Seite und oben stand »Glühwurzel«.

»Nein!«, rief sie und schlug das Buch zu. Tränen schossen ihr in die Augen. Sie sprang auf. Sie war ein unwissendes Mädchen aus einfachen Verhältnissen von einer verschlafenen Insel am hintersten Ende des Königreichs und wusste rein gar nichts! Überhaupt nichts! Sie konnte weder Tayla noch sonst jemandem helfen.

Probe mit dem königlichen Ballettensemble

Auf der kalten Bühne des königlichen Theaters tanzte Cerinthe mit elf anderen Perlen ihre Chassés und versuchte die Tränen zu unterdrücken. Wenn Daine Rexall sie noch einmal anschrie, würde sie anfangen zu weinen.

Die letzten sechs Wochen waren von den Proben für *Die Prinzessin des Archipels* geprägt gewesen, aber dies war die erste im Theater. Es gab noch keinerlei Kulissen; stattdessen hingen an beiden Seiten der Bühne schwarze Vorhänge mit Durchgängen für die Tänzer.

»Nein, nein!«, rief Daine Rexall. Die Musik verstummte. »Cerinthe Luv!«, wetterte er. »Bleib in der Reihe. Tanz synchron mit den anderen. Dreimal habe ich die Probe deinetwegen unterbrochen. Hast du kein Hirn im Kopf?«

Nein, wollte Cerinthe brüllen. Hab ich nicht! Aber sie sagte: »Ich werde mir Mühe geben.«

Mit beleidigtem Gesichtsausdruck presste Daine Rexall seine Fingerspitzen gegeneinander, so dass seine Hände ein Dreieck bildeten.

»Der Hofstaat ist wie ein erlesener Rosenstrauß«, sagte er und tippte die Daumen gegeneinander. »Als wenn jeder Zweig von demselben sorgfältig gezüchteten Busch stammen würde.« Seine Daumen tippten abermals gegeneinander. »Wer hervorsticht, zerstört meinen künstlerischen Ausdruck.« Die Daumen tippten. »Ruiniert ihn.« Tipp, Tipp. »Vernichtet ihn völlig.«

Cerinthe hätte sich am liebsten hinter einem der schwarzen Vorhänge versteckt.

»Wenn du weiter so herumtapst wie eine feiste Rose«, fügte Daine Rexall hinzu, »werde ich dich ersetzen.«

Elliana kicherte.

»Solch ein drastischer Schritt würde mich ebenso sehr treffen wie dich, Cerinthe«, behauptete Daine Rexall, »aber es wäre zu deinem Besten. Du musst das lernen. Also zwinge mich nicht zu diesem Schritt.«

»Das werde ich nicht«, antwortete sie mit leiser Stimme.

»Noch mal von vorn.« Daine Rexall hob die Arme.

Dieses Mal imitierte Cerinthe Jasel, die steif wie eine Marionette vor ihr tanzte. Sie wollte weder Elliana noch irgendjemandem sonst die Genugtuung gönnen, sie scheitern zu sehen. Mehr als je zuvor fürchtete Cerinthe sich vor der Nachmittagsprobe, in der sie vor allen ihr Solo tanzen musste. Auch Daine Rexall hatte es noch nicht gesehen; seine Assistentin Daina Lizabrina hatte Cerinthe die Schritte beigebracht. Elliana hatte sich trotz ernsthafter Warnungen von Daina Odonna geweigert ihre Zweitbesetzung zu werden.

Als erste Tänzerin des Hofstaats streckte Elliana ihr Bein jetzt zu einem schlampigen Développé. Cerinthe dachte an die eiternden Blasen und wunderte sich, dass Elliana überhaupt tanzen konnte. Nachdem sie die Rolle der Prinzessin nicht bekommen hatte, war es mit ihren Bemühungen, hart zu arbeiten, vorbei gewesen; sie war nachlässiger als je zuvor. Zwei Mal stand die rote Kutsche ihrer Mutter diese Woche

im Hof, mit ihren verschlungenen Verzierungen goldener Nautilusdarstellungen über den Radnaben war sie nicht zu verkennen.
Beim Mittagessen saß Cerinthe schweigend mit den anderen Perlen im Speisesaal. Sie drehte ihren Teller ein Stück, dann noch ein Stück und starrte auf den Dampf, der aus ihrer Schweinepastete aufstieg. Um nicht an die Probe denken zu müssen, sann sie darüber nach, auf welchem Weg sie in die Waschküche gelangen könnte. Alle bisherigen Versuche, Tayla aufzusuchen, waren gescheitert.
»He, feiste Rose!«, rief Elliana von der anderen Seite des Tisches, einige Plätze unterhalb von Cerinthe. »Gib mir den Zucker, aber ohne Dornen, wenn ich bitten darf.«
Cerinthe zögerte, dann reichte sie ihr stattdessen das Salz. Es war das erste Mal seit dem Tag, an dem sie die Möwe zerbrochen hatte, dass Elliana sich herabgelassen hatte mit ihr zu reden. Bislang war nichts weiter geschehen, aber Cerinthe glaubte keinen Moment daran, dass Elliana es aufgegeben hatte, ihre Drohungen wahr zu machen.
»Was ist eigentlich eine feiste Rose?«, fragte Maiga.
»Wenn man sich unsere kostbare Minna hier anschaut«, sagte Jasel, »würde ich vermuten, dass es eine Rose mit einem dicken, roten Gesicht ist.«
Die drei Mädchen kicherten.
Cerinthe nahm ihre Gabel, rammte sie in die Schweinepastete und halbierte sie.
»Ich dachte«, setzte Elliana wieder an, »eine feiste Rose ist dieses ordinäre, wuchernde Teil, das man oft an den Hüten von Huren sieht.«

Cerinthe spießte die halbe Pastete auf und schleuderte sie quer über den Tisch. Sie klatschte gegen Ellianas Brust; Fleischstückchen flogen und alle drei wurden mit brauner Sauce und Erbsen bespritzt.
»Wie kannst du es wagen!«, schrie Elliana. Die anderen Mädchen schrien ebenfalls.
Cerinthe sprang auf und rannte hinaus.
Als die Probe zwei Stunden später wieder begann, band sich Cerinthe einen Schal über ihren Ballettanzug; das königliche Theater war noch kalt. Sie hielt sich an einer Leiter fest und wärmte sich auf. Zum Abschluss machte sie Grands Battements. Auf der Bühne unter den Kronleuchtern, die tränenförmige Schatten auf den Boden warfen, machten sich die Tänzer des Ensembles bereit.
Daina Carroll, die die Königin tanzte, machte ebenfalls Grands Battements. Der Unterschied zwischen ihren und Cerinthes Battements war so groß wie der zwischen einem Vollmond im Herbst und einer fahlen Mondsichel. Cerinthe rieb ihre Hände gegeneinander, damit sie nicht zitterten.
Meerjungfrau, betete sie, *die du segelst über das Meer, wo Himmel und Erde sich treffen, gib mir die Kraft, vor diesen großartigen Tänzern zu tanzen. Lass mich deine Stimme hören und deine Gegenwart wieder spüren.*
»Erster Akt, erste Szene«, rief Daina Lizabrina. »Die Namensgebung.«
In der ersten Szene tanzte Daina Carroll mit einer Puppe, die ein weißes Spitzengewand trug. In Cerinthe, die hinter der Bühne auf den Beginn der zweiten Szene wartete, zog sich jedes Mal alles zusammen, wenn Daine Rexall die Tän-

zer unterbrach. Eine Stunde später kam Daina Lizabrina zu ihr herüber und sagte: »Jetzt bist du gleich dran.«

»Ich kann nicht …« Cerinthe hielt sich die Hand vor den Mund. »Bei Nemaree … ich glaub, mir wird schlecht!«

Daina Lizabrina strich ihr über den Arm. »Das ist nur Lampenfieber. Komm mit. Ich zeige dir, wo du für den Auftritt stehen musst.«

Cerinthe rieb ihre Spitzenschuhe im knirschenden, goldenen Harz. Sie stellte sich in die Ausgangsposition. Auch Sileree wartete im Schatten der schwarzen Vorhänge, die die Bühne seitlich begrenzten. Sie blickte grimmig drein. Cerinthe tanzte die Prinzessin nur in einer einzigen Szene, dann übernahm Sileree.

Die Eröffnungstakte der honigsüßen Melodie erklangen auf dem Klavier. Nervös tanzte Cerinthe auf die Bühne – vier Chassés, Piqué, Piqué …

»Du bist zu spät!«, rief Daine Rexall. Die Musik verstummte. Cerinthe blieb stehen, die Muskeln in ihrem Hals und an den Schultern spannten sich. Viel mehr würde sie nicht aushalten. Gemurmel war zu hören und zu Cerinthes Überraschung kam Daina Odonna höchstpersönlich auf die Bühne und stellte sich neben den grollenden Daine.

»Mein Kind«, sagte sie, »du warst nicht im Takt. Das kann jedem beim ersten Mal passieren. Versuch's noch mal.«

Cerinthe rannte hinter den Vorhang zurück. Als die Melodie erneut erklang, zählte sie aufmerksam mit und tanzte erneut auf die Bühne.

»Zu früh!«, rief Daine Rexall. Er wandte sich der Daina zu. »Ich habe Ihnen gleich gesagt, dass sie nicht …«

Daina Odonna hob nur einen ihrer knochigen Finger und er sprach nicht weiter.

»Cerinthe«, sagte die Daina, »du kannst doch den Takt zählen, oder?«

Da sie kein Wort herausbrachte, nickte Cerinthe nur und blickte auf die Eichendielen auf dem Boden. Sie sahen aus wie die Planken eines Schiffs – eines sinkenden Schiffs. Nach den Ermahnungen vom Morgen fürchtete sie jetzt beide Rollen zu verlieren. Daina Odonna kam zu ihr. Der Saum ihres schwarzen Rocks schlängelte sich über ihre schwarzen Schuhe mit den diamantförmigen Schnallen. Cerinthe blickte auf. Die Daina hatte eine dicke Schicht Puder aufgetragen, die auf der Stirn von weißen Linien in den Falten unterbrochen wurde.

»Herzlichen Glückwunsch«, sagte die Daina so leise, dass niemand sonst es hören konnte. »Du hast dich nicht übergeben.«

»Was?«, fragte Cerinthe fassungslos.

Daina Odonna lächelte. »Als ich das erste Mal allein auf der Bühne war, habe ich nicht nur meinen Einsatz verpasst, sondern mich auch noch übergeben!«

»Sie?«

»Ja, ich. Sei nicht so verkrampft. Entspann dich. Stell dir einfach vor, du seist eine Prinzessin, die durch ihren wundervollen Palast tollt. Versuch's noch mal, Kind.«

Cerinthe ging zurück hinter den Vorhang. Die Musik setzte wieder ein. Eins, zwei, drei … sie fing zum richtigen Zeitpunkt an. Sie kannte die Schritte genau, aber wie es war, eine Prinzessin zu sein, wusste sie nicht. »Feiste Rose«, hallte es in ihr wider. Alle Augen waren auf sie gerichtet und schienen durch ihren Anzug zu brennen. Daina Odonna ließ sie den Tanz vier Mal wiederholen, sie hielt sie so oft an und ließ sie wieder anfangen, dass sie kaum noch wusste, wo sie war.

Als ihr Solo beendet war, tanzte Cerinthe mit Piqué-Drehungen von der Bühne und Sileree drehte sich mit ebensolchen Piqués hinter einer Leinwand hervor. Der Auftritt der jüngeren und der älteren Prinzessin war durch einen fließenden Übergang verbunden; der Tanz wurde nicht unterbrochen.

Cerinthe stand schwitzend hinter der Bühne. Sie wusste, dass sie schlecht getanzt hatte. Sie spürte nichts von einer Prinzessin in sich, sie wusste nicht, wie sie »herumtollen« sollte. Wenn die Prinzessin so honigsüß war wie die Choreografie und die Musik, musste sie entweder schrecklich eitel oder sehr dumm sein.

»Für den ersten Versuch nicht schlecht«, sagte Daina Lizabrina, »aber ein bisschen steif. Du musst ausdrucksstärker werden.«

Cerinthe rieb sich verwirrt die Stirn. Im Hofstaat war sie zu ausdrucksstark und als Prinzessin nicht ausdrucksstark genug.

»Sieh dir Sileree an«, fügte die Daina hinzu.

Cerinthe schob sich näher an den Vorhang, schlang die Arme um ihren Körper und schaute auf die Bühne.

Silerees Grimmigkeit verschwand, wenn sie tanzte. Leicht und fröhlich schwebte sie über die Bühne wie ein Schmetterling. In jeder Bewegung, von der Drehung des Kopfes bis zur Streckung des Fußes, waren Anmut und Würde einer Prinzessin zu erkennen. Cerinthe fand auch die Choreografie ihres Parts besser. Vielleicht kannte Daine Rexall keine Kinder.

Nach dem Abendessen musste sie sich bei den Mädchen dafür entschuldigen, dass sie mit der Pastete geworfen hatte. Mistress Krissel setzte ihr außerdem eine einmonatige Bewährungsfrist.

»Während dieser Zeit«, sagte sie, »bekommst du kein Geld.« Jeder Schüler erhielt wöchentlich einen kleinen Betrag. »Außerdem wird jede weitere Verletzung der Regeln mit dem Verweis von der Schule geahndet.« Cerinthe nickte, aber es berührte sie nicht. Sie würde es wieder genauso machen.

Statt auf ihr Zimmer zu gehen wanderte Cerinthe durch die Gänge, die Nebentreppe hinauf und die Hintertreppe hinunter, bis sie sich unverhofft in der Kräuterkammer wiederfand. Sie nahm *Das Buch der Heilkräuter* vom Regal und setzte sich an den Tisch. Seite zweiundfünfzig, Seite zweiundfünfzig kam ihr immer wieder in den Sinn, aber sie überschlug die Seite. Für die nächste halbe Stunde rückten ihre Probleme in den Hintergrund, weil sie in die Beschreibungen von Zitronenmelisse, Eisenkraut und Hagebutte vertieft war.

Plötzlich stand Sileree in der Tür. »Ach, Cerinthe«, sagte sie. Cerinthe blinzelte, sie befand sich noch in der Welt von Wurzeln, Samen und Tinkturen. »Oh, hallo.«

»Ist Mistress Blythe da?«, fragte Sileree heiser.

»Nein. Hast du Halsschmerzen?«

»Ein bisschen. Ich glaube, ich bin ausgelaugt von den vielen Proben in der letzten Zeit.« Sileree wirkte traurig und merkwürdig still, nicht zu vergleichen mit der fröhlichen Prinzessin, die sie auf der Bühne gewesen war. »Ich hatte gehofft, Mistress Blythe könnte etwas dagegen tun.«
Cerinthe dachte sofort an eine Mixtur aus Honig und Zitrone mit einer Prise Kamal ...
»Ich darf jetzt einfach nicht krank werden«, sagte Sileree, »nicht mitten in der Vorbereitung für das Ballett.«
»Ich fand, du hast wunderschön getanzt. Ich wünschte, ich könnte so tanzen wie du – ich könnte eines Tages so sein wie du.«
»Bloß das nicht!« Sileree wurde stocksteif und Panik war in ihrem Blick zu sehen. »Werde bloß nicht wie ich. Niemals!«
Sprachlos lehnte Cerinthe sich in ihrem Stuhl zurück.
Sileree rieb sich den Hals. »Tut mir Leid«, sagte sie.
»Schon gut«, murmelte Cerinthe.
»Es ist ... kompliziert. Ich bin zu erschöpft, um es zu erklären. Mein Hals fühlt sich an ...« Sileree versank wieder in traurigem Schweigen, als wenn kein Blut und kein Leben durch ihren Körper fließen würde.
Warum soll ich nicht werden wie du, wollte Cerinthe fragen. Was ist los mit dir?
»Bist du auch krank?«, fragte Sileree.
»Ich? Nein. Ich lese nur im *Buch der Heilkräuter.*«
»Ist das wahr?« Sileree machte einen Schritt auf sie zu. »Kannst du heilen? Kannst du mir helfen?«
Cerinthe sah in Silerees müde Augen, sah ihre fahle Haut und dachte daran, wie unnatürlich still sie oft war. Sileree

hatte eine Krankheit, die ernster war als Halsschmerzen, aber sie wusste nicht, was es war. Plötzlich brannte das Wort »Glühwurzel« in ihrem Kopf. Seite zweiundfünfzig! Glühwurzel …

»Nein, ich kann dir nicht helfen«, sagte Cerinthe und schloss das Buch. »Tut mir Leid. Ich weiß gar nichts über … verstehst du, ich interessiere mich nur für Pflanzen.«

Sileree nickte. »Dann will ich mal Mistress Blythe suchen.« Sie wandte sich zum Gehen, hielt dann aber noch einmal inne. »Mach dir keine Gedanken wegen der Probe. Du wirst die Rolle gut tanzen, das spüre ich. Daine Rexall reagiert oft aufbrausend. Mach einfach, was er sagt, und stell deine Gefühle hintenan.« Damit verließ Sileree den Raum.

Cerinthe starrte ihr nach. Dann ließ sie den Kopf auf *Das Buch der Heilkräuter* sinken. Sie spürte das Medaillon des Einbands auf ihrer Stirn.

Thordon und die neuen Inseln im Westen

Am Freitag erhielt Cerinthe einen Brief vom alten Skolla, in dem stand, dass er am Samstag um vier Uhr »neben seinem Weidenkorb« ein Treffen mit Thordon für sie arrangiert habe. Cerinthes Augen leuchteten. Das war es, was sie brauchte, um wieder sie selbst zu sein: Thordon und das Meer. Aber als ihre Finger das grobe, braune Papier glatt strichen und immer kleiner falteten, verblasste das Leuchten. Es würde gefährlich sein, ungesehen aus der Schule zu kommen; das konnte sie während ihrer Bewährungsfrist nicht riskieren. Sie steckte den Brief in die Tasche und machte sich auf zu Daina Lizabrina für eine weitere Übungsstunde.

Die Samstagsprobe zog sich endlos hin. Daine Rexall stürmte über die Bühne und fand bei allen Tänzerinnen Fehler, selbst bei Daina Carroll und Sileree. Seine Kommentare wurden immer bösartiger, aber Sileree nickte geduldig und befolgte alle Anweisungen mit reglosem Gesicht. Cerinthe machte es genauso, wenn er sie anschrie.

»Du tanzt wie eine Fischersfrau!« Daine Rexall raufte sich sein gelocktes Haar. »Die Hände nach innen wölben! Dein Körper muss geschmeidig sein!«

Cerinthe unterdrückte einen Schrei und nickte höflich. Sie fühlte nicht, was sie tanzen sollte, sie fühlte überhaupt nichts. Ein dünner Panzer wuchs in ihrem Inneren wie Schorf über einer Wunde. Als sie schließlich um drei Uhr entlassen wurden, wusste sie, dass sie wegmusste, sonst würde sie explodieren.

Und nun ging sie hier mit Thordon an einem Pier an der Majestätsbucht entlang und hatte sich schon seit Wochen nicht mehr so gut gefühlt. Sie schüttelte die Last der Probe ab, streckte die Arme über den Kopf und schaute aufs Wasser, das heute pflaumenblau war. Auf Normost hatte das Meer nie eine so warme und lebendige Farbe.

»Wenn man in einem Schiffsrumpf steht, dessen Kiel erst halb fertig ist, fühlt man sich wie im Bauch eines Wals«, erzählte Thordon, »allerdings mit einem hölzernen Gerippe anstelle von Knochen.« Er lachte und steckte die Hände in die Tasche.

Cerinthe lächelte ihn an. Eine milde, spätwinterliche Brise fuhr durch sein sandfarbenes Haar. Er war blasser geworden, weil er drinnen arbeitete, aber ansonsten sah er noch genauso aus wie auf der *Hoffnung des Morgens*. In seinen Augen war dasselbe ungeduldige Leuchten zu erkennen.

»Ich freue mich, dass deine Lehre sich so gut anlässt«, sagte Cerinthe und zog ihre Kapuze hoch. Sie trug ihren alten, braunen Mantel über ihrer Schuluniform; die Leute würden stutzig werden, wenn sie eine kleine Daina unbeaufsichtigt mit einem jungen Mann spazieren gehen sähen. »Aber vermisst du nicht manchmal die nördliche Provinz?«, fragte sie, »oder das Fischen?«

»Ich vermisse es, jeden Tag rauszufahren und nie zu wissen, was ich fangen werde. Aber etwas Neues zu lernen ist ähnlich. Beim Schiffbau gehe ich jeden Tag zur Arbeit ohne zu wissen, was ich lernen werde. Ich stehe morgens gern auf.« Er rieb sich den Nacken und grinste. »Meistens jedenfalls. Besonders heute.«

Cerinthe tat so, als würde sie die Krebse in einer nahe stehenden Kiste beobachten, die zu entkommen versuchten, indem sie mit den Scheren durch die Ritzen stießen.

»Dann ist die Schiffbauerei also der richtige Beruf für dich«, sagte sie und schloss ihre rechte Hand zur Faust. Wie hatte sie sich heute Morgen beim Aufstehen gefühlt? Ihre Nägel gruben sich in die Handflächen. Ein Wort hämmerte in ihrem Kopf: Angst. Sie legte den Kopf in den Nacken und ihre Kapuze fiel ab. Angst?

»In sechs Jahren bin ich Geselle«, sagte Thordon, »und dann … Ist alles in Ordnung? Du guckst so komisch.«

»Alles in Ordnung. Anscheinend bin ich die frische Luft nicht mehr gewohnt.« Sie versuchte zu lachen, aber es klang hohl. Thordon strich mit der Hand über ihren Ellbogen, hielt inne und zog sie dann zurück auf seinen Rücken. Verlegen ging Cerinthe weiter. Ihre hastigen Schritte knarrten auf dem Pier.

»Erzähl doch mal von der Schule und vom Tanzen«, sagte Thordon schließlich.

»Ich weiß gar nicht, wo ich anfangen soll«, antwortete Cerinthe. Sollte sie ihm von den schrecklichen Proben berichten? Von Taylas Bestrafung? Sollte sie ihm von Elliana erzählen? Ihn um Rat zu Silerees Bekenntnis in der Kräuterkammer fragen? Sollte sie ihm das *Buch der Heilkräuter* beschreiben und wie sie sich davon gleichzeitig angezogen und abgestoßen fühlte? Niemals könnte sie ihm erzählen, dass die Meerjungfrau sie verlassen hatte; das war etwas, worüber man nicht sprach, außer mit einer Priesterin. Alles, was sie zu sagen hatte, würde bedrückend klingen.

»Sie haben mir eine Rolle in einem Ballett für den Geburtstag der Prinzessin Zandora gegeben«, sagte sie schließlich. Das klang harmlos.

»Hurra!« Thordon machte einen Luftsprung. Ein Mann mit Tauwerk über der Schulter grinste sie an. »Das ist besser als ein Laderaum voll Heilbutt«, fügte Thordon hinzu. »Was für eine Rolle ist das?«

»Genauer gesagt habe ich zwei Rollen. In der ersten bin ich eine von zwölf Tänzerinnen im Hofstaat.«

»Ich kann mir dich gut im Hofstaat vorstellen«, sagte Thordon und beobachtete konzentriert eine Schaluppe, die an ihrer Vertäuung zerrte. »Schlechte Arbeit«, murmelte er. »Ich wette, das Holz ist auch voller Würmer. Und was ist die andere Rolle?«

»Die junge Prinzessin Zandora.«

»Die Prinzessin?«

»Es ist eine Solorolle. Ich werde vor ihr tanzen und vor … ihren Eltern.«

»Vor ihren Eltern!« Thordon starrte sie an. »Vor der Königin und dem König meinst du? Du wirst ganz allein auf der Bühne vor ihnen tanzen?«

»Und vor den anderen Zuschauern.« Cerinthes Knie waren weich wie eine Qualle.

Thordon stieß einen Pfiff aus, wandte sich ab und steckte seine Hände in die Taschen. »Ich würde mal sagen, du machst dich anscheinend recht gut.« Seine Stimme klang abwesend. »Die halten dich offensichtlich für richtig gut.«

»Es ist ziemlich schwierig. Ich habe keine Ahnung, wie man sich als Prinzessin fühlt.« Sie streckte beide Hände in die Luft. »Anscheinend schaffe ich es noch nicht einmal, im Hofstaat so zu tanzen, wie die Lehrer wollen. Sie beobachten mich die ganze Zeit und kritisieren jede kleine Bewegung. Das ist deprimierend.«

»Das ist der Preis, den du zahlen musst, wenn du dich da oben mit all diesen vornehmen Leuten rumtreibst.«

Etwas in ihr zog sich zusammen; sie fühlte sich wie ein Schmetterling, der es gewagt hatte, die Flügel auszubreiten, die nun zerdrückt wurden. Schweigend gingen sie an den Fischerbooten vorbei.

»Ich wollte mich nicht beschweren«, sagte sie.

»Hast du ja nicht«, sagte er, aber er sah sie nicht an.

Vor dem nächsten Boot lagen sechs glänzende Fische – Lachsforellen, so lang wie das Bein eines Mannes – aufgereiht auf dem Pier. Die Besatzung feierte und schlug sich gegenseitig auf die Schultern. Cerinthe blieb stehen, um die Fische zu bewundern; Lachsforellen gab es in der nördlichen Provinz selten.

»Da springt ein guter Anteil für uns raus«, sagte einer der Fischer zu einem anderen. »Heute Abend schmeißen wir 'ne Runde im Wirtshaus.«

»Hast du jemals 'nen edleren Fang gesehen, mein Junge?«, wollte ein Dritter von Thordon wissen. Dann zwinkerte er Cerinthe zu. »Oder einen leckereren, saftigeren Fisch? Man muss schon ein erstklassiger Fischer sein, um so was an Bord zu ziehen.«

Thordon blickte den Mann finster an und ging dann so

schnell weiter, dass Cerinthe rennen musste, um mit ihm mitzuhalten.
»Was ist los?«, fragte sie.
»Nichts. Ich muss jetzt zurück.«
Cerinthe blieb stehen. »Ich kann auch nicht viel länger fortbleiben. Ich kriege schrecklichen Ärger, wenn es jemand merkt.« Sie hielt inne. »Es war aber schön, dich zu sehen.«
Seine grauen Augen suchten die ihren und er schien ihr auf einmal sehr nah. Cerinthe senkte ihren Blick und starrte auf die Pfähle, auf denen der Pier stand. Rosafarbene Anemonen und knochenfarbene, geschlossene Entenmuscheln bedeckten das Holz.
»Ich meine, es ist gut, jemanden aus der nördlichen Provinz zu treffen«, fügte sie schnell hinzu und verfluchte sich selbst dafür.
»Oh, verstehe.« Thordon wandte sich wieder ab.
Schweigend gingen sie zurück zur Hafenstraße.
Cerinthe blickte zum südlichen Ende der geschwungenen Bucht. Über dem pflaumenblauen Wasser erhob sich vor dem leuchtenden, saphirblauen Himmel der grüne Felsen des Heilerhügels. Ganz oben schimmerte es weiß durch die dunklen, vom Wind geformten Tannen. Der Hügel der Mederi. Gab es dort noch mehr Bücher wie das *Buch der Heilkräuter*?
Thordon ging stur weiter.
»Irgendwas stimmt doch nicht«, platzte Cerinthe heraus. »Das spüre ich. Warum sagst du es mir nicht?«
Thordon blieb stehen. »Ich …« Er schaute auf den Hafen. Zwei Schoner liefen Seite an Seite aus der Majestätsbucht

aus und hoben und senkten sich nebeneinander in den Wellen. Dann wurde der eine schneller und nahm einen harten Kurswechsel nach Süden vor, während das andere Schiff langsam und graziös gen Osten segelte.

»Wenn ich meine Lehre beendet habe«, sagte Thordon, »habe ich vor zu den neuen Inseln im Westen zu reisen.«

»Thordon!«

Erst im vergangenen Jahr hatten Forscher weit im Westen eine unbewohnte Inselkette entdeckt. Königin Meergeboren hatte Nemaree im Namen Windwards um ihre Gunst für die Inseln angerufen. Bislang waren nur drei Expeditionen dorthin durchgeführt worden.

»Was willst du dort?«, fragte Cerinthe. »Ist die nördliche Provinz nicht schon weit genug vom Rest der Welt entfernt?«

»Die Inseln warten darauf, erforscht zu werden. Niemand weiß, was es dort oder gar jenseits davon gibt.« Thordon schlug die rechte Faust in seine linke Hand. »Dort kann man völlig neu beginnen. Man kann etwas Neues schaffen, alles richtig machen. Die brauchen Männer wie mich. Ich möchte dort eines Tages meine eigene Werft aufbauen. Dann werde ich der Meister sein und anderen sagen, was sie zu tun haben.«

Cerinthe musste an Daine Rexall denken und wie er schreiend Befehle erteilte. »Aber dass du zu den Inseln willst, ist keine Erklärung dafür, dass du so aufgebracht bist«, sagte sie.

Thordon zögerte; er nestelte an dem ausgefransten Rand seiner Tasche. »Eigentlich mache ich mir Sorgen um dich.«

»Um mich?«

»Jetzt, wo du die große Rolle hast, musst du aufpassen, dass du dich nicht an das Leben auf großem Fuße gewöhnst, denn du wirst nicht immer so leben können.«

»Wie meinst du das?«

»Na ja, du wirst nicht ewig Ballett tanzen. Wenn du alt genug bist, um zu heiraten, wirst du aufhören. Du kommst aus einfachen Verhältnissen; du musst dich mit einem einfachen Mann zufrieden geben.«

»Aufhören?« Cerinthe starrte ihn an. »Kannst du dir überhaupt vorstellen, wie hart Tanzen ist? Oder wie sehr meine Muskeln schmerzen? Ich bin nicht tausend Meilen bis hierher gesegelt, nur um die Zeit abzusitzen. Ballett ist mein Lebenstraum.«

»Aber du willst sicher Kinder haben. Eine Familie gründen und da sein für … deinen Mann.«

»Nicht, wenn ich dafür mit dem Ballett aufhören muss. Wirst du aufhören Schiffe zu bauen, wenn du verheiratet bist?«

»Das ist etwas anderes …«, begann er gerade, als neben ihnen eine Kutsche ihr Tempo verlangsamte.

»Oh, einen schönen guten Tag!«, rief eine Stimme. Cerinthe sah etwas Rotes aufblitzen. Im Fenster der Kutsche hatte Elliana gelangweilt ihre Ellbogen aufgestützt und das Kinn in ihre Hände gelegt. Die weiche Spitze an ihren Ärmeln war verrutscht, so dass man ihre weißen Unterarme sah. Ihre roten, hochgesteckten Locken verdeckten fast die Hälfte ihres Gesichts. Sie lächelte Thordon mit ihrem betörendsten Lächeln an.

»Wie schön dich hier zu sehen, Cerinthe«, rief sie. Die Kutsche rollte langsam vorbei.

»Die ist aber hübsch«, sagte Thordon. »Wer ist das?«
Cerinthe stand wie versteinert. »Elliana. Aus der Schule. Die wird ganz sicher erzählen, dass ich draußen war – und mit einem Jungen zusammen. Das gibt richtig Ärger. Ich muss zurück!« Cerinthe begann zu laufen.
»Kann ich irgendetwas tun?«, rief Thordon ihr nach.
»Nein!«, gab sie über die Schulter zurück. »Doch! Vielleicht fliege ich von der Schule. Dann brauche ich Arbeit!« Sie drehte sich um und sah, dass er lächelte.
Angst, dachte Cerinthe, während sie weiterlief. Angst.

Frevel

Als Cerinthe in die Schule zurückkehrte, wurde sie von niemandem erwartet. Keiner schien sie vermisst zu haben. Den Rest des Abends ging sie in ihrem Zimmer auf und ab und wartete darauf, zu Daina Odonna bestellt zu werden, bis Isalette schließlich sagte: »Um Meeres willen, geh woandershin!« Cerinthe ging in die Kräuterkammer und versuchte im *Buch der Heilkräuter* zu lesen, starrte aber stattdessen auf die Waage auf dem Mahagonitresen.

Ihr war bewusst, dass sie alles aufs Spiel gesetzt hatte: ihren Traum, Balletttänzerin zu werden, ihre Zukunft, selbst das Dach über dem Kopf – und das alles für zwei Ausflüge zur Majestätsbucht. Aber sie hatte das Gefühl, sie wäre gestorben, wenn sie es nicht getan hätte. Cerinthe klappte das *Buch der Heilkräuter* zu. Bevor sie von der Schule verwiesen wurde, musste sie eine Möglichkeit finden, sich von Tayla zu verabschieden. Aber wie? Cerinthe fingerte an ihrem Kragen und blickte auf den leeren Tisch, wo die Muschelschale gestanden hatte. Sie dachte an den Tag, an dem sie zum ersten Mal in diesem Raum gewesen war. Ihre Augen begannen zu leuchten.

»Ich hab's!«, rief sie.

In der Nacht, nachdem die Uhr zwei geschlagen hatte, öffnete Cerinthe die Tür zur Waschküche. Sie horchte. Stille.

Sie blickte über die Schulter den dunklen Korridor hinab. Nichts. Dieses Mal war ihr niemand gefolgt. Sie trat ein und schloss die Tür. Als sie die Hand von der Kerze nahm, die sie bei sich trug, sah sie in dem flackernden Licht die sich riesenhaft türmenden Wäscheberge. Auf Zehenspitzen schlich Cerinthe sich daran vorbei, als hätte sie Angst, sie zu wecken.

Anschließend suchte sie in dem Raum, in dem die Wäsche gefaltet wurde, die Regale ab, bis sie einen Minnakittel fand, den sie über ihr Nachthemd zog. Dann richtete sie sich hinter einer Reihe Decken, von denen jeweils sechs übereinander gestapelt waren, ein Lager her, rollte sich zusammen und blies die Kerze aus.

Der Raum war jetzt stockfinster. Hellwach blinzelte Cerinthe in die Dunkelheit. Warum war sie noch nicht geholt worden? Wartete Elliana einfach nur bis zum Morgen, um bekannt zu machen, was sie gesehen hatte? Cerinthe presste ihre Knie gegen die Wand. Würde Daina Odonna sie sofort hinauswerfen oder bis nach der Aufführung der *Prinzessin des Archipels* warten? Und was sollte sie dann tun? Wohin sollte sie gehen?

Sie hatte etwas von ihrem wöchentlichen Geld gespart, aber nicht genug für die Heimreise. Außerdem wollte sie nicht nach Hause. Würde sie Arbeit auf Faranor finden? Wenn sie Glück hatte, würde sie eine Stellung als Minna bekommen; etwas anderes konnte sie nicht. Cerinthe zog die Zehen unter die Decken. War ihr Traum, Balletttänzerin zu werden, für immer ausgeträumt? Sie schloss die Augen und stellte sich vor, Thordon würde sie in den Arm nehmen. Aber dieses Mal half es nicht. Warum war er plötzlich so abweisend geworden, als er erfahren hatte, dass sie die Rolle der Prinzessin bekommen hatte? Was hatte das mit seinen Plänen zu tun, sich auf den neuen Inseln im Westen niederzulassen? Wie kam er darauf, dass sie mit dem Tanzen aufhören würde, wenn sie alt genug war, um zu heiraten? Wenn nur Elliana sie nicht unterbrochen hätte. Cerinthe fiel in Schlaf wie ein Felsbrocken in einen Strudel, ein Strudel, in dem immer wieder Thordons Gesicht auftauchte; Thordons Gesicht, das Elliana ansah, als wäre sie die schönste Frau, die er je erblickt hatte …

Sie wurde von gedämpften Stimmen und polternden Schritten geweckt. Cerinthe war noch müde und gähnte. Der fensterlose Raum war dunkel wie immer. Da die Bediensteten zwei Stunden vor den Schülern aufstanden, würde sie oben noch niemand vermissen. Cerinthe faltete die Decken zusammen. Nachdem sie ihr Haar unter die graue Haube gesteckt und sich diese tief ins Gesicht gezogen hatte, ging sie zur Tür, öffnete sie einen Spaltbreit und wartete.

Türen schlugen. Wasserpumpen zischten. Die Minnas begannen einen neuen Arbeitstag im feuchten Verlies. Als sie etwa zehn Mädchen im Nachbarraum sehen konnte, mischte Cerinthe sich unter sie. Sie wusste, dass Mistress Dalyrimple sich erst in zwanzig Minuten von ihrem Frühstück erheben würde. Mit gesenktem Kopf ging Cerinthe durch den Raum, in dem die Wäsche sortiert wurde, und betrat die eigentliche Waschküche, wo die Waschtröge standen.

Sofort schlug ihr der vertraute Geruch entgegen: die beißende Mischung aus schmutziger Kleidung, gelber Wasch-

lauge und nassem Stein – ein Geruch, den sie niemals vergessen würde. Schon jetzt hing Dampf in der Luft. Cerinthe ging von einem Trog zum nächsten und suchte Tayla. In ihren grauen Kitteln sahen die Minnas alle gleich aus und unterschieden sich nur durch Größe oder Gewicht.
Jemand hustete lang anhaltend und gequält. Cerinthe drehte sich um. In der feuchtesten Ecke des Raumes sah sie Tayla über einen Waschtrog gebeugt. Ihre schmalen Schultern stachen unter dem grauen Kittel hervor. Tayla blickte nicht auf, als Cerinthe sich zu dem Trog durchschlängelte. Sie war blasser als sonst, ihre Locken hingen ihr stränig in die Stirn.
»Tayla«, wisperte Cerinthe. »Bleib ganz ruhig und lass dir nichts anmerken. Ich bin's, Cerinthe.«
Tayla hörte auf zu rubbeln. Sie schniefte laut, nahm die Hände aus dem Wasser, schüttelte sie, trocknete sie an ihrer Schürze ab und angelte nach einem Taschentuch. Während sie sich die Nase putzte, sah sie Cerinthe mit großen Augen an.
»Ich habe nicht viel Zeit«, flüsterte Cerinthe. »Es tut mir so Leid, Tayla. Alles, was mit dir passiert ist, ist meine Schuld.«
Tayla stopfte das Taschentuch in ihre Tasche und blickte sich um. »Ich könnte bei dem Umhang hier ein bisschen Hilfe gebrauchen«, sagte sie laut, »der ist furchtbar schwer.«
Cerinthe krempelte ihre Ärmel auf und tauchte die Hände in den Trog. »Ich fliege wahrscheinlich von der Schule«, fuhr sie flüsternd fort.
»Sie fliegen von der Schule, Miss?«
»Schhh, ich bin gekommen, um mich zu verabschieden.«
Tayla hustete erneut.
»Das klingt nicht gut«, sagte Cerinthe.

»Nur eine Erkältung.« Tayla zuckte mit den Schultern. »Wie bei allen anderen hier drin auch. Ich freue mich sehr Sie zu sehen. Ich hatte befürchtet, Sie würden glauben, ich hätte die Möwe Ihrer Mutter zerschlagen, und es bricht mir das Herz, wenn ich daran denke, dass Sie das glauben könnten.«
»Niemals! Elliana hat es getan. Seit Wochen versuche ich zu dir runterzukommen, aber ich wurde jedes Mal erwischt. Du, ich muss wieder los, bevor die Dalyrimple kommt.« Cerinthe merkte, wie ihr die Tränen in die Augen schossen. »Auf Wiedersehen, Tayla. Die Winde seien mit dir.«
»Oh, gehen Sie nicht ohne mich!«, bat Tayla. »Nehmen Sie mich mit. Ich habe etwas von meinem Lohn gespart.«
»Aber ich weiß gar nicht, wo ich hingehe oder was ich tun werde. Wir enden womöglich als Bettlerinnen.«
Tayla schüttelte so heftig den Kopf, dass ihre Haube über ihr linkes Ohr rutschte. »Das ist mir egal. Falls Sie von der Schule fliegen, nehmen Sie mich bitte mit. Alles ist besser als das hier. Bitte.«
Cerinthe blickte in Taylas schmales Gesicht und nickte. »Ich werde mir was ausdenken, versprochen. Vielleicht werfen sie mich schon heute raus, aber ich hoffe, dass sie warten, bis *Die Prinzessin des Archipels* aufgeführt worden ist. Dann habe ich Zeit, einen Plan zu schmieden. Sei auf alles gefasst, wenn wir uns das nächste Mal sehen.«
»Da hab ich wenigstens etwas, worauf ich mich freuen kann«, sagte Tayla und hustete erneut. Cerinthe drückte ihre Hand im Wasserbottich und schlich sich aus der Waschküche.

Den Rest des Tages wartete Cerinthe voller Angst, aber eine quälende Stunde nach der anderen verging, ohne dass sie zu Daina Odonna gerufen wurde. Auch an den nächsten beiden Tagen geschah nichts. Bisweilen schaute Elliana mit geheimnisvollem Lächeln über sie hinweg, aber die meiste Zeit tat sie so, als wäre Cerinthe gar nicht da.

Am Mittwoch begann das Fest der Meerjungfrau. Alle Schüler waren auf dem Weg durch die Stadt in den Tempel und Cerinthe wünschte, Elliana würde einfach sagen, was sie gesehen hatte, um der Sache ein Ende zu machen. Worauf wartete sie? Sie überquerten eine Straße voller feiernder Menschen, die zerstoßene Muschelschalen in die Luft warfen. Die Splitter blieben in Cerinthes Haar hängen und knirschten unter ihren Schuhen. Eine vornehme Dame ritt langsam vorbei; die weiße Feder an ihrem Hut bewegte sich so leicht wie eine Hand, die ein Gähnen verbirgt. Drei lärmende, zerlumpte Mädchen liefen hinter ihr her und jede versuchte sich vor die anderen zu drängen.

»Stiefel putzen, Lady! Ein Muschelgroschen pro Stiefel.«

»Die anderen arbeiten schlampig. Ich putze so blank, wie's noch keinem auf Faranor gelang!«

»Alles Gauner. Beide Stiefel für einen Muschelgroschen! Spucke umsonst!«

Cerinthe wandte sich ab. In einer so erbärmlichen Lage würde sie sich womöglich auch bald befinden. Vor einem Wirtshaus tanzte eine Gruppe Straßentänzer in scharlachroten Kostümen, auf denen Ringe und Münzen blitzten. Als sie die Schüler in ihren blauen Umhängen sahen, hielten sie inne und ließen sie vorbeiziehen. Elliana winkte einer Tänzerin zu, die eine schimmernde, smaragdgrüne Schärpe trug. Sie winkte zurück und machte ein Entrechat, einen Luftsprung, bei dem die Füße schnell gekreuzt wurden – ein ziemlich gutes Entrechat, wie Cerinthe bemerkte. Ob sie wohl bei ihnen mittanzen dürfte, wenn sie von der Schule fliegen sollte?

Als die Schüler um die nächste Ecke bogen, blieb Cerinthe abrupt stehen. Vor ihr erhob sich der Tempel der Meerjungfrau. Er war aus cremefarbenem Stein gebaut, der wie Sonnenlicht auf Sand schimmerte. Cerinthe wollte sich auf die Göttin konzentrieren, sie wollte nicht an Elliana und die anderen Mädchen denken, sich nicht wie ein Schaf in der Herde fühlen. *Meerjungfrau,* betete sie, *bitte lass mich dich an diesem Tag, an dem wir deine Geburt feiern, wieder singen hören.*

Ein gewundener Weg aus gerundeten Marmorplatten, in die Spiralen, Fische und dreiköpfige Schlangen gemeißelt waren, führte in den Tempel. Als Cerinthe bei dem Heiligtum angelangt war, blieb sie mit offenem Mund stehen. Sie kannte nur den hölzernen Tempel auf Normost und hatte nicht mit solch einer Pracht gerechnet.

Zwei Stockwerke hoch und zweimal so breit war das Gesicht der Meerjungfrau in aquamarinblauen Marmor gemeißelt. Ihr Haar bildete Wellen oder Schlangen oder Federwolken, als wollte es die ganze Welt umfassen. Feine Netze – heilige Netze, die niemals den Boden berühren durften – umrahmten das Bild. Sie schimmerten phosphoreszierend wie die Gischt, die die Meerjungfrau umgeben hatte, als sie geboren wurde.

»Fruchtbar sei die Gischt des Meeres«, sagte eine Altargehilfin zu jedem Einzelnen, der in den Tempel eintrat.

Cerinthe folgte den anderen und setzte sich auf einen der steinernen Poller, die aus dem Tempelboden ragten. Sie blickte auf den Altar hinunter, der aus einer sechs Fuß langen wunderschönen Muschelschale bestand, deren obere Hälfte emporragte wie der offene Deckel einer Schatztruhe. In der unteren Hälfte lagen Rosen- und Tulpenbuketts, Weinflaschen, Ballen blauer Seide und Körbe mit Spargel und Orangen – und über allem wanden sich glänzende Perlenbänder. Einer nach dem anderen kniete sich vor die Muschelschale und brachte ein Geschenk als Opfer dar.

»Betet«, sagte eine zweite Altargehilfin zu Cerinthe und den anderen Schülern. »Und dann stellt euch vor dem Altar an.«

Cerinthe blickte auf das riesige, gemeißelte Gesicht. *Meerjungfrau, die du den Tag bringst, mein Geschenk ist ein Gedicht über den Tanz, den ich zu Ehren deines Geburtstags erdacht habe.* Sie zog eine dünne Papierrolle aus der Tasche. *Ich habe versucht zu erklären, was der Tanz für mich bedeutet, wie sehr ich möchte, dass du zurückkehrst. Bitte, nimm es an. Sei bei mir, wenn ich ihn vor Daine Miekels Klasse aufführe – und auch, wenn ich die Rolle der Prinzessin tanze. Und noch etwas. Hilf Thordon, dass er versteht, wie wichtig das Ballett für mich ist.* Cerinthe betete weiter, aber sie fühlte nichts. Als sich alle anderen Schüler schon vor dem Altar angestellt hatten, seufzte sie und folgte ihnen. Der Junge vor ihr trug einen Schwan – den heiligen Vogel der Meerjungfrau.

Elliana war an der Reihe. Sie sprach mit der Hohen Priesterin, die am Tag der Mondfinsternis zu ihnen gekommen war. Die Priesterin hörte ihr zu und führte Elliana dann in ein Nebengelass hinter dem Altar. Die Schlange kam zum Stillstand.

»Was ist los?«, flüsterte der Junge mit dem Schwan.

»Schhh!« Cerinthe schüttelte den Kopf.

Alle warteten. Auf einem hölzernen Tisch an der Wand standen verschiedene Glasgefäße, die mit unterschiedlichen Mengen Wasser gefüllt waren. Altargehilfinnen schlugen mit Schlegeln dagegen und helle Töne schwirrten durch die Luft. Ein Kind rieb über eine Metalltrommel, die einen tiefen, lang anhaltenden Ton machte, der an das Tosen der See erinnerte.

Schließlich kehrte die Priesterin zurück. Sie schien sehr zufrieden und sagte: »Liebe Schüler, ich bitte euch alle niederzuknien.«

Elliana trat wieder hervor. Sie war barfuß und trug das Haar offen. Mitten im heiligen Tempel warf sie ihren Umhang ab und stand nackt da. Ein Raunen ging durch den Raum. Cerinthe schloss die Augen, zählte bis vier und öffnete sie dann wieder. Elliana war nicht nur immer noch nackt, sie lag jetzt auf dem Boden und hatte ein Bein gebeugt, das andere in Richtung Altar gestreckt. Cerinthe erstarrte. Eine Priesterin begann mit klarer Sopranstimme *Die Arie der Meerjungfrau* zu singen.

Ellianas Finger vibrierten. Ihr Handgelenk hob sich und ihr Arm schwang hoch, um den Himmel zu grüßen. Noch immer zusammengekauert, bewegte sie sich im Rhythmus der Wellen. Es war *Der Tanz der Meerjungfrau* und Elliana tanzte ihn göttlicher als je zuvor. Die Meerjungfrau selbst schien in ihrer Muschelschale durch den Tempel zu segeln.

Nein!, wollte Cerinthe rufen. Sie hatte um das Erscheinen der Meerjungfrau gebetet und da war sie nun, allerdings nicht so, wie sie es sich gewünscht hatte. *Durch mich,* betete Cerinthe. *Durch mich, nicht durch sie. Sie ist eine Diebin, eine Lügnerin! Sie stiehlt mein Geschenk!* Aber sie konnte nur dasitzen und zuschauen und die Papierrolle in ihrer Tasche zerknüllen. Jetzt wusste sie, warum Daina Odonna sie nicht zu sich bestellt hatte: Elliana gab den Meerjungfrauentanz für ihren eigenen aus. Das war Erpressung – der Preis für Ellianas Schweigen über den Zwischenfall in der Hafenstraße. Kein Wunder, dass die Priesterin so zufrieden ausgesehen hatte. Welch besseres Geschenk konnte man zum Fest der Meerjungfrau darbringen als einen Tanz, in dem Ihre Heilige Geburt dargestellt wurde? Und genauso musste der Tanz aufgeführt werden. Elliana strahlte die göttliche Kraft des heiligen Frauenkörpers aus. Indem sie nackt im Tempel tanzte – was allein Priesterinnen vorbehalten war – erbot sie sich als Altargehilfin. Was mochte sie dazu bewogen haben, ihre Meinung bezüglich des Beitritts zum Tempel zu ändern?

Wut und Ärger nahmen von Cerinthe Besitz. Elliana hatte den Eid gebrochen, den sie im Namen der Kasakol geschworen hatte. Cerinthe hatte ihr alles zugetraut, aber das nicht. Was genau hatte sie gesagt? »Für sämtliches Gold von Windward würde ich deinen dämlichen Tanz nicht vor Daine Miekel tanzen.« Genau genommen hatte Elliana den Eid nicht gebrochen: Daine Miekel war nicht hier.

Die Stimme der Sängerin erklang in einem hellen Arpeggio. Elliana änderte die Choreografie und flog mit mehreren Chainé-Drehungen an dem Wandbild der Meerjungfrau entlang. Ihr Haar wogte um sie und streifte die Wand, einmal, noch einmal, bis eines der schimmernden, heiligen Netze sich in ihren Locken verfing. Mit einer schnellen Arabesque nahm Elliana Cerinthes Choreografie wieder auf. Cerinthe konnte den Blick nicht von ihr lassen. Würde das Netz fallen? Wusste Elliana, dass sie ihm zu nahe gekommen war? Sie machte ein Grand Jeté und das Netz flatterte hinter ihr wie der Schweif eines Kometen. Mitten in Ellianas Sprung löste es sich, fiel langsam zu Boden und lag dort als ein schimmerndes Knäuel.

Das Gesicht der Priesterin erstarrte.

Cerinthe war fassungslos.

Die Menschen im Tempel hielten den Atem an.

Elliana beendete die Aufführung abrupt. Sie schien sich zu wundern, dass niemand sie ansah; sie drehte sich in die Richtung, in die die Priesterin ihren Blick gewandt hatte, und ließ sich dann mit dem Gesicht nach unten ausgestreckt zu Boden fallen.

Cerinthe betrachtete sie argwöhnisch. Elliana hatte zu schnell, zu theatralisch reagiert. Jede andere wäre vor Entsetzen erstarrt, zumindest für einen Moment. Sie begriff: Einmal mehr demonstrierte Elliana, wie berechnend sie war. Nach dieser frevelhaften Tat konnte die Priesterin sie nicht mehr zur Altargehilfin machen. Und weil sie nackt in der Öffentlichkeit getanzt hatte, würde kein Adeliger – auch nicht Lord Mardlehop – sie zur Frau nehmen. Mit einem einzigen genialen Streich hatte sie zwei ihrer größten Probleme gelöst. Aber zu welchem Preis? Die Hohe Priesterin konnte sie töten.

Die Hohe Priesterin ging zu dem Netz. Als sie es aufhob, sah man darin einen langen Riss. Vergeblich versuchte sie die Enden zusammenzuraffen, aber sie klafften immer wieder auseinander. Schließlich blickte die Priesterin auf, als wäre ihr gerade bewusst geworden, wo sie sich befand.
Wütend trat sie auf Elliana zu, deren weißer Körper noch immer flach auf den blauen Marmorboden gepresst war. Sofort umstellten die anderen Priesterinnen beide. Es war nicht zu erkennen, was geschah, bis mit einem Mal ein Messer mit glänzender Klinge in der Mitte des Kreises erhoben wurde.
In diesem Moment erhob der weiße Schwan ein durchdringendes Kreischen und der Junge gab ihn überrascht frei. Das Tier watschelte zu den Priesterinnen hinüber, breitete seine Flügel aus und begann zu flattern. Der Kreis öffnete sich. Die Hohe Priesterin starrte den Schwan irritiert an, das Messer in der erhobenen Hand. Der Schwan stieß abermals ein hohes Kreischen aus.
»Acla, Nemaree!«, rief die Priesterin in der heiligen Sprache. Als sie den Kopf senkte, schloss sich der Kreis wieder. Das Messer sank. Abgesehen vom Atmen der Menschen war im Tempel kein Geräusch zu hören. Die Hohe Priesterin trug das Netz fort, während die anderen Priesterinnen auf ihre Plätze zurückkehrten und Elliana auf dem Boden zurückließen.
In ihren Rücken waren drei vertikale Linien geritzt, die von drei horizontalen durchkreuzt wurden: das Stigma eines Netzschänders. Für immer würde Elliana die Narbe dieses Tages tragen – aber sie lebte. Der weiße Schwan hatte sich

zu ihren Füßen niedergelassen und begann sich einen Flügel zu putzen.
Cerinthe atmete schwer. Sie hätte sich denken können, dass die Hohe Priesterin Milde walten lassen würde, und ohne Zweifel war auch Elliana davon ausgegangen. Die Priesterin musste glauben, dass Elliana zu Ehren der Meerjungfrau tanzen wollte. Sie würde nicht im Traum darauf kommen, dass die Entweihung Absicht gewesen sein könnte.
Absicht. Cerinthe umschlang ihre Knie, damit sie nicht zitterte. Jetzt konnte niemand mehr ihren Tanz aufführen. Ihr Geschenk war ihr entrissen worden, es war benutzt worden, um jene Göttin zu entweihen, zu deren Ehren er erdacht worden war. Und die Meerjungfrau hatte Elliana, aller Sünde zum Trotz, geholfen, indem sie den weißen Schwan schickte, der ihr womöglich das Leben gerettet hatte.
Die Prozession wurde fortgesetzt. Cerinthe fühlte sich kalt wie ein Stein, leer, allein in einem wütenden, schwarzen Meer. Es tat nicht weh. Sie spürte nichts, absolut nichts. Aber dann schien der Stein von Rissen durchzogen zu werden und ihr ganzer Körper, vom Hals bis zu den Knöcheln, begann zu schmerzen. Cerinthe blickte auf Elliana, die einen Teil ihrer Seele gestohlen hatte. Als sie an der Reihe war, kniete sie vor dem Altar nieder und wühlte tief in ihrer Tasche nach den Papierschnitzeln – den Überresten ihres Gedichts. Sie hatte kein Opfer darzubringen, kein Opfer, nur Hass.

Schande

In den beiden folgenden Wochen fürchtete Cerinthe immer wieder, sie müsse anfangen zu schreien, sobald sie den Mund öffnete. Sie lag mit bis zum Kinn angezogenen Knien im Bett und träumte in jeder Nacht, sie wäre unter Wasser und würde am Fels entlang zwischen den orangefarbenen Seesternen einen verlorenen, hellen Gegenstand suchen. Sie tauchte tief, an Austern vorbei, die ihre Geheimnisse nicht preisgaben, immer tiefer, bis sie Angst vor der Leere unter sich bekam und wieder an die Oberfläche schwamm.

Tag für Tag wachte sie noch vor dem Morgengrauen erschöpft auf und konnte nicht wieder einschlafen. Sofort musste sie wieder daran denken, dass Elliana ihren Tanz gestohlen und entweiht hatte; sie hatte vor Augen, wie blass Tayla aussah und wie ihre schmalen Schultern beim Husten vibrierten; sie fragte sich, warum Thordon nicht geschrieben hatte und warum die Meerjungfrau immer noch schwieg. Die Anspannung lastete so sehr auf ihr, dass Cerinthe fürchtete, sie würde ernsthaft krank werden.

Ein ellbogenförmiger Riss klaffte über ihrem Bett an der Decke. Jeden Morgen beobachtete sie, wie er langsam sichtbar wurde, und versuchte dabei nachzudenken, doch in ihrem Kopf drehte sich alles. Obwohl sie die Schule nicht

verlassen musste, war Cerinthe fest entschlossen einen Weg zu finden, Tayla zu helfen.
Als am Dienstag die Morgenglocken läuteten, löste Cerinthe ihren Blick von dem Riss an der Decke und quälte sich aus dem Bett. Woher sollte sie die Kraft für einen weiteren langen Tag voller Proben nehmen?
Bis zur Aufführung von *Die Prinzessin des Archipels* waren es nur noch zehn Tage und im königlichen Theater herrschte Chaos. Kulissenmaler spritzten pinkfarbene, blassgrüne und goldene Kleckse auf die Seiten- und Rückwände. Zimmerleute hämmerten. Bühnenarbeiter fluchten über Flaschenzüge und Beleuchtung. Die Näherinnen rannten hinter den Tänzern her. Mit ihren Nadelkissen, die an ihren Handgelenken blitzten, sahen sie wie Anemonen aus.
Hinter der Bühne begann Cerinthe an einem halb fertigen Anker aus Seidenrosen mit Dehnübungen. Lauten, Hörner, Harfen und Trommeln surrten, trompeteten und donnerten; die Musiker spielten sich ein. Kurz darauf verstummten sie und die Probe begann. Als die erste Szene fast zu Ende war, nickte Daina Lizabrina Cerinthe zu. Sie war jetzt hellwach und lief zum Bühnenaufgang.
Eins, zwei, drei … Cerinthe tanzte auf die Bühne. Vier Chassés, Piqués, dann Fouettés – sechs, sieben, acht – und weiter.
»Aufhören!«, rief Daina Odonna. Eine Bratsche gab einen letzten zuckersüßen Ton von sich, der schrill endete, als der Bogen von den Saiten genommen wurde. Hüstelnd legten die Musiker ihre Instrumente nieder.
Cerinthe blinzelte in die Bühnenbeleuchtung. Was war los? Sie legte schützend eine Hand über die Augen und blickte

in den dunklen Zuschauerraum. Dort sah sie Daina Odonna stehen.

»Komm an den Bühnenrand«, sagte die Daina. »Aber schnell.«

Cerinthe lief nach vorn. Daina Odonnas weiß gepudertes Gesicht wurde von unten aus dem Orchestergraben angestrahlt. Das gelbe Licht fiel auf ihren Hals, ihre Nasenflügel und die Augenhöhlen.

Sie sah Cerinthe schweigend an. Mehr als hundert Menschen – Handwerker, Tänzer und Bedienstete – sahen aus dem Zuschauerraum zu Cerinthe hoch. Unter ihnen war auch, das war Cerinthe bewusst, die erste Tänzerin des Hofstaats: Elliana. Cerinthe spürte, wie all die Augen in der Dunkelheit sie förmlich auffraßen. Warum sagte die Daina nichts? Cerinthe machte eine Faust und bohrte die Nägel in die Handfläche.

»Ist dir eigentlich bewusst, mein Kind«, schallte Daina Odonnas Stimme durch das Theater, »dass es nur noch zehn Tage bis zur Aufführung sind?«

»War etwas … mit den Fouettés nicht in Ordnung?«, fragte Cerinthe.

»Die Fouettés sind nicht das Problem!« Der Arm der Daina schoss nach vorn. »Du tanzt ohne Ausdruck. Fühlst du denn nichts in deinem Herzen? Du bist eine Prinzessin, ein reiches, kleines Mädchen. Deine Eltern sind Königin und König. Eines Tages wirst du selbst Königin von Windward sein. Aber jetzt, heute, bist du erst zehn Jahre alt: fröhlich, beschwingt, wie eine kleine Blume. Du kannst nicht einfach nur die Schritte tanzen. Du musst dich in die Rolle hineinfühlen.«

»Ja, Daina.« Cerinthe schob ihren großen Zeh gegen das

Loch in ihrem Spitzenschuh. Daina Odonna sagte das nicht zum ersten Mal. Cerinthe hatte immer wieder versucht ihr gerecht zu werden, aber sie wusste einfach nicht wie.

»Technisch bist du eine sehr gute Tänzerin für dein Alter, mein Kind«, sagte die Daina. »Aber ich glaube, du bist einfach nicht kreativ – oder hast womöglich sogar keine ...«, sie hob die Hände, »Seele.«

Cerinthe taumelte zurück, als wäre sie geschlagen worden. Die Beleuchtung verschwamm vor ihren Augen. Sie sollte keine *Seele* haben? Konnte das wahr sein? Sang die Meerjungfrau deshalb nicht mehr zu ihr? Sie sah sich mit ihren großen leeren Händen vor dem Muschelaltar im Tempel.

»Eine Tänzerin ist eine Künstlerin«, fuhr Daina Odonna fort und griff nach dem Rubin auf ihrer Brust. »Die Leidenschaft muss ihr im Blut brennen. Leidenschaft, die auch das Publikum spüren kann. Hast du keine Leidenschaft, mein Kind?«

Cerinthe versuchte zu verhindern, dass ihr Kinn zitterte. Ihre Augen füllten sich mit Tränen.

Daina Odonna seufzte. »Vielleicht sollten wir es anders angehen. Sag mir, wann in deinem Leben du am glücklichsten gewesen bist? Am lebendigsten – am fröhlichsten?«

»Als ich erfuhr, dass die Schule mich angenommen hat.«

»Nein!«, die Daina schlug gegen die Brüstung.

Cerinthe wich zurück.

»Hör zu! Ich meine dein Leben, bevor du hierher gekommen bist. Denk doch mal nach, Cerinthe. Wohin würdest du gehen, wenn du könntest, um von hier wegzukommen?«

Die Daina beugte sich vor. »Um von mir wegzukommen?«

Cerinthe starrte in das gelblich weiße Gesicht, das in dem

dunklen Theater fast körperlos aussah. Sie schloss die Augen. Eine Welle der Sehnsucht erfasste sie, eine so riesige Welle, dass sie fast auf die Knie geworfen wurde.

Sie sah den Kräutergarten hinter der Kate auf Normost. Sie sah ihre Hände in der Erde, wie sie einen Rosmarinsetzling umpflanzten und dann Unkraut zupften. Sie sah die tönernen Gefäße in Gwimmas Kräuterkammer und roch den wohltuenden, holzigen Duft der Alpenrosen, die über ihren Köpfen trockneten. Dann sah sie wieder ihre Hände, die einmal mehr eine Wunde in Dooney Beechs Knie nähten. Draußen wurde der Sonnenball in der Abendstimmung vom violett, rot und golden schimmernden Ozean verschluckt. Sie streckte sich gen Horizont, wo Blau auf Blau traf, während sie am Strand zum Gesang der Meerjungfrau tanzte, der mit dem Nordwestwind zu ihr herüberdrang …

»Ja«, sagte Daina Odonna sanft. »Ja! Ich kann sehen, dass du etwas fühlst. Jetzt sag mir, wo du am glücklichsten warst.«

»Im Garten und in der Kräuterkammer.« Cerinthe konnte kaum sprechen. »Und am Strand.« Und wenn die Meerjungfrau sang, dachte sie.

»Ich kann dich nicht verstehen«, sagte die Daina.

Cerinthe wurde auf einmal bewusst, dass alle ihr zuhörten, und antwortete nur: »Am glücklichsten war ich am Strand von Normost.«

»Dann denk daran, wenn du tanzt.«

»Aber das hat nichts mit dem Leben einer Prinzessin zu tun«, erwiderte Cerinthe. Außerdem gehörten diese Erinnerungen nur ihr. Wie konnte sie sie jedem zeigen?

»Etwas anderes können wir nicht tun«, sagte die Daina.

»Versuche es noch einmal. Sei mit ganzem Herzen an deinem Strand auf Normost.«

Die Musik setzte wieder ein. Cerinthe tanzte. Sie dachte an den Garten und Gwimmas Kräuterkammer. Sie roch die Heilpflanzen und hörte das Meer und den Wind. Vor den Klippen ruderten ihr Vater und ihre Mutter Seite an Seite im Skiff. Cerinthe tanzte am Strand und ihr Herz war so erfüllt von ihrer Heimat, dass sie einen Moment lang glaubte zu Hause zu sein. Dann fiel plötzlich eine Klappe, das Bild verschwand und sie stand zitternd auf der Bühne des königlichen Theaters.

»Jetzt hast du die Schritte vergessen!«, rief Daina Odonna.

Cerinthe atmete tief durch. Die Schritte, diese albernen, versnobten Schritte der jungen Prinzessin! Sie hatte sie geändert ohne überhaupt darüber nachzudenken. Sie hatten nichts mit ihrer Heimat zu tun.

Daina Odonna verschränkte die Arme. Die pfeilscharfen Enden ihrer schwarzen Ärmel schienen an ihre weißen Hände angeschweißt. Der Rubin schimmerte dunkel.

»Wir werden das so lange wiederholen, bis du so tanzt, wie ich es dir sage«, drohte sie. »Aber jetzt habe ich wenigstens echte Gefühle gesehen. Das machst du jetzt noch mal mit der richtigen Choreografie. An die Arbeit.«

Wütend stemmte Cerinthe die Hände in die Hüften. Die ganze Verwirrung, der Schmerz, der Kummer und der Ärger, die sich in ihr aufgestaut hatten, brachen aus ihr heraus. »Das passt nicht zueinander!«, sprudelte es aus ihr hervor. »Die Choreografie passt nicht zum Gefühl. Wie soll ich diese alberne Schrittfolge leidenschaftlich tanzen?«

Das gesamte Theater war plötzlich totenstill und lag wie eine riesige schwarze Höhle vor ihr. Daina Odonnas geduldiger, nachsichtiger Blick wurde eisig.
»Wie kannst du es wagen?«, empörte sie sich. »Daine Rexall«, rief sie über ihre Schulter. Er trat vor.
»Ich habe es Ihnen gleich gesagt«, sagte er. »Ich habe es von Anfang an gewusst, dass sie es nicht schaffen würde.«
»Cerinthe«, setzte die Daina erneut an. »Daine Rexall hat zehn – stimmt es, Rexall, waren es zehn?«
»Genau genommen zwölf«, sagte er. Seine Kiefer malmten.
»Zwölf Tänze aus dem Repertoire des Ensembles choreografiert. Er kennt Prinzessin Zandora persönlich. Willst du behaupten, dass dieser Mann mit all seinem Wissen und seiner Erfahrung nicht weiß, was er tut? Und dass du es weißt? Du bist doch noch ein Kind.«
Cerinthe blickte zu Daine Rexall hinab, der sie mit eisigem Gesichtsausdruck fixierte. Sie musste daran denken, wie er ihr gedroht hatte ihr die Rolle im Hofstaat wegzunehmen, weil er nur das Beste für sie wolle. Der Daine und die Daina standen nebeneinander wie eine undurchdringliche Wand. Ihre Gesichter sahen in dem gelben Licht leichenblass aus.
Cerinthe ließ die Hände sinken. »Nein, natürlich nicht. So habe ich das nicht gemeint«, sagte sie kleinlaut. »Es tut mir Leid.«
»Dann tu, was man dir sagt«, befahl Daina Odonna. »Wenn du weiterhin so frech zu deinen Lehrern bist und dich rausredest, wirst du nie eine Daina in meinem Ensemble, das verspreche ich dir.«

Schluchzend lief Cerinthe zum Bühnenaufgang zurück. Die Musiker begannen die süße, gekünstelte Melodie zu spielen und Cerinthe liefen die Tränen über die Wangen, während sie Daine Rexalls alberne Schritte tanzte.

Tayla ist krank

In der Garderobe kleidete Cerinthe sich wieder an; der Wollstoff ihrer Schuluniform fühlte sich steif und unbequem an. Ihr Kopf schmerzte. Um sie herum schnatterten die Mädchen, spritzten fröhlich in Wasserbottichen, wickelten sich die Bandagen von den Zehen und rieben sich Salben in die überanstrengten Muskeln. Alle ignorierten sie; ob aus Mitgefühl oder Spott, wusste sie nicht.

Ellianas Stimme drang aus dem Vorraum herüber, der zwischen Garderobe und Flur lag. »Die Aufführung wird ein Desaster, und das nur ihretwegen. Wir werden uns vor der Königin blamieren und …«

»Hör auf!«, warnte jemand. »Sie kann dich hören.« Die Stimmen wurden leiser, Elliana und ihre Freundinnen verließen den Raum.

Als es ganz still war, fasste Cerinthe sich in den Nacken, um die oberen Knöpfe ihres Kleides zu schließen. Sie verbarg den Kopf in der Armbeuge.

»Elliana sollte ganz still sein, wenn es darum geht, dass uns jemand blamiert«, sagte Sileree und versuchte einige Haarsträhnen zu lösen, die sich in ihrem Diadem verfangen hatten. »Nach dem, was sie im Tempel veranstaltet hat.«

»Die Choreografie war aber hervorragend. Das musst du zugeben«, sagte Juna. »Die Lehrer schwärmen noch heute davon. Für einen Moment habe ich auch gedacht, das kleine Luder wäre wirklich die Göttin.«

Cerinthe zerrte so sehr an einem Knopf, dass er in ihrer bandagierten Hand landete. Ihre Handfläche war blutig vom Kratzen. Als sie die Schuluniform zum ersten Mal getragen hatte, war sie von Tayla zugeknöpft worden. Das schien schon eine Ewigkeit her zu sein. Wann war ihr Traum zu einem Alptraum geworden?

Die grausamen Worte der Daina pochten in Cerinthes Kopf: Du bist nicht kreativ … hast du denn keine Seele … Aber wenn sie keine Seele hatte, warum schmerzte ihr Herz dann so sehr? Wenn sie nur auf den *Tanz der Meerjungfrau* verweisen und damit sagen könnte: »Doch, ich bin kreativ. Seht ihr? Ich bin leidenschaftlich und habe eine Seele …«

Cerinthe ließ den letzten Knopf einfach offen, griff ihre Tasche und lief davon. Sie hatte bereits den halben Korridor durchquert, als sie umkehrte und zurückging, weil sie ihre Spitzenschuhe auf der Bank hatte liegen lassen.

»Ich finde, Daina Odonna hätte nicht so hart mit ihr sein dürfen!«, sagte eine bekannte Stimme – Silerees Stimme.

Cerinthe blieb im Vorraum der Garderobe stehen, um nicht gesehen zu werden.

»Sie ist noch ein Kind!«, fügte Sileree hinzu. »Und sie ist erst seit ein paar Monaten auf der Schule.«

»Ach so ist das?«, erwiderte Juna. »Gib's zu. Du magst sie, weil sie dich vergöttert.«

»Das hat damit nichts zu tun. Daina Odonna hätte sie nicht vor allen anderen demütigen dürfen.«

Juna schnaubte verächtlich. »Du weißt ganz genau, dass sie

es absichtlich getan hat, um Cerinthe aufzuwühlen und ein bisschen Emotionalität aus ihr herauszuholen.«
»Aber es ist ein Unterschied, ob man jemanden kritisiert oder blamiert und erniedrigt. Die Daina war grausam.«
»Ich habe schon Schlimmeres einstecken müssen – und du auch. Je früher Cerinthe lernt, dass das Leben einer Tänzerin schwer ist, desto besser für sie.« Juna schnalzte mit der Zunge. »Schade, dass die Daina Cerinthe die Rolle gegeben hat. ›Ihre Hoheit‹ hätte die ideale Prinzessin abgegeben. Zu ärgerlich, dass Daina Odonna meint Elliana eine Lektion erteilen zu müssen.«
Cerinthe presste ihre Faust gegen den Mund.
»Ich dachte, Cerinthe hätte die Rolle bekommen, weil Elliana zu groß ist?«, warf jemand ein.
»Nein«, sagte eine andere Stimme, »weil sie Silerees Haarfarbe hat.«
»Das waren sicherlich alles Gründe«, bestätigte Juna, »aber ausschlaggebend war Ellianas Faulheit. Die Daina hatte gehofft ihr damit solch eine Schmach zuzufügen, dass sie härter arbeitet. Reine Zeitverschwendung. Aber vielleicht wird sie Choreografin.«
Cerinthe hatte das Gefühl zu ertrinken; ihre Lungen atmeten Wasser, ihre Augen starrten geradeaus und sahen nichts, keine Luftblasen, keine Dunkelheit. Konnte das wahr sein? Hatte die Daina sie nur ausgewählt, um Elliana eine Lektion zu erteilen? Cerinthe entfernte sich rückwärts von der Garderobe. Was hatte das alles mit ihr zu tun? Mit der Person, die sie in ihrem Inneren war? Nichts! Sie rannte zum Bühneneingang und stolperte schluchzend auf den Hof.

Über ihr ragten die kristallenen Türme von Faranor empor: kalt und abweisend, spitz wie Nadeln, unerreichbar. Jemand folgte ihr.

»Warte«, rief Sileree.

Cerinthe ging schneller.

Sileree holte sie ein und hielt Cerinthe ihre Spitzenschuhe hin. »Die hast du vergessen.«

»Ach«, murmelte Cerinthe. »Danke.«

»Wenn du magst, gehe ich mit dir zusammen zurück«, sagte Sileree sanft. Sie hatte dunkle Ränder unter den Augen.

Cerinthe nickte. Als sie den Hof überquerten, fuhr ein schneidender Frühlingswind durch das Gras, das sich zwischen den Pflastersteinen hervorkämpfte.

»Ich weiß, dass die Daina gemein war«, sagte Sileree schließlich, »aber sie dachte, es wäre nur zu deinem Besten. Es würde eine bessere Tänzerin aus dir machen.«

»Warum sollte ich besser werden, wenn jemand gemein zu mir ist?«

»Es macht nicht *dich* besser; es macht eine bessere *Tänzerin* aus dir.« Sileree seufzte. »Versteh doch. Für Daina Odonna ist Tanzen das Einzige, was zwischen Himmel und Meer wichtig ist.«

»Ist es doch auch.«

»Nicht für mich.«

Erstaunt blieb Cerinthe stehen und sah Sileree an. Ein unbewegter, angespannter Ausdruck lag auf ihrem Gesicht, genau wie damals in der Kräuterkammer.

»Wie kannst du so etwas sagen?«, fragte Cerinthe, »du bist eine der besten Tänzerinnen der Schule.«

»Das zeigt, wie falsch die Daina liegt, stimmt's?«
»Ich verstehe dich nicht.«
Sileree ging weiter. »Ich bin nicht mit Leib und Seele Tänzerin. Weil ich tanzen muss, will ich gut sein, das ist alles. Wenn Leidenschaft und Kreativität so wichtig wären, wie die Daina behauptet, wäre ich dann eine der besten Tänzerinnen der Schule?«
»Ich … ich weiß es nicht.«
»Bei einigen ist es so – bei Juna zum Beispiel. Aber es nur zu wollen und leidenschaftlich für etwas zu arbeiten ist noch keine Erfolgsgarantie, selbst wenn man Talent hat.«
Cerinthe erwiderte: »Aber die Lehrer sagen, wenn du hart genug arbeitest …«
»Ich weiß. Wenn du nur hart arbeitest, alles opferst und weitertanzt, auch wenn du krank oder verletzt bist, wirst du die beste Tänzerin im ganzen Königreich! Eine zweite Kasakol!« Sileree schleuderte ihre Tasche auf den Rücken. »Lügen!«
Cerinthe wich zurück.
»Ich habe talentierte Schülerinnen gesehen, die sich bis zum Letzten geschunden haben«, fuhr Sileree fort. »Sie haben alles getan, was man ihnen gesagt hat, und noch viel mehr, und trotzdem haben sie es nicht geschafft. Ihr Scheitern wurde mit irgendeinem angeblichen Mangel begründet: Sie hätten es nicht wirklich gewollt oder versucht oder hätten nicht genug Leidenschaft oder Charakter.«
Sileree reckte die Schultern. »Warum sagen die Lehrer einem nicht, wie es wirklich ist? Manchmal klappt es einfach nicht, ohne dass irgendjemand daran schuld ist.«

Cerinthe fuhr sich mit der Zunge über die Lippen. »Aber wenn du nicht gern tanzt, warum bist du dann Tänzerin geworden?«

»Es war nicht meine Idee.« Silerees Stimme wurde matt. »Ich wollte nie Tänzerin werden.«

»Was wolltest du dann werden?«

»Sängerin.«

»Aber warum …?«

Sileree blieb stehen.

»Meine Tante und mein Onkel sind arm«, sagte sie. »Sie haben all ihr Geld verloren. Sechs Schiffe sind in einem Jahr gesunken – meine Eltern mit einem davon. Meine Tante und mein Onkel haben mich aufgezogen, obwohl sie sechs jüngere Kinder haben. Als ich zehn war, haben sie mich hierher geschickt.«

»Warum nicht in eine Gesangsschule?«, fragte Cerinthe.

»Es gibt keine, die kostenlos ist. Mein Onkel dachte, wenn ich eine Daina würde, könnte ich für sie sorgen – und für die Ausbildung beziehungsweise die Mitgift meiner Cousins und Cousinen. Und jetzt wurde mir ein Platz im königlichen Ensemble angeboten, sobald ich die Ausbildung abgeschlossen habe.«

»Das ist doch großartig!«

»Um noch mal von vorn anzufangen, ist es zu spät«, fuhr Sileree fort, als hätte sie Cerinthe nicht gehört. »Ihnen habe ich alles zu verdanken. Ich habe keine andere Wahl, wenn ich ihnen das Leben bieten will, das sie verdienen.« Ihre Augen verfinsterten sich.

»Ich bin geworden, was andere aus mir machen wollten«,

sagte sie tonlos. »Und nun gibt es kein Zurück mehr. Oh Nemaree! Ich sitze in der Falle ...« Sie warf ihre Tasche zu Boden und rannte davon.

»Warte!«, rief Cerinthe, aber Sileree lief um den Springbrunnen und verschwand in der belebten Straße jenseits des Hofes.

Cerinthe presste ihre Spitzenschuhe an die Brust. Wie konnte das sein? Sileree hatte alles, von dem Cerinthe geträumt hatte, und war doch unglücklich. »Werde bloß nicht wie ich«, hatte sie in der Kräuterkammer gesagt. »Niemals!« Cerinthe starrte auf den Springbrunnen, aus dessen halb verstopften Öffnungen müde Wasser sprudelte. Ihre Knochen fühlten sich so schwer an wie die Marmorstufen, die zur Schule hinaufführten. Sie wollte nur noch ins Bett und schlafen.

Silerees Tasche gab sie beim Portier ab. Als er sich verbeugte, hätte Cerinthe zu gern seine purpurroten Puffärmel mit einer Nadel angestochen. Sie schleppte sich zum Postraum, aber noch immer hatte Thordon nicht geschrieben. Schließlich kam sie im Flügel der Perlen an und wollte gerade die Klinke zu ihrer Zimmertür hinunterdrücken, als sie Mistress Blythe im Korridor auf sich zueilen sah.

»Da bist du ja«, rief Mistress Blythe, »der Göttin sei Dank.« Cerinthe verwünschte sie innerlich; sie wollte mit niemandem sprechen.

»Tayla ist sehr krank«, sagte Mistress Blythe.

»Was?« Cerinthe ließ die Klinke los, die scheppernd zurückschnappte. »Tayla? Krank?«

»Ja. Ich habe Mistress Odue gewarnt, dass Tayla gesundheitlich zu labil für die Waschküche ist. Sie hat sich eine Erkältung zugezogen und durch die fürchterliche Feuchtigkeit da unten hat sie sich in ihrer Brust festgesetzt.« Mistress Blythe nestelte an ihrer Bluse. »Ich weiß, dass es gegen die Regeln verstößt, wenn Schüler und Bedienstete miteinander verkehren, aber sie hat nach dir gefragt. Und Mistress Krissel hat es erlaubt. Kannst du mitkommen?«

»Natürlich.« Cerinthe folgte Mistress Blythe in die Kräuterkammer und von dort in eines der Krankenzimmer, wo Tayla im Bett lag.

»Miss Cerinthe!«, rief sie heiser.

»Tayla!« Cerinthe zwang sich heiter zu klingen. »Es tut mir so Leid, dass du krank bist.«

»Es macht mir fast nichts aus – es ist so schön, ein Fenster zum Hinausschauen zu haben.« Tayla versuchte zu lachen, aber stattdessen hustete sie.

Cerinthe dachte an den dunklen, engen Raum, in dem die Mädchen aus der Waschküche schliefen. Warum hatte sie nicht ernsthafter darüber nachgedacht, wie sie Tayla dort herausbekommen konnte? Taylas Gesicht glühte, ihre Augen glänzten. Cerinthe musste sie nicht berühren, um zu wissen, dass sie Fieber und wahrscheinlich eine Lungenentzündung hatte.

»Ich mache dir neue Medizin, Tayla, Liebes«, sagte Mistress Blythe, »und du machst dir mit Cerinthe eine nette Zeit.«

»Tayla«, flüsterte Cerinthe. »Ich wurde doch nicht rausgeworfen. Ich habe versucht eine Möglichkeit zu finden, wie du trotzdem aus dem Verlies rauskommst … aber dann war da die Sache mit dem *Tanz der Meer*… ich meine, mit dem Ballett, das unmittelbar bevorsteht, und es ist alles so schrecklich …« Cerinthes Stimme versagte. »Mir fiel nichts ein. Ich hätte mehr darüber nachdenken müssen. Ich hätte trotzdem mit dir weglaufen sollen! Es tut mir Leid.«

»Schon gut, Miss, jetzt bin ich ja draußen, oder etwa nicht?« Tayla hob ihren Kopf vom Kissen. »Sie haben es versucht, das weiß ich. Machen Sie sich keine Vorwürfe; sonst fühle ich mich noch schlechter.«

»Aber …«

»Erzählen Sie mir von den Kostümen für das Ballett. Sind sie schön?«

Cerinthe berichtete über jedes Detail – den Tüll, die Bänder und die Spitze – und Taylas Lächeln wurde immer breiter. Mitten in der Beschreibung der unzähligen Perlen auf dem Kleid der Königin begann Tayla wieder zu husten; sie spuckte blutigen Schleim in eine Schüssel. Nachdem Tayla eingeschlafen war, ging Cerinthe auf Zehenspitzen in die Kräuterkammer zurück und schaute zu, wie Mistress Blythe die Medizin anrührte.

»Ein wenig Honig, heißes Wasser und Whisky als Balsam für ihre arme Kehle«, sagte Mistress Blythe.

»Aber«, hob Cerinthe an, biss sich dann aber auf die Lippen. Gwimma griff bei einer Lungenentzündung zu härteren Mitteln. Tayla brauchte ein Senfpflaster und einen Absud von der Wurzel von Wildem Pfeffer für den blutigen Schleim. Sie sollte nicht flach auf dem Rücken liegen und das Fenster musste geöffnet werden. Cerinthe blickte auf *Leighs Buch der Heilkräuter* im Regal. Demnach konnte Gwimmas Anwendung von Glirium fatale Folgen haben. Was wäre, wenn sie mit ihren Mitteln gegen Lungenentzündung auch falsch lag?

Tayla begann wieder zu husten. Cerinthe war hin und her gerissen. Der Drang zu helfen war wie ein Wind, der sie vorwärts trieb, aber der Gedanke an das Schwarze Schiff hielt sie zurück. Nein, sie würde es nie wieder riskieren, jemanden in Gefahr zu bringen. Sie war keine Heilerin und – wenn Daina Odonna Recht hatte – auch keine Tänzerin. Sie war nichts als ein seelenloses Mädchen.

Von dem heißen, nutzlosen Honigtrunk stieg Dampf auf, der sich in der Luft auflöste.

Cerinthe wollte schreien. Es konnte nicht richtig sein, dass es bösartige Geschöpfe gab, die unschuldigen Bediensteten Schaden zufügten, dass Mütter starben und ihre Kinder zurückließen, dass Lehrer ihre Schüler erniedrigten. Es sollte keine Bettler, Schwarzen Schiffe und tödlichen Kräuter geben. Keine Träume, die zu Alpträumen wurden oder verschwammen, ehe sie sich ganz auflösten. Cerinthe starrte auf den Tisch, auf dem die Muschelschale gestanden hatte. Und die Göttin sollte einen nicht verlassen, wenn man sie am meisten brauchte. Sie sollte einen nicht verlassen dürfen und stattdessen einer lügenden, frevelhaften Diebin helfen! *Meerjungfrau,* zürnte Cerinthe, *du hast mich betrogen!* Man sollte keinen Groll gegen die Göttin hegen, aber sie verspürte Groll, tiefen Groll. Nach und nach hatte sich alles, was sie für wahr und richtig gehalten hatte, als nichtig entpuppt. Sie segelte allein unter Tausenden lärmenden, wirbelnden Sternen und es gab keinen Leuchtturm, der ihr die Richtung wies.

Der Erker der Kasakol

Am nächsten Tag in Daine Miekels Unterricht trat Cerinthe entschlossen ans Klavier und machte verbissen ihre Übungen. Sie hatte schlecht geschlafen und geträumt, sie wäre ein verwundeter Vogel, der über dem Meer flatterte und mit letzter Kraft versuchte die Meerjungfrau weit draußen zu erreichen. Unzählige Seeungeheuer erhoben sich aus der Tiefe und keuchten und schrien durcheinander: Dir fehlt die Leidenschaft! Du hast keine Seele! Cerinthe nahm ihre eigene Gestalt an und versuchte die Scherben der Muschelschale aufzusammeln, die auf den Wellen trieben. Sie betete zur Meerjungfrau, sie möge zurückkehren, sie möge singen, aber die Meerjungfrau segelte davon, bis nur noch eine rote Haarsträhne am blauen Horizont zu sehen war.

»Ein vorzügliches Développé, Cerinthe«, sagte Daine Miekel im Vorbeigehen.

Cerinthe biss sich auf die Lippen. War er nur so freundlich, weil er gehört hatte, was bei der Probe geschehen war? Sie zwang sich das Développé noch höher zu drücken und streckte ihren Zeh so sehr, dass er verkrampfte. Sie zwang ihrem Körper ihren Willen auf, sie versuchte nichts zu fühlen und die Worte zu ignorieren, die wie Trommelschläge in ihr hämmerten: »Ich bin geworden, was jemand anders aus mir machen wollte …«

Vor Cerinthe am Klavier stand Elliana und schwang ihr Bein lässig in ein Développé in der zweiten Position. Sie bewunderte sich im Spiegel und vergaß dabei ihren Fuß zu strecken. Cerinthe hasste jeden einzelnen Knochen in Ellianas biegsamem Körper. Verflucht sei dieser weiße Schwan! Cerinthe wünschte, sie hätte ihn erwürgt, bevor er die Priesterin umstimmen konnte.

»Elliana Nautilus!«, rief Daine Miekel. Dawson hörte auf zu spielen, die Klasse tanzte nicht weiter.

»Ja?« Elliana wirkte überrascht.

»Mir reicht's!« Der Daine blickte finster drein. Sein geschmeidiger, katzenartiger Körper war angespannt. »Du hältst deine Füße, als hättest du alte Puschen an. Sie sind überhaupt nicht nach außen gedreht.«

Auf Ellianas Wangenknochen flammten zwei rote Flecken auf. Cerinthe musste innerlich lächeln.

»Du wirfst ein großes Geschenk einfach fort«, sagte Daine Miekel und schritt auf und ab. »Das macht mich ganz krank! Nichts, was ich sage und mache, geht in deinen eitlen Kopf. Ich habe nun schon Cerinthe neben dir positioniert, denn sie weiß, wie man arbeitet. Aber hast du irgendetwas von ihr gelernt? Nein!«

Cerinthe war sprachlos, ihr Lächeln verschwand.

»Cerinthe hat in den letzten fünf Monaten mehr Fortschritte gemacht als du in zwei Jahren. Du musst lernen genauso hart zu arbeiten wie sie, bevor es zu spät ist.« Der Daine hob den Zeigefinger. »Nemaree verschwendet ihre Geschenke nicht an die, die nichts daraus machen. Hast du das verstanden?«

Elliana antwortete nicht.
»Nein? Nun, vielleicht hilft das: Von jetzt an wird Cerinthe allein am Klavier arbeiten und sie wird die erste Gruppe anführen. Du bist nicht mehr die Erste in der Klasse, Elliana.«
Die Mädchen begannen zu tuscheln.
»Geh jetzt an die Stange«, ordnete der Daine an, »und stell dich neben Maiga.«
Elliana klammerte sich an das Klavier, als fiele sie sonst um. Als sie Cerinthe ansah, war ihr Gesicht so ausdruckslos, ihre Augen so hohl, leer und kalt wie die einer Leiche. Sie sah aus wie an dem Tag, als sie einsam und allein mit ihren vernarbten, blutenden Füßen im Erker der Kasakol gesessen hatte.
Daine Miekel tippte mit dem Fuß auf den Boden. »Ich sagte ›jetzt‹, Elliana.«
Steif wie eine hölzerne Prinzessin schritt sie am Klavier entlang und ließ so lange wie möglich ihre Hand darauf liegen. Anstatt sich an die Stange zu stellen ging sie zur Tür.
»Wenn du aus dieser Tür gehst«, sagte der Daine, »dann ist das für immer.«
Elliana blieb stehen. Sie fasste sich mit der linken Hand über die Schulter und tastete nach etwas auf ihrem Rücken. Dann trat sie an die Stange, wo die Mädchen zusammenrückten, um ihr Platz zu machen.
»Ruhe jetzt, alle zusammen«, sagte Daine Miekel. »Die Développé-Kombination noch mal von vorn, bitte.«
Nach dem Unterricht blieb Cerinthe im Übungsraum. Sie war wütend, weil der Daine sie nur ans Klavier geholt hatte, um Elliana zum Arbeiten anzuhalten. Wie konnte sie sich

jetzt noch darüber freuen, zur ersten Tänzerin ernannt worden zu sein? Sie war mittlerweile drei Mal dazu benutzt worden, Elliana eine Lektion zu erteilen, wenn man die Rolle der Prinzessin mit einrechnete. Cerinthe ging in den Spagat und streckte den Oberkörper nach vorn, bis ihre Oberschenkel schmerzten.

Auf der anderen Seite des Raumes hatten sich Ellianas Freundinnen um sie geschart. Ihre Stimmen wurden abwechselnd lauter und leiser und ihre Köpfe wandten sich immer wieder in Cerinthes Richtung. Schließlich gingen sie alle hinter Elliana quer durch den Raum auf Cerinthe zu. Isalette stellte sich ihnen mit vor der Brust verschränkten Armen in den Weg.

»Geh mir aus dem Weg!«, sagte Elliana.

»Das hättest du wohl gern«, erwiderte Isalette.

»Lass sie reden, Isalette.« Cerinthe zuckte mit den Schultern. »Mir kann sie jetzt nichts mehr anhaben. Gefällt es dir, Zweitbeste zu sein? Von einer Minna geschlagen?«

»Freu du dich nur«, erwiderte Elliana. »Vielleicht hat der Daine sich von dir täuschen lassen, aber du kannst mir glauben, sonst hast du niemanden getäuscht. Ich freue mich dir als Erste die gute Nachricht überbringen zu dürfen. Daina Odonna hat die Rolle der Prinzessin an Maiga gegeben.« Maiga war die Zweitbesetzung für Cerinthe.

»Ich musste heute zur Anprobe für das Kostüm«, sagte Maiga. »Es überrascht mich, dass deine liebe Freundin hier dir davon noch nichts erzählt hat. Miss Moppel war nämlich auch da, weil sie sich das Oberteil ihres Rosenkostüms weiten lassen musste – schon wieder.«

»Isalette?« Cerinthe sah zu ihr hinüber.

Nach kurzem Zögern nickte Isalette.

Cerinthe winkelte erst das eine, dann das andere Bein an.

Elliana lachte. »Ich wusste sofort, als ich deine riesigen, grobschlächtigen Hände und deine breiten Schultern sah, dass du keine Tänzerin bist. Und dass du nie eine sein wirst. Du hast keine Ausstrahlung, keine Leidenschaft und nicht mal eine Seele. Aber ich würde mir keine Sorgen machen: Als Minna findest du immer eine Stelle.«

»Verdammt noch mal!« Cerinthe sprang auf. »Ich glaube dir kein Wort. Ich habe genug von dir, deiner Eifersucht, deinen Lügen und den gemeinen, schmutzigen Tricks. Tayla ist deinetwegen sehr krank.«

Ellianas Augen weiteten sich in gespielter Unschuld. »Tja, dann ist ja in der Waschküche eine Stelle frei. Wie schön für dich.« Sie grinste höhnisch. »Ich hätte Daina Odonna gleich sagen können, dass du dich nicht in eine Prinzessin einfühlen kannst. Als du gestern die Fouettés getanzt hast, sahst du wie eine betrunkene Fischersfrau aus.«

»Meine Fouettés sind allemal besser als deine«, sagte Cerinthe.

»Ach ja? Kannst du so eine absurde Behauptung auch beweisen?«

»Ja.«

»Prima! Dann lass uns einen Wettbewerb machen. Wer zuerst aufhört sich zu drehen, hat verloren.«

»Gut.« Cerinthe ging in die Mitte des Raumes.

»Oh, aber nicht hier.«

Erstaunt drehte Cerinthe sich um. »Wo dann?«

Elliana lächelte. »Auf dem Erker der Kasakol.«
Niemand sagte etwas. Cerinthe merkte, dass Elliana sie einmal mehr in die Falle gelockt hatte. Mir kann sie jetzt nichts mehr anhaben, hatte Cerinthe gedacht, aber jetzt, da Elliana ihr eiskalt und glühend heiß zugleich drohte, war sie sich nicht mehr sicher. Warum sollte der Wettbewerb auf dem Erker der Kasakol stattfinden? Glaubte Elliana wirklich, sie würde die beste Ballerina ihrer Zeit werden, wenn sie dort tanzte und gewann? Elliana war verzweifelt und die Kasakol immer ihr Vorbild, ihre Hoffnung – Cerinthe ballte die Hände zu Fäusten –, ihre Göttin gewesen.
Wut stieg in ihr auf. Am liebsten hätte sie die Stangen aus den Wänden gerissen und die Spiegel und das Klavier damit zerschmettert. Sie sah sich allein in dem Scherbenhaufen stehen.
»Sie traut sich nicht auf dem Erker zu tanzen«, sagte Maiga.
Cerinthe blickte Elliana in die Augen. Warum sollte sie es nicht tun? Vielleicht würde ihr dann wenigstens der Geist der Kasakol bei *Der Prinzessin des Archipels* helfen – die Meerjungfrau tat es ganz bestimmt nicht. Cerinthe führte sich den Erker vor Augen, wie sie ihn vom Windrosenraum aus gesehen hatte, und versuchte die Gefahr abzuschätzen. Wenn man die Fouettés ordentlich ausführte, bewegte man sich nicht von der Stelle.
»Cerinthe Luv stellt sich dem ultimativen Test, wer besser ist, nicht«, sagte Elliana. »Ein Test der Leidenschaft. Nicht von Lehrern, sondern von der Kasakol selbst beurteilt.« Sie wandte sich zum Gehen.
»Wann treffen wir uns?«, fragte Cerinthe.

Elliana drehte sich wieder um. »In dreißig Minuten.«
»Ich werde da sein.«
»Cerinthe«, sagte Isalette, »du kannst doch nicht …«
»Doch, ich kann«, sagte Cerinthe und ging hinaus.
Zwanzig Minuten später kletterte sie mit Isalette die letzte Treppe zum Dachboden hinauf.
»Ich bin ja keine Streberin«, wisperte Isalette, »aber die Schule verbietet das aus gutem Grund. Ein Mädchen ist beim Tanzen auf dem Erker umgekommen.«
»Ich weiß«, flüsterte Cerinthe zurück. »Aber ich glaube nicht, dass dieses Mädchen auf Klippen gespielt und getanzt hat, seit sie klein war. Ich bin Höhe gewohnt.«
»Sie können dich dafür von der Schule verweisen.« Isalette schüttelte den Kopf, als Cerinthe die Tür öffnete, die auf das Dach führte.
Über ihnen wölbte sich ein leicht bewölkter Himmel. Im Süden konnte Cerinthe den grünen Felsen des Heilerhügels sehen, aber das Meer wurde von den Kuppeln und Türmen der Stadt verdeckt. Alles wirkte unwirklich wie auf einem Aquarellgemälde. Sie krochen über das Dach, bis sie den Erker der Kasakol erreichten, wo Elliana und ihre Freundinnen bereits warteten. Cerinthe wusste sofort, warum.
Elliana stand an der sichersten Stelle. Die schmale, gerade Fläche neben dem Erker war ungefähr zehn Fuß lang. Jenseits der vorderen Kante ging es fünf Stockwerke in die Tiefe. Dort, wo Elliana wartete, ging es ebenfalls tief hinunter, aber sechs Fuß weiter unten ragte ein flaches Dach hervor. Deshalb hatte Elliana diesen Platz gewählt.
Cerinthe zog ihre Spitzenschuhe an und ließ sich auf den

Erker herab. Sie hörte das Kratzen des Schiefers an ihren Sohlen. Es wehte ein gleichmäßiger Wind.
»Fertig?«, fragte Elliana kühl. »Wer zuerst aufhört, hat verloren.«
»Fertig.« Cerinthe schaute nicht nach unten. Plötzlich hatte sie das Gefühl, etwas sehr Dummes zu tun, das Gefühl, dass alles genau so geschah, wie Elliana es geplant hatte. Immer mehr Mädchen, Perlen und sogar einige Achis, drängten sich auf dem Dach; es musste sich herumgesprochen haben, was hier vor sich ging.
»Aber wenn sie beide auf dem Erker tanzen«, fragte eine der Achis, »wer wird dann die beste Tänzerin des Königreichs? Der Legende nach kann nur eine die Beste sein.«
»Eine von ihnen wird fallen«, sagte ein anderes Mädchen. »Die Kasakol wird das richten.«
Ellianas Augen glänzten. »Die Kasakol wird mir helfen. Also – jetzt …«
»Warte«, unterbrach Isalette sie. »Wenn eine von euch die andere berührt oder behindert, hat sie verloren und der Wettbewerb ist zu Ende.«
»Einverstanden«, sagte Cerinthe.
»Selbstverständlich.« Elliana starrte geradeaus. »Das ist klar. Jetzt gib das Kommando, Maiga.«
»Bist du dir sicher?«, fragte Maiga.
»Gib das Kommando!«
Maiga atmete tief durch. »Fertig? Zweite, vierte … und!«
Cerinthe machte eine Pirouette, ein Plié, streckte ihr Bein in der ersten Position und ging auf die Spitze. Sie drehte sich, zweite Position, und dann wieder eine Pirouette. Die-

sen Ablauf wiederholte sie immer wieder, auf und nieder. Keine Sekunde lang vergaß sie, dass sie nur drei Fuß von einem tiefen Abgrund entfernt war. Und zu keiner Zeit vergaß sie ihre Wut. Mit jeder Drehung fiel ihr etwas ein, was Elliana ihr angetan hatte.

Ihretwegen wäre ich fast nicht auf der Schule.

Sie hat mich schäbig und schmutzig genannt, Hure und betrunkene Fischersfrau.

Sie hat Mamas Möwe zerschlagen.

Sie hat den Tanz der Meerjungfrau *gestohlen.*

Und am schlimmsten von allem ist, was sie Tayla angetan hat. Cerinthe drehte sich schneller. Elliana drehte sich ebenfalls schneller. Cerinthe drehte sich noch ein wenig schneller.

Lügnerin.

Diebin.

Frevlerin.

Ihre Wade schmerzte, aber der Gedanke an Tayla gab ihr Kraft. Jetzt war es tatsächlich von Nutzen, aus einfachen Verhältnissen zu stammen; sie war kräftiger als Elliana und Anstrengung gewöhnt. Sie drehten sich immer weiter. Fünf Minuten? Zehn? Cerinthe geriet langsam außer Atem. Ihre Muskeln brannten und das Stützbein zitterte. Sie schwankte. Die Kante, die Kante, denk an die Kante … Sie wusste, dass es besser wäre, aufzuhören, aber sie wollte nicht klein beigeben.

Ein Schrei brachte sie um ihre Konzentration.

Dann schrien alle. Erschöpft und benommen hielt Cerinthe in der Bewegung inne und schaute zu Elliana hinüber.

Elliana war nicht da.

Alle Mädchen schrien, kreischten und sprangen auf dem gefährlichen Schieferdach auf und ab. Cerinthe lief zur hinteren Kante des Erkers und schaute hinunter.
Sechs Fuß unter ihr sah sie Elliana ausgestreckt auf dem Dach liegen. Sie lag auf dem Rücken, ihre Beine waren unnatürlich verdreht. Ihr zertrümmerter Schienbeinknochen stach durch die Haut. Aus einer Wunde an ihrem rechten Oberschenkel schoss hellrotes Blut.

Der Unfall

Das Blut floss leuchtend rot; Blut aus einer Schlagader; Blut, das direkt aus dem Herzen gepumpt wurde. Cerinthe wusste, dass Elliana ohne Hilfe innerhalb von Minuten verbluten würde, aber sie war unfähig sich zu bewegen. Ihre Spitzenschuhe schienen auf den Schieferplatten des Daches zu kleben. Der Wind kühlte den Schweiß auf ihrer Haut und sie zitterte. Sie sah Dobbies verbrannten Finger vor sich, Silerees fahle Haut und schließlich Taylas glühendes Gesicht. Cerinthe hatte ihnen nicht geholfen. Warum sollte sie Elliana helfen, die ihr das Leben so schwer gemacht hatte.

Sie drückte die Fingernägel in ihre verbundene Handfläche. Und wenn sie versuchte zu helfen und Elliana trotzdem stürbe? Cerinthe sah den Körper ihrer Mutter in Gwimmas Kräuterkammer. Immer wieder hatte sie auf die Brust ihrer Mutter geschaut in der Hoffnung, sie würde sich wieder heben und senken. Aber kein Atem hatte ihre Lungen je wieder gefüllt.

Der Wind schlug ihr entgegen wie eine Ohrfeige und Cerinthe wurde bewusst, wo sie sich befand. Niemand außer ihr konnte das Dach rechtzeitig erreichen, weder Mistress Blythe noch Mederi Grace. Elliana könnte durch ihre falsche Behandlung sterben, aber ohne ihre Hilfe würde sie ganz sicher nicht überleben. Wieder war sie allein wie auf

Normost, allein mit einer Entscheidung, die das Schwarze Schiff bringen konnte. Sie spürte bereits, dass es näher kam, sie war sicher, sie würde die vom Wind geblähten unheimlichen schwarzen Segel sehen, wenn sie vom Dach bis zum Meer schauen könnte.

Nein! Sie wollte nicht! Sie wollte nicht mehr heilen, sie wollte nie wieder das Schwarze Schiff sehen. Sie blickte verzweifelt über das Dach, als könnten die Häuser und Türme von Faranor sie vor der schweren Entscheidung bewahren. Aber jenseits der Türme und Spitzen erhob sich in der Ferne der Heilerhügel.

Elliana stöhnte. Die Finger ihrer linken Hand zuckten und die Hand hob sich leicht zum Himmel. Als Cerinthe das zarte, weiße Handgelenk sah, vernahm sie etwas in ihrem Inneren. Es klang wie entferntes Glockengeläut – hell wie das Licht der Sonne, geheimnisvoll wie das Licht des Mondes. Der Klang schwoll an, bis er die schwarze Angst übertönte und mit jedem Herzschlag Cerinthes Körper zu durchdringen schien.

Sie rutschte an die Kante des Erkers und schwang sich hinunter. Sie musste die Blutung stoppen; wie man das machte, wusste sie. Sie ließ sich auf das untere Dach hinab und gab Acht, dabei nicht die scharfe, hervorstehende Schieferplatte zu berühren, an der sich Elliana geschnitten hatte. Sie kniete sich neben sie.

Das Blut schoss aus einer Wunde oberhalb des rechten Knies, wo die Schlagader im Oberschenkel durchtrennt war. Cerinthe drückte fest auf eine bestimmte Stelle in der Leiste, um den Blutstrom zu stoppen. Mit der anderen Hand riss sie

ein Stück von ihrem Rock ab und knüllte es zu einem Bausch zusammen.
»Drück das auf die Wunde«, sagte Cerinthe zu Isalette, die ebenfalls heruntergeklettert war. Während sie noch mit aller Kraft die rechte Hand auf den Druckpunkt hielt, versuchte Cerinthe die Bänder ihrer Spitzenschuhe aufzuschnüren. Verdammter Knoten!
Elliana warf den Kopf hin und her.
»Nicht bewegen«, sagte Cerinthe.
Die anderen Mädchen standen wie Statuen auf dem oberen Dach und starrten hinunter.
»Maiga«, rief Cerinthe, »geh Mistress Blythe suchen.« Aber Maiga war stocksteif vor Schreck und rührte sich nicht. »In Nemarees Namen«, rief Cerinthe. »Geh schon! Und Jasel, sag dem Portier Bescheid, er soll nach Mederi Grace schicken. Beeil dich.«
Blut sickerte durch den Stoffbausch; es gelang ihr nicht, die Ader abzudrücken. Cerinthe nahm Isalettes freie Hand und führte sie zum Druckpunkt.
»Drück da, bitte«, sagte sie. Isalette wurde blass.
Cerinthe riss sich den Schuh vom Fuß. Dann band sie mit seinem rosafarbenen Band Ellianas Oberschenkel ab und schlang ihn anschließend um den Schuh, den sie als Knebel für die Aderpresse benutzte. Sie drehte ihn ein wenig.
»Kasakol!«, flüsterte Elliana und wurde wieder bewusstlos. Ihre Augen schlossen sich.
Über ihnen begannen einige Mädchen zu schluchzen; andere stimmten einen klagenden Trauergesang an.
»Hört auf!«, rief Cerinthe. Sie hielt Elliana an der Schulter.

»Ich lasse nicht zu, dass es dich mitnimmt. Hörst du? Ich werde es nicht zulassen.«
Isalette blickte auf. »Was soll sie mitnehmen?«
Ohne zu antworten hob Cerinthe den Stoffbausch. Die Blutung war schwächer geworden – der Meerjungfrau sei Dank.
»Halt den Schuh hier fest, Isalette«, sagte Cerinthe. »Und mache ihn weder fester noch lockerer, ohne dass ich es dir sage.«
Als Nächstes untersuchte sie das gebrochene Schienbein. Trotz des grausam gesplitterten Knochens lief aus der Wunde nur wenig Blut – nichts Lebensbedrohliches. Allerdings hatte Elliana kalten Schweiß auf der Haut und ihr Atem raste; sie hatte einen Schock und der konnte tödlich sein.
»Werft mir einen Schal herunter«, rief Cerinthe den Mädchen zu. »Sylva, Bessor, ich brauche eine Flasche Beintastlersud aus der Kräuterkammer. Sie steht im vierten Regal. Darunter findet ihr Schienen und Verbandsmaterial. Bringt das auch mit – oh, und eine Decke.« Vorsichtig kletterten die Mädchen zum Dachboden hinauf.
Während Cerinthe Elliana mit dem Schal zudeckte, fragte sie sich, wie sie es schaffen sollten, sie über das gefährliche Dach nach oben zu tragen. Sie fuhr sich mit dem Unterarm über die Stirn. Blut war auf ihrem Gesicht, auch auf ihrem Ballettanzug waren rote Spritzer. Sie fühlte sich leicht, als schwebte sie, als wäre sie weit entfernt von dem Unfall und von dem Dach, auf dem sie kniete. Ein seltsames Gefühl der Sicherheit und des Friedens breitete sich in ihr aus. Und immer noch hörte sie den hellen Klang.
Womöglich wusste sie nichts. Womöglich war alles falsch,

was sie tat. Nichtsdestotrotz wusste sie genau, dass sie tun musste, was sie tat. Solange sie konnte, würde sie versuchen das Schwarze Schiff fern zu halten. Sie würde am Leben festhalten, an der Muschelschale, die die Seele zum Licht hielt. Cerinthe blickte wieder auf Elliana. Was konnte sie noch tun?

»Ritoria«, rief sie. »Such ein paar Spinnweben. Hier oben müsste es genug geben.«

»Spinn...weben?«, schluchzte Ritoria.

»Spinnweben. Die helfen die Wunde zu reinigen.«

Cerinthe lagerte das nicht verletzte Bein auf einen Stapel Schieferplatten, wagte aber nicht, das andere zu bewegen. Skeptisch blickte sie auf die Aderpresse. Wie lange durfte sie die Presse anlegen, bevor sie dauerhaften Schaden anrichtete? Ohne Durchblutung starb das Gewebe ab. Noch fühlte sich Ellianas Knöchel aber warm an.

Cerinthe blickte über die Dächer hinweg zum Heilerhügel. Sie konnte nichts mehr tun. Wo blieb Mederi Grace? Warum kam niemand? Sie nahm Ellianas Hand und wünschte sich von ganzem Herzen und mit ganzer Seele: *Bitte lebe, Elliana, lebe.*

Plötzlich hielt sie inne. Cerinthe blickte auf. Zart, ganz zart hörte sie im Wind die Meerjungfrau singen.

✸

Zwei Stunden später in der Kräuterkammer ließ sie sich erschöpft auf einen Stuhl am Tisch der Kräuterkammer fallen, legte die Arme auf den Tisch und bettete ihren Kopf darauf. Elliana lebte – sie hatte überlebt. Mederi Grace und ihre

Helfer hatten sie auf einer Trage durch das unvergitterte Fenster der Kasakol hinabgelassen und in die Kräuterkammer gebracht. Cerinthe hatte zugesehen, wie die Mederi Elliana für den Transport zum Heilerhügel fertig machte. Eine speziell dafür ausgestattete Kutsche wartete auf dem Hof. Anschließend hatte Cerinthe im Badezimmer neben der Kräuterkammer gebadet. Jetzt ruhte ihre Wange weich auf dem Ärmel eines blauen Bademantels. Sie spürte ihr nasses Haar im Nacken.

Cerinthe setzte sich auf und spreizte die Finger, so weit es ging. Obgleich ihre Hände sauber aussahen und sie sich beim Reinigen fast die Nagelhaut aufgescheuert hatte, wurde sie das Gefühl nicht los, Ellianas Blut sei in ihre Haut eingedrungen und würde sich nie mehr entfernen lassen.

Im Nebenraum hustete Tayla. Mederi Grace hatte sie kurz untersucht und Mistress Blythe Anweisungen gegeben, ähnliche Anweisungen, wie sie auch Gwimma erteilt hätte.

Die Tür zum Korridor öffnete sich. Mistress Blythe huschte mit einem Teetablett herein.

»Du siehst besser aus«, befand sie und stellte das Tablett auf dem Tisch ab. »Du warst ein ziemlich abenteuerlicher Anblick, weißt du das?« Sie öffnete ein blau-weißes Gefäß mit Stammbuttenpulver und gab zwei Prisen davon in die Teekanne.

»Für wen ist denn das?«, fragte Cerinthe skeptisch.

»Für dich. Mederi Grace hat es angeordnet.«

»Aber davon schlafe ich zwölf Stunden!«

»Genau so ist es, Liebes.«

»Das geht nicht. Ich habe heute Abend Probe.«

»Nein, hast du nicht. Mistress Krissel hat Daina Odonna mitteilen lassen, was Mederi Grace angeordnet hat.«

»Aber ich war so schlecht«, protestierte Cerinthe. Sie rieb sich die Wade, die noch von den Fouettés schmerzte. »Elliana hat gesagt, ich habe die Rolle nicht mehr.«

»Du hast ihr doch nicht etwa geglaubt? Ich jedenfalls habe davon nichts gehört.«

»Aber wenn ich nicht hingehe, geben sie die Rolle ganz sicher an Maiga.«

»Unsinn«, sagte Mistress Blythe energisch. »Du bist nicht in der Verfassung zu tanzen. Du bist erschöpft und das ist auch kein Wunder.« Sie setzte sich ihr gegenüber an den Tisch. »Ich mag gar nicht daran denken, was passiert wäre, wenn du nicht so geistesgegenwärtig gehandelt hättest. Die Mederi sagte, Elliana wäre sonst verblutet.«

»Ich hatte Angst, etwas falsch zu machen«, sagte Cerinthe.

»Hast du aber nicht. Mederi Grace sagt, du hast die Situation gut eingeschätzt und mit großer Improvisationsgabe und Kreativität gehandelt.«

»Das hat sie gesagt?«, fragte Cerinthe ungläubig und setzte sich aufrecht hin. Mistress Blythe nickte, schenkte ihr Tee ein und reichte ihr die Tasse. Cerinthe nahm einen Schluck. Ihr wurde innerlich warm, nicht nur vom Tee.

»Hat die Mederi auch gesagt«, begann Cerinthe erneut, »ob Elliana je wieder wird tanzen können?«

»Das lässt sich noch nicht sagen. Ihr Bein …« Mistress Blythe seufzte. »Sie wird die bestmögliche Behandlung bekommen, da kannst du dir sicher sein. Ich hoffe nur, dass ihre Eltern sie besuchen werden.«

»Warum nicht?«
»Lady und Lord Nautilus sind leider keine sehr liebenswerten Eltern. Elliana wird ziemlich vernachlässigt.«
»Aber ist sie nicht reich?«
»Das schon. Sie hat alle Annehmlichkeiten und Gouvernanten, die man mit Geld kaufen kann, aber ihre Eltern schenken ihr keine Beachtung.«
Mistress Blythe strich ihren Kragen glatt. »Elliana wuchs im Schatten ihrer älteren Schwestern auf. Das sind die berühmten Nautilus-Schönheiten. Im Gegensatz zu ihr sind sie aber nicht sonderlich intelligent. Aufmerksamkeit bekam Elliana immer nur dann, wenn sie etwas Böses ausheckte – und darin ist sie, wie du weißt, Meisterin.«
Cerinthe nickte.
»Später, als ihr außergewöhnliches Talent entdeckt wurde, machte sie das zu etwas Besonderem. Tanzen gab ihr ihren Platz in der Welt. Ich glaube, sie will Tänzerin werden, weil man sie dann beachtet.«
»Vielleicht«, entgegnete Cerinthe. »Aber Elliana ist eine wahre Tänzerin – tief in ihrem Inneren, meine ich.«
Mistress Blythe blickte sie erschrocken an. »Dann ist Elliana ohne Ballett verloren.«
Verloren … verloren … das Wort schien wie ein Echo durch die Kräuterkammer zu hallen – vom Bücherregal zu den blauweißen Porzellangefäßen, von der Türklinke zu den Fenstern, von einer Waagschale in die andere. Cerinthe senkte ihren Blick und schaute auf den Tisch.
»Mistress Blythe«, sagte sie langsam, »wir hätten niemals auf dem Erker der Kasakol tanzen dürfen.«

»Nein, Liebes, das war sehr dumm.«
»Ich hätte Nein sagen sollen, als sie mich herausgefordert hat. Ich hätte weggehen sollen. Vorher habe ich es meistens geschafft, sie nicht zu beachten.« Cerinthe tippte mit den Fingernägeln an die Teetasse. »Werden wir von der Schule verwiesen?«
Mistress Blythe tätschelte Cerinthes Wange. »Wenn es nach mir ginge, würde ich Nein sagen. Ihr habt beide einen hohen Preis bezahlt. Aber nach mir geht es nicht. Ich hoffe nur, dieses Ereignis macht der lächerlichen Legende über die Kasakol endlich den Garaus. Jetzt trink das aus und leg dich in den Raum neben Taylas, damit ich euch beide im Auge habe.«
Cerinthe trank den letzten Schluck Tee und es dauerte nicht lange, bis ihr die Augen zufielen. Nachdem sie sich hingelegt hatte, durchlebte sie den Unfall in Gedanken noch einmal. Sie versuchte die vollkommene Sicherheit, den Frieden und den durchdringenden Klang, der ihren Körper erfüllt hatte, zurückzuholen – vor allem aber die Freude, die sie empfunden hatte, als die Meerjungfrau sang.
Eine Brise wehte durch das offene Fenster herein. Cerinthe wollte nicht schlafen, sie klammerte sich an das schöne Gefühl, als wolle sie dieselbe Schokolade immer wieder essen. Sie hatte Elliana geholfen und sie war nicht gestorben … geholfen und nicht gestorben … mit großer Improvisationsgabe gehandelt … die Meerjungfrau sang … und sang … und sang!

Auf dem Heilerhügel

Nach dem Unfall wachte Cerinthe jeden Morgen in der freudigen Hoffnung auf, die Meerjungfrau wieder singen zu hören. Ihr Zimmer, die Schule, das Theater – alles schien bunt zu leuchten. Sie tanzte besser, schlief besser, sogar der Austerneintopf schmeckte besser. Als allerdings die Tage vergingen und die Meerjungfrau stumm blieb, schwand die Freude und Cerinthe fühlte sich schlechter als zuvor.

Am achten Tag erlaubte Mistress Krissel Cerinthe, die keine Ruhe gegeben hatte, zum Heilerhügel hinaufzugehen, um Elliana zu besuchen. Da die letzten Vorbereitungen für *Die Prinzessin des Archipels* auf Hochtouren liefen, gab es niemanden, der sie begleiten konnte.

»Bleib auf dem Hauptweg«, warnte Mistress Krissel. »Das ist sicherer. Und sprich mit niemandem. Ich frage mich, warum ich für dich eine Ausnahme mache.« Sie hob den Zeigefinger. »Du hast es nicht verdient, obwohl du Elliana das Leben gerettet hast. Aber jetzt los mit dir. Und in drei Stunden bist du zurück oder ich denke mir eine Strafe aus, die alles Dagewesene übertrifft.«

In ihrem königsblauen Umhang, der sie wie eine Schutzhülle umgab, ging Cerinthe allein durch die Stadt. Die Geschäfte, die vielen Leute und Händler nahm sie kaum wahr, bis ihr Blick auf das riesige Schild im Schaufenster eines Schneiders fiel:

Exquisite Gewänder für
Die Prinzessin des Archipels-*Gala*

Sie presste ihre Nase gegen die kalte Scheibe und spürte, wie sich ihr Magen zusammenzog. Daina Odonna hatte ihr die Rolle der Prinzessin nicht weggenommen. Gestern, bei der Generalprobe, hatte sie das Solo von Anfang bis Ende ohne Unterbrechung durchgetanzt. Morgen Abend würden Hunderte von Menschen ihr dabei zuschauen, wie sie, die ehemalige Minna, vorgab eine Prinzessin zu sein.

»Ist mir doch egal«, sagte sie und stapfte weiter die Straße entlang.

Nach zwanzig Minuten erreichte sie den Fuß des Heilerhügels, wo die Türme, Gebäude und Gärten der Stadt endeten. Alte Eichen ragten in den Himmel. Büsche und Wildblumen wuchsen, wie es ihnen gefiel. Eine Straße wand sich den Hügel hinauf, aber nicht weit davon befand sich noch ein Weg: eine Steintreppe unter einem Baldachin aus roten Kamelien.

Cerinthe zögerte. Sie sollte auf dem Hauptweg bleiben. Sie wählte die Stufen und kletterte, bis selbst ihre trainierten Tänzerinnenbeine schmerzten. Der Hügel war höher und steiler, als man es von der Majestätsbucht aus vermuten konnte. Als sie bereits hoch über der Stadt war, blieb sie stehen, um hinunterzuschauen. Im Norden fegte eine Sturmböe über die Bucht, so dass ein Wolkenschleier über den

Werften hing. Sie fragte sich, was Thordon jetzt wohl tat. Warum hatte er auf ihre Briefe nicht geantwortet?
Sie seufzte und kletterte weiter. Mit der Zeit wurde das Tosen der See immer lauter. *Meerjungfrau,* betete Cerinthe, *wo bist du?* Sonnenlicht fiel auf den weißen Flieder, der die oberen Stufen überwucherte. Endlich hatte sie den Hügel erklommen und die Treppe ging in einen flachen Plattenweg über, der sich zwischen hohen Bäumen hindurchschlängelte. Nach einigen Schritten ließ sie die Bäume hinter sich und stand vor einer grünen Wiese. Ihr gegenüber erhob sich ein dreigeschossiges Gebäude. Cerinthe blinzelte; die Sonne reflektierte hell an den weißen Außenwänden und den Fenstern. Sie musste lachen, als sie an all die schrecklichen Geschichten dachte, die sich die Leute über die Schulen der Mederi erzählten – finstere Orte, an denen dunkle, magische Geheimnisse weitergereicht wurden.
An der Eingangstür empfing sie ein Junge mit einer Verbeugung; sein kurzes Baumwollgewand fiel locker über seine ledernen Hosen. Er schaute auf das Wappen auf ihrem Umhang.
»Ich möchte Elliana Nautilus besuchen«, sagte Cerinthe.
»Sie ist die Patientin von Mederi Grace«, stellte er fest, nachdem er in einer Liste nachgeschaut hatte. »Du musst sie um Erlaubnis fragen. Ich werde dich zu ihr bringen.«
»Danke«, sagte Cerinthe.
»Ich heiße Vruce von Förde.«
»Ich bin Cerinthe Luv von Normost.«
Er hob die Augenbrauen. »Dann bist du diejenige, die …« Er hielt inne.

»Die was …?«
»Wir haben von dir gehört« war alles, was Vruce noch sagte. Cerinthe fragte sich, was er wohl gehört haben mochte.
Vruce ließ sie eintreten und führte sie eine Treppe hinauf. An schlichten weißen Wänden hingen Bilder mit heiteren Motiven. Bänke aus dunklem, poliertem Walnussholz hoben sich von dem weißen Putz ab und das Licht, das durch die großen Fenster fiel, ließ den polierten Eichenboden golden erglänzen und verbreitete ein Gefühl der Helligkeit. Cerinthe hätte sich stundenlang auf eine der Bänke setzen können … einfach nur dasitzen und an nichts denken.
Die Menschen, denen sie auf ihrem Weg zu Mederi Grace begegneten, trugen Baumwollgewänder, kurze wie Vruce oder lange wie das von Mederi Grace. Vielleicht war das Baumwollgewand eine Art Uniform, obwohl es unterschiedliche Schnitte gab. Cerinthe zog die Schultern hoch. Sie fühlte sich unwohl in ihrem noblen Umhang.
»Worin besteht deine Arbeit hier?«, fragte sie Vruce.
»Ich bin im zweiten Lehrjahr. Nächstes Jahr werde ich bei den Patienten assistieren«, sagte er stolz.
Lehrling bei den Mederi! Cerinthe blickte ihn ehrfurchtsvoll an. »Stimmt es, dass Mederi magische Kräfte haben?«, fragte sie. »Bringen sie euch Magie bei?«
»Magische Kräfte?« Vruce schob seine Unterlippe vor. »So nennen es wohl einige. Wir lernen, wie man die Kraft des Geistes zum Heilen einsetzen kann, aber das ist nur ein Teil des Ganzen. Sie bringen uns bei, wie man Krankheiten und Verletzungen diagnostiziert und behandelt, sei es mit Heilkräutern, durch Operation, richtige Ernährung oder Bewe-

gung.« Er redete ohne innezuhalten. »Wir lernen durch Beobachtung, aus Büchern, durch Experimente, durch Sezieren und durch mentale und spirituelle Übungen.«

»Oh«, stieß Cerinthe beeindruckt hervor.

Als sie Mederi Grace in der Bibliothek gefunden hatten, verabschiedete sich Vruce.

»Ich bin froh dich zu sehen«, sagte Mederi Grace lächelnd. Sie saß an einem langen Tisch vor verschiedenen aufgeschlagenen Büchern. »Ich wollte schon mit dir sprechen, als wir uns letztes Mal begegnet sind. Aber da war ich, wie du weißt, ziemlich in Eile.«

Cerinthe blickte sich in dem Raum um. Jedes Regal war mit dicken Büchern gefüllt.

»Sind das alles Bücher über das Heilen?«, fragte sie erstaunt. Sie dachte an *Leighs Buch der Heilkräuter* und was sie allein aus diesem einen Band gelernt hatte. Nicht auszudenken, was sie aus Hunderten lernen könnte!

»Sie beschäftigen sich mit Heilen und Kräuterkunde, Physiologie, Chirurgie, Metaphysik, der Lehre des Geistes und den Geheimnissen der Seele.« Mederi Grace lachte. »Das ist alles.«

»Meine Großmutter Gwimma glaubt nicht daran, dass man aus Büchern lernen kann, wie man heilt.«

»Aha. Ist sie Volksheilerin?«

»Ja.«

»Leider«, sagte Mederi Grace, »misstrauen die Menschen oft dem, was sie nicht verstehen, und fürchten sich davor. Hat sie dir beigebracht, was du bei Elliana angewandt hast?«

Cerinthe nickte.

»Dann bist auch du eine Volksheilerin.«
»Nicht mehr«, sagte Cerinthe und wandte ihren Blick ab. »Ich bin gekommen, um Elliana zu besuchen. Darf sie Besuch empfangen?«
»Ja, aber was das Heilen angeht …«
»Ich habe nicht viel Zeit«, unterbrach Cerinthe sie. »Wissen Sie, morgen ist die Aufführung von *Die Prinzessin des Archipels*. Kann ich Elliana jetzt sehen?«
Überrascht lehnte sich Mederi Grace in ihrem Stuhl zurück. Cerinthe krümmte ihre Finger und bohrte die Nägel in die nicht verbundene Hand.
»Au!«, stöhnte sie auf.
Mederi Grace griff nach Cerinthes Hand, blickte auf die entzündete, offene Wunde und blickte Cerinthe ernst an.
»Das ist nichts«, sagte Cerinthe und zog die Hand weg. Sie ärgerte sich, dass ihre Stimme dabei so dünn klang. »Bitte, ich würde jetzt gern Elliana sehen.«
Mederi Grace beobachtete sie schweigend. »Wie du willst«, sagte sie. Sie verließen die Bibliothek und stiegen eine Treppe hinauf in die nächste Etage, wo etliche Menschen geschäftig hin und her liefen. Einige hatten Baumwollgewänder an. Andere waren der Kleidung nach zu urteilen Bedienstete und trugen Tabletts mit Essen, schleppten Wasserschüsseln oder schoben Wagen in die Krankenzimmer. Niemand trug Schwarz.
An jeder Tür hing eine Liste mit den Namen der jeweiligen Patienten. Mederi Grace blieb an einer Tür stehen, auf der Ellianas Name – nur Ellianas Name – stand.
»Wenn du deinen Besuch beendet hast«, sagte sie, »lass dir von

jemandem den Weg zu meinem Büro zeigen. Ich muss deine Hand behandeln. Und wir müssen uns unterhalten.«
Cerinthe starrte stur auf das verschnörkelte N von Nautilus und nickte, obwohl sie bereits wusste, dass sie der Aufforderung nicht folgen würde. Sie konnte sich denken, was die Mederi mit ihr besprechen wollte.
Mederi Grace klopfte an die Tür, öffnete sie und steckte ihren Kopf hinein. »Besuch für dich, Elliana.«
»Mutter!«, hörte Cerinthe Elliana ausrufen. »Endlich! Warum bist du gestern nicht gekommen? Du hattest es doch versprochen, gleich nach Lady Skyas Brunch!«
Gefolgt von der Mederi betrat Cerinthe einen hellen, luftigen Raum. Elliana drehte sich freudig zu ihr um, runzelte dann aber die Stirn.
»Du!«, sagte sie. »Was willst du denn hier?« Elliana lag im Bett unter einer orangefarbenen Decke, die ihr rotes Haar blass erscheinen ließ. Sie hatte dunkle Ränder unter den Augen. Ihr Bein wurde mit Drähten, Flaschenzügen und Gewichten gehalten. Es war vom Knöchel bis zur Hüfte eingegipst. Ein leerer, blauer Krug stand auf dem Nachttisch. Auf der Tischdecke war ein Wasserfleck neben einem umgedrehten Glas zu sehen, dahinter ein welker Strauß Gewächshausblumen: Lilien, Rosen, Iris.
»Ich wollte dich besuchen«, sagte Cerinthe langsam, von Ellianas Blick entmutigt. »Geht es dir besser?«
»Wie kannst du es wagen, hierher zu kommen?« Elliana zog sich die Decke bis zum Kinn. »Ich erwarte jeden Moment meine Eltern. Wenn sie dich hier sehen, werden sie dich ins Gefängnis werfen lassen.«

Cerinthe erschrak. »Wovon … sprichst du?«
»Davon natürlich, Minna.« Elliana zeigte auf ihr eingegipstes Bein. »Das ist deine Schuld. Du hast mich auf den Erker der Kasakol gelockt. Und dein blödes Band hat alles noch schlimmer gemacht. Ich habe kein Gefühl mehr im Bein. Wie konntest du es wagen, mich mit deinen großen, dreckigen Händen überhaupt anzufassen?«
Cerinthe wich zurück.
Elliana schlug auf das Bett. »Wie konntest du es wagen?«
»Elliana!«, mahnte Mederi Grace.
Mit vor Wut funkelnden Augen beugte sich Elliana zu Cerinthe herüber. »Du hast mich zum Krüppel gemacht!«
Cerinthe hielt sich die Hand vor den Mund. Nein! Das konnte nicht wahr sein! In Nemarees Namen, lass es nicht wahr sein!
»Du hast mich zum Krüppel gemacht, weil du neidisch warst«, rief Elliana. »Du wusstest, dass du nie so gut tanzen würdest wie ich. Du wolltest mich zerstören, damit ich nie wieder tanzen kann.« Sie griff nach der Vase und schleuderte sie durchs Zimmer. Cerinthe duckte sich. »Du und die verfluchte Kasakol!« Die Vase schlug gegen die Wand und zersprang. »Und das, nachdem ich so lange an sie geglaubt habe!«
»Hör sofort auf!« Mederi Grace eilte zu Elliana. »Du zerstörst alles, was wir für dich getan haben!«
»Aber ich werde es euch zeigen!«, schrie Elliana mit verzerrtem Gesicht. »Ich werde es euch allen zeigen! Ich werde es nicht zulassen, dass sie es abnehmen! Ich werde wieder tanzen! Und jetzt geh weg! Sie soll mein Zimmer sofort verlassen!«

Die Kunst des Heilens

Cerinthe rannte aus Ellianas Zimmer, den Gang entlang und die Stufen hinunter – Lilienblätter und Irisknospen flogen von ihrem Umhang. Zwei Stockwerke tiefer stürzte sie durch eine Tür ins Freie, überquerte den Rasen und lief den Weg zurück, bis sie die hohen Tannen erreicht hatte. Im Schutz der vom Wind gebeugten Bäume blieb sie stehen.

Elliana ein Krüppel! Mit amputiertem Bein! Die hohen Tannen schienen sich bedrohlich schwankend über Cerinthe zusammenzuschließen, als würden sie im nächsten Moment auf sie niederstürzen.

Was hatte sie dieses Mal falsch gemacht? Hatte sie die Aderpresse zu lange angelegt? Hatte sie den Bruch vernachlässigt? Ohnmächtig hatte sie auf dem Erker der Kasakol verharrt, weil sie Angst gehabt hatte, dass eben so etwas geschehen könnte. Und es war geschehen. Es war wie bei ihrer Mutter ... Sie hatte sich als Heilerin betätigt und wieder endete es in einer Katastrophe.

»Mama!«, weinte sie. »Ich hätte es nicht tun sollen! Ich hätte es nicht tun sollen!«

Bilder schossen ihr durch den Kopf. Sie sah ihre Mutter bis zu den Knien in der Brandung waten und mit einem schnellen Schwung einen Krebs im Netz fangen. Sie sah Elliana den Meerjungfrauentanz so wunderschön tanzen, als wäre sie selbst die Meerjungfrau. Dann sah Cerinthe sich selbst, wie sie am Bett ihrer Mutter das Messer hob, wie sie das Band um Ellianas blutigen Schenkel festzog. Die eine war tot. Die andere würde nie wieder tanzen können. Was blieb Elliana noch, was würde aus ihr werden – ohne Ballett?

»Ich hätte zulassen sollen, dass das Schwarze Schiff sie mitnimmt!« Cerinthe verbarg das Gesicht in ihrem Umhang und schluchzte.

Hatte Elliana Recht? War es so weit gekommen, weil sie neidisch war? Es stimmte ja, Cerinthe war wütend und neidisch gewesen wegen des gestohlenen Tanzes und der Erpressung. Sie hatte sich geärgert, dass die Göttin Elliana zu bevorzugen schien, darüber, was mit Tayla geschehen war … und über so viele Dinge mehr. Aber sie hatte niemals, nie, gewollt, dass Elliana zum Krüppel wurde. Sie hatte helfen wollen. Oder etwa nicht? War sie so voller Hass gewesen, dass …

Hinter ihr waren Schritte zu hören.

»Es tut mir Leid«, sagte Mederi Grace. »Ich war mir dessen nicht bewusst.«

Cerinthe schluchzte stärker und wandte sich ab.

»Du musst verstehen«, fuhr die Mederi fort, »Elliana befindet sich in einem Schockzustand.«

Cerinthe fuhr herum. »Aber es ist wieder passiert!«, weinte sie. »Sehen Sie das nicht? Es ist genau wie damals. Sie hat gesagt, Sie müssten ihr … das Bein abnehmen!«

Die Mederi legte ihre Hände auf Cerinthes Schultern. »Nein, das stimmt nicht.«

»Aber sie hat kein Gefühl in ihrem Bein und …«

»Bitte! Komm erst einmal zur Ruhe.«
Cerinthe holte tief Luft. Sie schauderte.
»So ist es schon besser.« Mederi Grace ließ sie los. »Wenn du dich beruhigt hast, erkläre ich dir Ellianas Zustand.«
Cerinthe nickte.
»Zunächst einmal übertreibt Elliana, weil sie deprimiert ist. Für sie erscheint alles hoffnungslos; das ist in diesem Stadium der Genesung ganz normal. Sie spürt sehr wohl etwas und man kann ganz deutlich den Puls in ihrem Bein fühlen. Die Wunde in ihrem Oberschenkel hat das Gewebe stark beschädigt, aber es wird heilen. Sie wird keines ihrer Beine verlieren und sie wird wieder gehen können – alles Dank deiner Fähigkeiten und weil du so schnell reagiert hast.«
»Aber Gehen reicht nicht«, sagte Cerinthe und wischte sich die Tränen aus den Augen. »Für Elliana nicht. Wird sie wieder tanzen können?«
Mederi Grace zögerte. »Das Richten des Knochens und die Operation sind gut verlaufen«, sagte sie schließlich. »Nach einer Weile und unter Einsatz aller Heilkünste, die wir kennen, wird Elliana vielleicht wieder tanzen können. Aber versprechen kann man es nicht.« Sie fasste in ihre Tasche und reichte Cerinthe ein Taschentuch. »Eine Menge hängt von ihr selbst ab.«
»Aber der Unfall wird sie weit zurückwerfen.«
»Ja, aber genau deshalb meint Daina Odonna, er sei in gewisser Hinsicht auch ein Segen.«
»Ein Segen?«, rief Cerinthe entsetzt. »Warum denn das?«
»Die Daina sagte, dass Elliana zwar überdurchschnittlich talentiert sei, aber selten an sich gearbeitet und hart trainiert

habe. Deshalb entwickele sie sich nicht weiter.« Mederi Grace wob ihre Finger in ihren Zopf. »Wer die Geschenke der Göttin nicht in Ehren hält, verliert sie meist. Um ihre Verletzungen zu überwinden, wird Elliana so hart arbeiten müssen wie nie zuvor. Dieser Wutanfall könnte das erste Anzeichen einer neuen Motivation dazu sein.«

»Wenn sie arbeiten würde«, sagte Cerinthe, »könnte Elliana … ihr Bild würde eines Tages in der Galerie der Meister hängen.«

»Ja.«

Ein Windstoß wehte den Geruch von Minze heran. Cerinthe blickte sich um. Ihre stürmische Flucht hatte sie in die Nähe eines Gartens geführt. Pflanzen wuchsen in langen, erhöhten Beeten.

»Der Kräutergarten?«, fragte sie.

Mederi Grace nickte. »Bei uns wachsen alle Heilkräuter, die wir anbauen können. Aber wir säen auch Blumen – für die Patienten.« Sie zupfte ein wenig Unkraut aus einem Heifabeet. »Wenn du willst, führe ich dich herum.«

Cerinthe folgte ihr auf einem gepflasterten Weg, der halb vom Moos überdeckt war. Hellrote und goldene Mohnblumen schwankten im Wind. Der Geruch von Lavendel, Klee und ein Hauch von Hitzkraut – beißend und süß – hing in der Luft. Cerinthe erkannte alte Freunde – Ysop, Zitronenmelisse und Schafgarbe sowie andere Pflanzen, über die sie in dem *Heilkräuterbuch* gelesen hatte. Sie alle schienen bestens zu gedeihen.

Am Ende des Gartens wuchs ein junges Bäumchen aus dem Stumpf einer Zeder, der so breit war wie ein Brunnen. Mederi Grace blieb neben ihm stehen und zeigte Cerinthe einen schmalen Weg, der sich weiter den Hügel hinaufschlängelte.

»Von ganz oben hat man einen unvergleichlichen Blick aufs Meer«, sagte sie. »Es ist einer der höchsten Punkte auf der Insel.«

Cerinthe fühlte sich müde und setzte sich auf den Baumstumpf. Sie konnte jeden einzelnen Ring im Holz erkennen, all die Lebensjahre des Baumes, bis er der Axt zum Opfer gefallen war. Der kleine, dunkle Knoten in der Mitte erinnerte sie an den Schmerz, der sich in ihrer Brust festgesetzt hatte.

»Du sagtest, so etwas sei schon einmal geschehen«, begann Mederi Grace wieder. »Und ich erinnere mich, wie erschrocken du warst, als ich das Glühwurzelgefäß geöffnet habe. Schon da habe ich geahnt, dass du eine Volksheilerin bist. Nur Heiler benutzen Glühwurzel, und das auch nur als letzte Möglichkeit.«

Cerinthe riss ein Blatt mit fünf spitzen Dornen von einem Busch. Als sie es zwischen den Fingern rieb, roch es stark nach Apfel. Wie hieß das Gewächs? Wozu verwendete man es? Wofür existierte es? Und wofür existierte sie?

»Das ist Pommula«, sagte Mederi Grace und nach kurzer Pause fragte sie: »Erzählst du mir, was geschehen ist?«

Cerinthe sah zur Mederi auf und blickte ihr direkt in die Augen; darin waren goldbraune Flecken zu sehen, die die gleiche Farbe wie ihre Haut hatten. Der Zopf, der ihr über die Schulter hing, war so dick wie ein Seil, ein Kletterseil, dem man sein Leben anvertrauen konnte.

»Ich fand ein Stück Metall am Strand …«, begann Cerinthe. Sie erzählte die ganze Geschichte, nur die Meerjungfrau und das Schwarze Schiff ließ sie aus. Während sie sprach, wurde der Schmerz in ihr stechender.

»Vielleicht hat die Glühwurzel sie getötet«, sagte Mederi Grace, als Cerinthe geendet hatte. »Aber wie du die Symptome beschreibst, glaube ich, deine Mutter wäre auch sonst gestorben. Du musstest alles versuchen – alles, was du wusstest, dachtest oder träumtest. Du hattest nichts zu verlieren. Ich finde, du hast unglaublich viel Mut bewiesen.«

»Aber wenn ich gewusst hätte, womit ich sie heilen kann …«

»Manchmal gibt es nichts.« Mederi Grace stand ruhig da und beobachtete die weißen Wolken, die über den Himmel zogen. »Du musst wissen, Mederi heilen, indem sie in sich hineinhorchen und jeden Teil von sich einsetzen: ihr Wissen, ihre Erfahrung, ihre Kenntnisse über einen bestimmten Patienten. Sie arbeiten mit Leidenschaft und Kreativität, aber insbesondere mit der Verbindung zum Göttlichen. Um jemanden zu heilen, kombinieren Mederi all diese Elemente auf schöpferische Weise. Deshalb ist Heilen sowohl eine Kunst als auch eine Wissenschaft.«

Mederi Grace lächelte und die Heiterkeit, die sie ausstrahlte, schien nicht nur Cerinthe zu gelten, sondern auch dem Garten, dem Hügel, der Insel – sogar dem Himmel.

»Du hast viele dieser Qualitäten bewiesen, Cerinthe«, sagte sie. »So eindeutig bewiesen, dass ich dich auf den Heilerhügel einladen möchte, um die Ausbildung zur Mederi zu machen.«

»Mich?«, rief Cerinthe aus. »Ich, eine Mederi?« Ihr wurde

warm ums Herz, als hätte sie ihr ganzes Leben auf diese Worte gewartet. Aber sofort ließ die Wärme nach und verschwand schließlich. Sie schlug ihren Fuß gegen den Baumstumpf. »Aber ich bin weder kreativ noch leidenschaftlich, hat Daina Odonna gesagt. Sie meint, ich hätte keine Seele.«

Mederi Graces Gesichtsausdruck wurde ernst. »Wann hat sie das gesagt?«

»Bei einer Probe.«

Mit zusammengepressten Lippen wandte die Mederi sich ab. Ihr Baumwollgewand flatterte kurz auf und fiel dann wieder in weichen, wellenförmigen Falten herab.

Cerinthe ließ das Pommulablatt fallen. Jetzt würde Mederi Grace sie nicht mehr haben wollen. Sie wusste nicht, ob sie erleichtert oder enttäuscht sein sollte.

»Da bin ich anderer Meinung.« Die Mederi drehte sich wieder um und blickte sie mit zornig funkelnden Augen an. »Nur die Göttin kennt die Seele anderer. Du hast Leidenschaft, Cerinthe. Du bist kreativ. Und was du für Elliana – und für deine Mutter – getan hast, beweist, dass du über beachtliche Fähigkeiten verfügst, was die Kunst des Heilens angeht.«

Cerinthe schüttelte den Kopf. »Selbst mit all dem, was ich von Gwimma gelernt habe, ist es mir nicht gelungen, Mama zu retten.« Sie hielt inne. »*Leighs Buch der Heilkräuter* nach zu urteilen weiß Gwimma allerdings nicht sehr viel. Wenn ich Mederi gewesen wäre, hätte ich Mama dann retten können?«

Mederi Grace streckte die Hände aus. »Das kann man nicht mit Sicherheit sagen. Auch eine Mederi hätte sie womöglich verloren.«

Hätte sie verloren … verloren. Cerinthe presste die Hand auf ihr Herz.

»Tut es in deiner Brust weh?«, fragte Mederi Grace.

»Ja. Manchmal ist da so ein stechender Schmerz.«

»Wann hat es angefangen?«

»Seit ich auf Faranor bin.«

Mederi Grace sah sie durchdringend an. »Hast du Husten? Geschwollene Knöchel? Atemnot?«

»Nein, nichts.«

»Gut. Wenn der Schmerz sprechen könnte, was würde er sagen?«

Cerinthe schloss die Augen. Irgendwo im Garten krächzte höhnisch scheltend eine Krähe.

»Ich habe das Schwarze Schiff gesehen«, flüsterte sie, »das gekommen war, um Mama zu holen. Und ich war daran schuld. Was ich auch tat, ich konnte es nicht aufhalten. Ich möchte, dass es nie meinetwegen für jemanden kommt. Ich möchte es nie wieder sehen – bis es für mich kommt.«

Es herrschte Stille.

»Jetzt verstehe ich«, sagte die Mederi sanft.

Ein heftiger Windstoß fegte über den Felsen hinweg und bog die Äste der Tannen, aber wie schon seit Hunderten von Jahren hielten die Bäume stand. Der Wind ließ das Gewand der Mederi nach hinten flattern und ihr Körper sah aus wie eine lange, weiße Flamme.

»Der Tod ist stark«, sagte sie. »Auch ich habe das Schwarze Schiff gesehen. Aber ich glaube, dass das Schiff nur schwarz ist, weil unsere Augen zu schwach sind, um zu erkennen, was es wirklich ist. Warum würde Nemaree sonst silberne Delfine neben ihm her schwimmen lassen?«

»Sie verlieren Patienten?«, fragte Cerinthe und wischte die Tränen ab.

»Das passiert jeder Mederi. Aber unsere Misserfolge sind nicht so entscheidend wie unser Wille und der Versuch zu helfen. Mehr noch als Leidenschaft, Kreativität oder Fähigkeit ist der Drang zu helfen die wichtigste Eigenschaft eines Heilers. Und dieser Drang hat viel mit Liebe zu tun.«

»Aber ich habe Dobbie mit seinem verbrannten Finger nicht geholfen«, sagte Cerinthe, »oder Sileree mit ihren Halsschmerzen. Und Tayla, als sie eine so schlimme Lungenentzündung hatte … ich habe ihr nicht geholfen.«

»Ich bin mir sicher, dass du es wolltest«, sagte Mederi Grace, »aber du hattest Angst, ihnen Schaden zuzufügen und das Schwarze Schiff herbeizurufen. Doch auf dem Erker der Kasakol, als es am wichtigsten war, hast du deine Angst überwunden und alles getan, was in deiner Macht stand, um Elliana zu helfen. Wenn du auf den Heilerhügel kommst, werden wir dir helfen Visionen wie das Schwarze Schiff zu verstehen, so dass sie dich stützen und nicht überwältigen. Solche Visionen haben Menschen, die das Potenzial zur Mederi besitzen. Du wirst lernen, wie du den Weg zu der Kraft in dir finden kannst. Das ist die ›Magie‹, die so viele Leute fürchten.«

Cerinthe gab der Mederi das Taschentuch zurück.

»Deine Geschichte beeindruckt mich sehr«, sagte Mederi Grace, »genauso wie alles, was du allein an deiner Mutter

und an Elliana vollbracht hast. Die Göttin hat dir ein ganz besonderes Geschenk gegeben.«
Ein Geschenk? Cerinthe fühlte sich beschwingt. Mederi? Sie? Der Gedanke ließ sie nicht los.
»Aber ich habe immer davon geträumt, Tänzerin zu werden«, sagte sie schließlich. »Heilen war etwas, was ich getan habe wie essen, trinken und schlafen.«
»Es ist eine schwierige Entscheidung«, sagte Mederi Grace. »Denk in Ruhe darüber nach. Was bist du ganz tief in deinem Herzen? Wobei empfindest du am meisten Freude? Und wenn du diese Freude empfindest, was spricht dann zu dir oder durch dich?«
Cerinthe dachte an die Stimme der Meerjungfrau und die hellen, geheimnisvollen Glocken, die sie auf dem Erker der Kasakol gehört hatte. Sie dachte ans Tanzen, an *Die Prinzessin des Archipels* und an ihre Mutter, die sie gedrängt hatte eine große Künstlerin zu werden. Sie fuhr mit der Hand über die unebene Rinde des Baumstumpfes. Sie hatte ihre Entscheidung bereits getroffen. Oder?

Die Aufführung

Am nächsten Abend um acht Uhr hob sich der Vorhang für die lang erwartete Aufführung von *Die Prinzessin des Archipels.* Oben in der vergoldeten Loge saß Prinzessin Zandora höchstpersönlich zwischen Königin und König Meergeboren. Das Theater war bis auf den letzten Platz gefüllt.

Cerinthe stand am seitlichen Bühnenaufgang und wartete auf das Ende der prachtvollen Namensgebungsszene. Ihr Magen rebellierte wie ein Heilbutt im Rumpf eines Bootes. Das rosafarbene Seidenkostüm raschelte, als sie ihre Schuhspitze in die Harzkiste bohrte. Wie weich sich die Seide anfühlte, wie anders als der raue Baumwollstoff der Gewänder der Mederi. Bevor sie den Heilerhügel verlassen musste, hatte Cerinthe gefragt, warum die Mederi diese Baumwollgewänder trugen.

»Sie sind leicht zu waschen«, hatte Mederi Grace geantwortet. »Und weil wir uns selbst als Diener unserer Kunst betrachten, kleiden wir uns einfach.«

Die Musik wechselte. Cerinthe atmete tief und nahm ihre Anfangsposition ein.

Sileree, die eine größere Version von Cerinthes rosafarbenem Kostüm trug, stand auf der anderen Seite der Bühne zwischen den Vorhängen. Zwei Näherinnen zupften hektisch an ihrem Oberteil. Sie war dünner geworden. Als sie bemerkte, dass Cerinthe sie ansah, nickte sie, aber ihr Gesicht wirkte traurig.

Cerinthe musste plötzlich an Elliana denken, die traurig und verzweifelt – oder fluchend – auf dem Heilerhügel lag. Sie hatte nicht nur die Rolle der Prinzessin nicht bekommen, die sie unbedingt hatte haben wollen, sie hatte auch den Part im Hofstaat im zweiten Akt verloren. Nur wenige Wochen zuvor wäre Cerinthe darüber erfreut gewesen, aber jetzt tat es ihr Leid. Juna hatte Recht: Elliana wäre die perfekte Prinzessin gewesen.

Cerinthe hob das Kinn. Das war die Lösung! Beim Tanzen würde sie einfach so tun, als wäre sie Elliana. Cerinthe hatte nie etwas mit einer richtigen Prinzessin zu tun gehabt, aber sie kannte »Ihre Hoheit« Elliana Nautilus. Sie lächelte. Warum war ihr das nicht eher eingefallen? Sie würde tanzen, als wäre sie das vornehmste, außergewöhnlichste Mädchen im ganzen Königreich.

Ihre Musik setzte ein. Die Violen spielten eine heitere Weise, die Flöten tirilierten und die Harfen säuselten die alberne Melodie. Cerinthe hielt ihren Rock an den Seiten hoch und betrat stolz die Bühne. Sie tanzte wie eine Prinzessin, wie eine ziemlich verwöhnte, arrogante Prinzessin. Als sie ihr Solo mit Schwindel erregenden Piqué-Drehungen beendet hatte und wieder hinter den Kulissen war, wurde sie von Daina Lizabrina umarmt.

»Wundervoll!«, rief die Daina. Cerinthe wurde rot und lief davon, um sich ihr Rosenkostüm für den Hofstaat im nächsten Akt anzuziehen.

Mit dem Fest zum sechzehnten Geburtstag von Prinzessin

Zandora im vierten Akt endete die Vorführung. Der blaue Samtvorhang fiel. Applaus schallte durch das Theater und der Vorhang öffnete sich wieder. Lakaien begannen die Kerzen in den Leuchtern an den Wänden zu entzünden. Alle Mitwirkenden hatten sich auf der Bühne versammelt, die Solotänzer vorn. Sie verbeugten sich gemeinsam. Dann traten Daina Carroll und die Solotänzer der Reihe nach vor. Als Letzte fassten sich Sileree und Cerinthe – wieder im Prinzessinnenkostüm – an den Händen und liefen an den vorderen Rand der Bühne.

Hunderte von Menschen sprangen auf. Sie klatschten. Sie jubelten: »Vox! Luv! Vox! Luv!« Die königliche Familie mit ihren glitzernden Kronen und funkelnden Juwelen winkte. Cerinthe machte einen Knicks nach dem anderen. Sturm und Donner, dachte sie, das Publikum fand mich gut! Mich, Cerinthe Luv von Normost, ein Mädchen aus einfachen Verhältnissen! Wenn ihre Mutter sie doch jetzt sehen könnte. Ein Butler des Königshauses überreichte jedem Mädchen einen Strauß rosafarbene Gewächshausrosen.

Noch im Kostüm nahmen beide Mädchen später am Empfang der Prinzessin Zandora im riesigen Ballsaal über dem Theater teil. Ihre Hoheit hatte darum gebeten, dass sie ihr vorgestellt würden. Cerinthe war von den prachtvollen Kleidern um sie herum ganz benommen – roter Satin, weißer Samt und mit Gold bestickte Seide, glänzender Parkettboden und Kristalllüster, an denen mehr Kerzen zu brennen schienen, als es Sterne gab. Sie hielt Silerees Hand wie ein kleines Kind.

»Sileree, Liebes!«, rief Daina Odonna und kam mit Daine

Rexall auf sie zu. »Du warst reizend! Wunderbar!« Sie hauchte einen Kuss von ihren Fingerspitzen. »Ich bin begeistert.« Sie drehte ein langstieliges Glas zwischen den Fingern. Der rote Wein glänzte vor ihrem schwarzen Samtkleid. Um den Hals trug sie ein mit Diamanten besetztes Collier. »Was für eine Bereicherung wird Sileree im nächsten Herbst für das Ensemble sein«, sagte sie und wandte sich dem Daine zu. »Meinen Sie nicht, Rexall?«

»Oh doch. Eine ganz besondere Bereicherung. Keine Frage.«

Sileree nickte höflich. Ihre Wangenknochen stachen hervor, ihr Gesicht wirkte ausgemergelt. Sie schien erschöpfter als sonst, aber die Daina war zu sehr mit ihrem Geschwätz beschäftigt, um dies zu bemerken.

Sie wandte sich Cerinthe zu. »Nun, Cerinthe Luv, die harte Arbeit hat sich doch gelohnt, oder? Du warst heute Abend die perfekte kleine Prinzessin. Du hast genau so getanzt, wie ich es mir vorgestellt habe. Aus dir werde ich noch so eine Künstlerin wie Sileree machen.«

Sileree zuckte zusammen und ließ Cerinthes Hand los.

»Vielen Dank, Daina«, sagte Cerinthe. Auch sie nickte höflich, aber hinter dem Rücken ballte sie die Hände zu Fäusten. Hatte sie jetzt eine Seele? War sie doch leidenschaftlich und kreativ? War das Daina Odonnas Verdienst? Die Daina wusste nichts über sie, ganz anders als Mederi Grace.

Ein königlicher Butler kam auf sie zu. Er verbeugte sich und die winzigen blauen Pompons am Saum seiner Jacke begannen zu baumeln.

»Ihre königliche Hoheit ist jetzt bereit Sie zu empfangen«, sagte er.

Cerinthe und Sileree tauschten einen kurzen Blick und folgten ihm. Die Daina und der Daine schlossen sich an. Sie gingen unter der Galerie hindurch, auf der die Musiker spielten, vorbei an einem langen Tisch, der mit Silber, Kristall und feinem, goldgerändertem Porzellan gedeckt war und aussah, als würde er bereits unter dem Gewicht einer einzigen Weintraube zerbrechen. Cerinthe konnte noch immer nicht fassen, dass sie an einen solchen Ort als Ehrengast geladen war. Das war genau das Leben, das ihre Mutter für sie erträumt hatte.

Sie durchquerten den riesigen Ballsaal und der Butler bat eine Gruppe festlich gekleideter Menschen zur Seite zu treten. Auf einem Podium saß die königliche Familie in goldenen Sesseln, die mit blauem Samt bezogen waren. Die Königin flüsterte dem König hinter ihrem handbemalten Fächer etwas zu. Prinzessin Zandora beugte sich vor und lächelte die Mädchen an.

Der Butler sagte: »Eure Majestät, Eure königliche Hoheit. Darf ich Euch Sileree Vox von Umbrea und Cerinthe Luv von Normost vorstellen?«

Cerinthe versuchte nicht zu zittern, als sie neben Sileree vortrat und einen tiefen Knicks machte. Der König und die Königin deuteten ein Nicken an. Prinzessin Zandora erhob sich und stieg vom Podium. Weiße Spitze umsäumte ihr türkisfarbenes Kleid wie Schaum auf einer blauen Welle. Ihren Schleier zog sie hinter sich her.

»Ich möchte euch beiden danken, dass ihr so schön getanzt habt«, sagte sie. »Ihr habt mir damit ein wundervolles Geburtstagsgeschenk gemacht. Ich habe auch ein kleines Geschenk für jede von euch beiden – damit ihr euch immer an diesen Abend erinnert und daran, wie sehr ich euch dafür danke.«

Cerinthe sah sie überrascht an; die Prinzessin schien überhaupt nicht arrogant zu sein. Sie war nicht so schön wie Elliana, aber die hohen Wangenknochen und die grünen Augen zeugten von der Zugehörigkeit zum Adel von Faranor. Wie Cerinthe und Sileree hatte sie dunkelblondes Haar. Sie trug eine orangefarbene Korallenkette, auf ihrer Nase saß eine goldgeränderte Brille. Cerinthe beschlich das Gefühl, dass Daine Rexalls Interpretation der Prinzessin ziemlich falsch war. Anstatt durch die prachtvollen Gänge des Palastes zu tanzen hatte sie sich als Kind wahrscheinlich mit einem Buch in eine gemütliche Ecke verkrochen.

Vor der Prinzessin kniete ein Page, der ein blaues Kissen mit goldenen Quasten hielt. Zwei schwarze Samtschachteln lagen darauf, in denen jeweils ein Paar Diamantohrringe glitzerte.

»Nehmt dies als kleines Zeichen meiner Hochachtung«, sagte Prinzessin Zandora. Als sich keine der beiden Mädchen rührte, nahm die Prinzessin die Schachteln und gab jeder eine.

»Vielen Dank, Eure Hoheit«, sagte Sileree.

»Ja, vielen Dank, Eure Hoheit«, schloss sich Cerinthe halb flüsternd an.

»Ich habe euch zu danken«, sagte die Prinzessin. Dann grinste sie. »Ich muss gestehen, dass ich nie so graziös gewesen bin wie ihr. Gibt es noch irgendetwas, was ich für euch tun kann, um meine Dankbarkeit zum Ausdruck zu bringen?«

»Nein, Eure Hoheit«, antwortete Sileree. »Vielen Dank.«

Cerinthe schwieg. Sie hatte plötzlich eine verrückte Idee.
Die Prinzessin lächelte sie an. »Und du, Cerinthe Luv von Normost, wünschst du dir etwas?«
Cerinthe zögerte, doch dann sprudelten die Worte aus ihr heraus. »Ja, Eure Hoheit, es gibt da etwas.«
Erstaunt sah Sileree sie an. Einige Umstehende hüstelten verlegen. Ein grauhaariger Mann, der neben dem König stand, fingerte an einem Orden auf seiner Brust und murmelte etwas vor sich hin. Die Königin ließ ihren Fächer sinken. Lediglich Prinzessin Zandora schien nicht überrascht.
»Ich habe dich gefragt, weil ich es wirklich ernst meine«, sagte sie. »Und es ist womöglich etwas, was sehr wichtig für dich ist?«
Cerinthe nickte.
»Dann gib mir die Ehre und sag, worum es sich handelt.«
Cerinthe atmete tief durch. »Manchmal werden Schüler oder Bedienstete der königlichen Schule krank oder sie verletzen sich. Aber es gibt dort niemanden mit angemessener Ausbildung, der ihnen sofort helfen könnte. Diese Ohrringe sind wunderschön, aber …« Sie hielt der Prinzessin die Schachtel hin. »Bitte, würden Sie sie verkaufen und mit dem Geld eine Mederi oder einen Heiler für uns einstellen? Das würde ich mir wünschen.«
Alle um sie herum schwiegen betreten. Die Pagen, Höflinge und sogar der Butler rangen nach Luft. Als Prinzessin Zandora sich zur Königin umdrehte, schlug Cerinthes Herz wie wild.
Die Königin sagte: »Bitte, tritt näher, Cerinthe Luv von Normost.«

Voller Angst trat Cerinthe vor Königin Endorian Dorthea Mistral des königlichen Hauses Meergeboren, Königin von ganz Windward, und ging vor ihr auf die Knie.

»Du kannst dich erheben.« Die Königin trug unzählige Perlenketten. Sie begannen direkt unter ihrem Kinn und fielen von dort in verschiedenen Längen über ihre Brust; die längste reichte bis in ihren Schoß. Sie nahm eine der Ketten zwischen ihre Finger; man hörte das Klicken der Perlen.

»Stimmt es, was du sagst?«, fragte die Königin. »Die königliche Ballettschule unter unserer Schirmherrschaft …«, sie blickte zu einem der neben ihr stehenden Minister hinüber und klickte wieder mit den Perlen, »… hat weder einen Heiler noch eine Mederi?«

»Ja, Eure Majestät.« Cerinthes Stimme war nurmehr ein Piepsen.

»Das haben wir nicht gewusst. Wir sind dir außerordentlich dankbar, dass du uns darauf aufmerksam gemacht hast.« Die Königin nickte Prinzessin Zandora zu.

Die Prinzessin drehte sich wieder zu Cerinthe um. »Wir wissen dein großzügiges Angebot, die Ohrringe für deine Mitschüler einzusetzen, zu schätzen, aber es ist nicht nötig. Bitte behalte sie, um dich an mich und diesen Geburtstag zu erinnern, der nicht zuletzt durch deinen Beitrag zu so einem schönen Fest geworden ist.«

Cerinthe stammelte ein Dankeschön, machte noch einen Knicks und ging dann ein paar Schritte rückwärts, bevor sie sich umdrehte. Sileree und sie waren bereits wieder in der Mitte des Ballsaals, als Daina Odonna über sie herfiel.

»Cerinthe Luv!«, fauchte sie. Ihre schwarzen Augen funkelten vor Wut. »Wie kannst du es wagen, mich dermaßen in Verlegenheit zu bringen! Und was noch schlimmer ist, du hast Ihre Majestät beleidigt! Alles hast du der Königin zu verdanken bis hin zu den Kleidern, die du am Leibe hast! Wir sprechen uns noch.« Sie stolzierte davon.

»Es ist mir egal, was Sie denken«, rief Cerinthe ihr nach. »Wichtiger ist, dass die Schule einen Heiler oder eine Heilerin bekommt.« Erschrocken über ihren eigenen Mut blickte sie zu Sileree auf und sah, dass sie lächelte. Es war das erste Mal seit Wochen, dass Cerinthe sie woanders als auf der Bühne lächeln sah.

»Du hast mehr Mut als ein Matrose im Ausguck hoch oben am Mast während eines Sturms«, sagte Sileree. »Das ist gut.« Sie berührte einen der Ohrringe in der schwarzen Schachtel. Acht rautenförmige Diamanten bildeten Blütenblätter um einen weiteren Diamanten. Cerinthe hätte sich niemals träumen lassen so etwas Kostbares zu besitzen. Wie sehr sich ihre Mutter darüber gefreut hätte.

»Ich habe nicht mit einem Geschenk gerechnet«, sagte Sileree. »Die sind ein bisschen was wert. Aber nicht genug, um …« Sie ließ die Schachtel zuschnappen. Ihr Gesicht wirkte wieder traurig und ausdruckslos.

Als Cerinthe in die Schule zurückkam, eilte sie in die Kräuterkammer, um Tayla die Ohrringe zu zeigen und ihr von der Aufführung zu erzählen. Aber Tayla schlief.

Cerinthe ging zu Bett. Die ganze Nacht standen die Rosen neben den Ohrringen auf ihrem Nachttisch, wo einst die Möwe ihren Platz gehabt hatte. Sie verströmten einen schweren, berauschenden Duft. In Cerinthes Träumen verfingen sich weiße Baumwolle und rosafarbene Seide ineinander. Weiße Blütenblätter flogen auf und trieben über das Meer, hin zu den schwarzen Segeln in der Ferne.

Kursänderung

Mederi Rayden begann seine Arbeit in der Kräuterkammer der Schule schon am nächsten Tag. Nachdem er Tayla untersucht hatte, befand er sie für kräftig genug zu reisen und schickte sie zur Erholung aufs Land. Sie würde nie wieder in einer Waschküche arbeiten dürfen, weil ihre Lungen zu schwach waren. Als er von Cerinthe hörte, wie die Minnas lebten, fiel dem Mederi vor Schreck eine Schere aus der Hand und landete klirrend auf dem Boden.

»Derartige Zustände in der heutigen Zeit?«, fragte er und sein rundes, weiches Gesicht zog sich zusammen wie eine Rosine, »in einer königlichen Einrichtung? Das möchte ich sehen.«

Cerinthe führte ihn in den Keller und er stöhnte laut auf, als er die schniefenden Mädchen über den kalten, nassen Boden waten sah. Zum Ärger von Mistress Odue und Mistress Dalyrimple und zur Freude von Mistress Blythe ordnete er viele Veränderungen an.

Jetzt, da Tayla in Sicherheit war und *Die Prinzessin des Archipels* hinter ihr lag, holten die Geschehnisse der vergangenen Wochen Cerinthe mit aller Macht ein. Nacht für Nacht lag sie wach und dachte über die Entscheidung nach, die sie treffen musste: Ballett oder Heilkunst? Daina oder Mederi? Obwohl sie wütend auf die Meerjungfrau war, bat sie sie um Hilfe. Aber die Meerjungfrau schwieg.

»Cerinthe, Konzentration!«, rief Daine Miekel mehrere Male während des Unterrichts. »Ist dir die Rolle der Prinzessin zu Kopf gestiegen?« Aber Cerinthe konnte sich nicht konzentrieren. Bei jeder Übung fragte sie sich, ob sie sie zum letzten Mal machte. Am Samstag konnte sie es nicht mehr aushalten. Sie schlich sich zur Majestätsbucht hinunter, setzte sich neben den alten Skolla und erzählte ihm die ganze Geschichte.

»Und Mederi Grace hat mich gefragt, ob ich nicht als Lehrling auf den Heilerhügel kommen will«, schloss Cerinthe. »Aber ich weiß nicht, was ich machen soll.«

Der alte Skolla pfiff anerkennend. »Das wird sie sich wohl überlegt haben. Als Lehrling auf dem Hügel bewerben sich viele.« Er schnitzte ein Stück Wallnuss; seine faltigen Hände sahen genauso dunkel und uneben aus wie das Holz.

»Warum gibt es dann so wenige Mederi?«, wollte Cerinthe wissen.

»Die Lehre ist hart. Nur wenige werden ausgewählt. Und noch weniger beenden die Ausbildung. Die meisten machen nur den Abschluss zum Heiler.«

»Aber ich habe immer davon geträumt, eine berühmte Tänzerin zu werden. Ich habe so viel gelernt, so hart gearbeitet.«

»Die Windrichtung kann sich ändern, kleine Daina.« Der alte Skolla lehnte sich gegen die Mauer. »Manchmal wirfst du den Anker«, sagte er und seine Augen leuchteten. »Manchmal änderst du den Kurs. Du glaubst dein Ziel erreicht zu haben und stellst dann fest, dass es doch nicht der endgültige Hafen ist, sondern nur eine Zwischenstation. Schau mal her.« Er hielt das grob geschnitzte Stück Wallnuss hoch. »Was wird das?«

»Ich sehe einen Flügel«, sagte Cerinthe. »Nein, vielleicht eher eine Flosse?«
Der alte Skolla zwinkerte ihr zu. »Zunächst schien eine Lerche in dem Holz zu warten. Mein Messer hat angefangen zu schnitzen und die Form gesucht. Aber schon bald wurde in dem Holz eine andere Form sichtbar, ein Delfin – und das nach all der Arbeit an der Lerche.« Er schnalzte mit der Zunge. »Um die neue Form zu finden, musste ich die alte aufgeben.«
Cerinthe blickte zweifelnd drein. »Was ist, wenn die neue Form nicht so gut ist wie die alte?«
»Tja, es wäre eine gute Lerche geworden, so viel ist sicher«, erwiderte er. »Aber wenn die Lerche bleibt, ist der Delfin verloren oder er wird nie gefunden. Was ist dir lieber? Eine Lerche, die dem Holz aufgezwungen wurde, oder ein Delfin, der aus dem innersten Kern singt?« Er klopfte mit dem Daumen gegen die Wallnuss. »Das Holz führt dich zur Wahrheit – wenn du es lässt, kleine Daina, wenn du ihm zuhörst. Wenn du im Holz nach der Wahrheit suchst, findest du die wahre Größe; alles andere kannst du in den Wind schießen.«
»Und wenn der Delfin nicht hält, was er verspricht ...« Der alte Skolla zuckte mit den Schultern. »... nun, kein Sterblicher kann die Winde dieser Welt beeinflussen. Und das Holz kann immer noch für den Kamin verwendet werden.«
Cerinthe seufzte und blickte auf die Bucht hinaus, über der noch der Morgennebel hing. Die Wolken drängten sich zusammen und kündigten Regen an.
»Aber was werden sie alle sagen?«, fragte sie. »Daina Odonna, Daine Miekel, mein Vater, Tayla und Gwimma? Elliana?

Wenn ich das Ballett aufgebe, werden sie mich für eine Versagerin halten.« Und was hätte ihre Mutter gesagt?

»Versagerin? Wer würde das sagen?«, raunzte er. »Zu einem Mädchen, das vor der Königin höchstpersönlich getanzt hat! Außerdem zählt einzig und allein, was dein Herz sagt. Wahrer Erfolg wird hier gemessen.«

Er klopfte sich auf die Brust. »Hier gesprochen.«

Er fing wieder an zu schnitzen. »Wie schade, dass der alte Skolla dich nicht tanzen gesehen hat.«

»Sie sind nicht hingegangen?«, rief Cerinthe. Sie hatte eine Eintrittskarte für *Die Prinzessin des Archipels* bekommen, und da Tayla zu krank war und Thordon ihre Briefe nicht beantwortete, hatte sie die Karte dem alten Skolla geschickt. »Warum waren Sie nicht da?«, wollte sie wissen.

Er schlug gegen sein linkes Bein. »Das bringt mich nicht weit – auch wenn der Weg für zwei Füße kein Problem wäre.« Er hob seinen Umhang an.

Cerinthe schnappte nach Luft. Das Bein, vom Oberschenkel bis zur Sohle, war aus Holz. Schrauben ermöglichten das Biegen und Strecken des Knies. In das Holz waren verschiedene Motive geschnitzt: Schiffe unter voller Besegelung, Delfine, die über Mondsicheln sprangen, und blühende Blumen – sie erkannte Kamelien, Gänseblümchen und Wasserlilien. Wein rankte sich um Nemaree, die als Fischgöttin, Schlangenfrau und sechsbrüstige Schöpferin dargestellt war.

»Das habe ich nicht gewusst«, sagte Cerinthe. Sie hatte den alten Skolla noch nie gehen oder auch nur stehen sehen.

Er ließ den Umhang wieder fallen. »Ist nicht schlimm.«

»Nicht schlimm? Aber wie …?«

»Ein Unfall auf See. Ein fürchterlicher Sturm vor den Rabenzähnen. Hat das Ding in null Komma nichts abgetrennt.«
Cerinthe kniff die Augen zusammen. Durch ihren Kopf schwirrten Furcht erregende Bilder.
»Das war das Ende meines Seefahrerlebens«, sagte der alte Skolla, »und der Anfang meines Schnitzerlebens.« Er hobelte mit dem Messer einen dünnen Holzspan ab, der sich aufrollte und davonflog. »Was dein Ballett angeht, dachte der alte Skolla, dass es das Beste wäre, die Karte jemandem zu geben, der kräftigere Beine hat.« Er hob eine seiner struppigen Augenbrauen. »Und hier kommt er.«
Cerinthe blickte auf. Mit den Händen in der Tasche kam Thordon auf sie zu. Wie immer war sein Kopf leicht vorgebeugt, als würde er gegen den Wind ankämpfen.
»Sie haben die Karte Thordon gegeben!?«, rief Cerinthe.
»Ja. Der Junge kommt jeden Samstag, sobald auf den Werften mittags Schluss gemacht wird, weil er hofft dich zu sehen. Oder, wenn das schon nicht möglich ist, auf einen kleinen Plausch mit einem alten Seebären.«
»Das wusste ich nicht«, sagte Cerinthe. »Ich dachte, er würde …« Dann stand Thordon vor ihnen.
»Hallo«, sagte er und seine blauen Augen strahlten sie an. Sie stand auf und war sich nicht sicher, ob sie ihn umarmen oder mit erhobenem Kinn davongehen sollte.
»Und jetzt fort mit euch«, sagte der alte Skolla und wedelte mit der Hand. »Ihr stört das Geschäft.«
Thordon ging schweigend auf die Mitte des Marktplatzes zu und Cerinthe folgte ihm. Dass er tatsächlich jeden Samstag hergekommen war …

»Thordon …«, platzte sie heraus.
»Cerinthe …«, begann er.
Sie lachten – ein kurzes, unbeholfenes Lachen, das schnell wieder in verlegenem Schweigen endete.
»Du zuerst«, sagte er.
»Warum hast du nach unserem Streit nicht auf meine Briefe geantwortet?«
»Weil ich nicht sagen konnte, was ich sagen wollte – nicht in einem Brief.«
»Dann willst du also immer noch mit mir befreundet sein?«
Thordon schaute sie an. »Wäre ich sonst hier?« Er zog umständlich eine Hand aus der Tasche, wobei das graue Futter zum Vorschein kam und Fusseln, Krümel sowie ein angebissener Streifen getrockneter Fisch herausfielen. »Du verstehst mich nicht, oder?«, fragte er weiter. »Damals nicht und jetzt auch nicht.«
»Um Meeres willen, dann sag mir doch, was los ist!«, erwiderte sie.
»Gut. Weißt du noch, wie ich dir von den neuen Inseln im Westen erzählt habe? Wie ich davon gesprochen habe, dorthin auszuwandern, sobald ich Schiffbauer bin?«
Sie nickte.
»Ich hatte gehofft, dass du mitkommen würdest.« Thordon ging schneller. »Ich dachte, wir könnten heiraten, wenn die Zeit gekommen ist.«
Cerinthe blieb vor dem Zelt eines Gauklers stehen.
»Schaut euch das unglaubliche Ungeheuer an!«, rief der Gaukler, der in ihr eine Kundin witterte. »Das muss man gesehen haben. Im Handumdrehen verwandelt es sich von ei-

ner Katze in einen Hai. Für dich kostet einmal gucken nur drei Muschelgroschen, kleine Lady!«
»Heiraten?« Cerinthe überlegte. Dann bedeutete sie Thordon also wirklich etwas.
»Ja, aber auf den neuen Inseln braucht man keine …« Thordon kratzte sich am Hals.
»… keine Tänzerinnen«, beendete sie den Satz für ihn. »Es wird noch ewig dauern, bis man dort ein Ballettensemble aufbaut, ganz zu schweigen von einer Schule.«
»Ja. Und als du eine so große Rolle bekommen hast, wurde mir klar, wie gut du sein musst. Mir wurde bewusst, dass du das niemals aufgeben würdest.«
»Jetzt anschauen!« Der Gaukler schwenkte seinen orangefarbenen Hut. »Von der Katze zum Hai! Seien Sie dabei!«
Cerinthe ging weiter. Thordon folgte ihr. »Seitdem ich dich neulich Abend in dem Ballett gesehen habe«, sagte Thordon, »weiß ich, dass du hierher gehörst. Ganz sicher wirst du eines Tages ins königliche Ensemble aufgenommen.«
»Danke«, sagte Cerinthe langsam und dachte an das glitzernde Theater, den Applaus, den vornehmen Empfang und die Aufregung, Prinzessin Zandora vorgestellt zu werden. Dann blickte sie zum Heilerhügel hinauf. Die Kuppe war heute in tief hängenden Wolken verborgen. »Was bist du ganz tief in deinem Herzen?«, hatte Mederi Grace gefragt. »Erfolg wird hier gemessen.« Der alte Skolla hatte auf seine Brust gezeigt. Cerinthe seufzte. Wer war sie? Was wollte sie? Was war die im Holz verborgene Wahrheit?
Thordon lächelte, aber es wirkte angestrengt. »Als du getanzt hast, sahst du wie eine Prinzessin aus.«

Cerinthe bohrte ihre Fingernägel in die Handfläche.
»Ich habe dich fast nicht erkannt«, fügte er hinzu. »Du gehörst zu all dem feinen Volk.« Er blickte auf seine geflickten Hosen. »Ich habe beschlossen, dass es das Richtige für dich ist.«
»Sturm und Donner noch mal!«, rief Cerinthe. »Du brauchst mir nicht zu erzählen, was richtig für mich ist, Thordon Tycliff! Das kann ich selbst entscheiden!«
»Ich wollte doch nicht …«
»Das hast du aber«, ärgerte sich Cerinthe. »Wenn ich auf die neuen Inseln gehen will, werde ich das tun. Und wenn ich tanzen will, werde ich eben das tun. Und wenn ich Med …«
Sie hielt inne. Mederi würden auf den neuen Inseln genauso wie im ganzen Königreich gebraucht werden – vielleicht sogar besonders dort und in den Provinzen. Wäre es nicht möglich, zu Hause in der nördlichen Provinz als Mederi unterwegs zu sein als eine, die von dort stammte? Würde sie dazu beitragen können, dass das Misstrauen gegenüber den Mederi schwand?
Thordon starrte sie an, als hätte sie sich in eine Napfschnecke verwandelt.
»Es ist so«, erklärte Cerinthe ihm, »ich weiß nicht, wo ich hingehöre oder was ich tun soll.« Sie machte eine Pause. »Es gibt da eine Frau namens Mederi Grace. Sie hat mir angeboten mich als Lehrling aufzunehmen.«
Thordon packte sie am Arm. »Eine Mederi?«
»Ich weiß, was du denkst, aber alles, was man uns über Mederi erzählt hat, stimmt nicht. Hier auf Faranor verehren die Leute die Mederi. Mederi Grace ist eine der gütigsten Frauen, die ich kenne.«

»Dann hat sie dich verhext!«
»Nein.« Cerinthe zog ihren Arm weg. »Das ist doch Unsinn. Was mir Kopfzerbrechen bereitet, ist, dass ich mit dem Tanzen aufhören müsste. Beides ginge nicht.«
»Mit dem Tanzen aufhören? Das würdest du tun?«
»Es ist schwer vorstellbar, ich weiß.«
Sie waren im Herzen des Marktviertels angekommen. »Fast ausverkauft! Fast ausverkauft!«, rief eine Frau, die einen Wagen mit kandierten Nüssen vor sich herschob. Ein Bäckerjunge blickte besorgt in den finsteren Himmel. »Sonderpreis für Brotkanten!«, verkündete er. »Danach ist Schluss für heute!«
»Du kannst das Tanzen nicht einfach aufgeben«, sagte Thordon. »Denk an die vielen Leute, die dir neulich Abend zugejubelt haben. Denk daran, was du dir entgehen lässt: eine gesicherte Zukunft, Geld ...«
»Glaubst du, das weiß ich nicht?«, schrie Cerinthe. »Warum muss ich mich bloß entscheiden? Es ist schrecklich! Was ist, wenn ich die falsche Entscheidung treffe? Warum muss man, wenn man einen bestimmten Weg gehen will, alles andere aufgeben?«
»Warte.« Thordon blieb stehen. »Ich dachte, Tanzen wäre für dich das Wichtigste auf der ganzen Welt. Dein *Traum*?«
»Es ...«
»Ich war bereit dich aufzugeben, damit du deinen Traum verwirklichen kannst, und nun erfahre ich, dass du mit dem Tanzen aufhören willst, um Mederi zu werden. Aber für mich würdest du das nicht tun.«
Cerinthe schwieg. Er hatte Recht. Schuldgefühle stiegen in ihr auf.

»Ich werde nicht zulassen, dass du Mederi wirst.« Thordon schlug seine Faust mit voller Wucht gegen ein Fass. »Das kannst du nicht machen. Ich werde das verhindern.«
Cerinthe wich zurück. Plötzlich sah sie ihn, sah ihn zum ersten Mal, wie er wirklich war – sein wütendes, rotes Gesicht; seinen schiefen Kragen, seinen harten, kantigen Kiefer; seine Jacke, deren Futter die Schultern und Arme kräftiger erscheinen ließ, als sie waren.
»Ich werde deinem Vater schreiben«, sagte Thordon drohend. »Du weißt, was er von den verdammten Hexen hält. Er wird mit dem nächsten Schiff herkommen und dich mit mir verheiraten. Du wirst nie eine Mederi.«
Ohne ein Wort drehte Cerinthe sich um und ließ ihn stehen. Wütend bahnte sie sich ihren Weg durch die Menge. Sie war wütend auf Thordon, aber noch wütender war sie auf sich selbst, weil sie ihn nicht eher durchschaut hatte. Von Anfang an hatte er ihr gesagt, was sie zu tun hatte – was sie seiner Meinung nach tun sollte. Mit jedem Treffen war er fordernder geworden: »Sag deinem Vater, er soll sich eine Arbeit in den Werften suchen … du wirst nicht ewig Ballett tanzen … wenn du alt genug bist, um zu heiraten, wirst du aufhören … ich werde es nicht zulassen, dass du Mederi wirst.« Um seine eigenen Träume zu verwirklichen, hatte er so getan, als wäre es das Beste für sie.
»Hör auf mich zu etwas zu machen, was ich nicht bin!«, rief Cerinthe. Keiner hörte sie, weil der Regen niederzuprasseln begann und die Händler Planen über ihre Waren warfen und die Stände vorzeitig schlossen. Sie vergaß ihre Kapuze aufzusetzen. Die Menge schob sie durch die Straßen; erst im

Hof der Schule blieb Cerinthe stehen und beobachtete, wie der Regen über die Gesichter der bronzenen Tänzerinnen lief.
War es ihre Mutter, die sie zur Ballerina machen wollte, oder war es ihre eigene Entscheidung? Und wenn sie Heilerin werden würde, war es dann Mederi Grace, die es gewollt hatte, oder wäre es ihre eigene Entscheidung?
Cerinthe senkte den Kopf. Beim Namen der Meerjungfrau, wie sollte sie sich entscheiden?
Bis auf die Haut durchnässt schlüpfte sie durch einen Seiteneingang in die Schule und stieg die Treppen zum fünften Stock hinauf. Sie wollte Sileree um Rat fragen; sie war die Einzige, die sie vielleicht verstehen würde. Cerinthe ging in den Flügel der Diamanten. Es gab nur zehn Diamanten und jedes Mädchen musste ihr Zimmer nur mit einer anderen teilen.
»Nein!«, hörte Cerinthe jemanden schreien. »Bitte lass es nicht wahr sein. Nemaree, lass es nicht wahr sein!«
Cerinthe eilte in die Richtung, aus der der Schrei kam, und blieb vor einer offenen Tür stehen. Juna lag schluchzend auf ihrem Bett. Das andere Bett war leer, die weiße Decke lag glatt da – vollkommen glatt. Der Regen peitschte gegen die Scheiben und der Himmel verdunkelte sich.
»Juna«, sagte Cerinthe. »Was ist los?«
Mit wilden Augen blickte Juna auf.
»Oh Cerinthe«, stieß sie schluchzend hervor. »Sileree ist tot.«

Im Nordwestwind

Während der Trauerfeier am nächsten Tag im königlichen Theater kauerte Cerinthe sich in ihrem Sitz zusammen. Neben ihr schluchzte Isalette. Alle Schüler sowie die meisten Lehrer, Angestellten und Mitglieder des Ensembles weinten. Sileree Vox von Umbrea hatte sich das Leben genommen – sie war ins Meer gegangen, bis es sich über ihrem Kopf geschlossen hatte.

Cerinthe weinte nicht. Sie sah auch nicht zu der Meerjungfrau an der Decke des Theaters auf. Mit den Fingernägeln kratzte sie über die Armlehne aus Samt, so fest, dass der Stoff Risse bekam. Mit versteinertem Blick schaute sie zu Daina Odonna auf die Bühne.

»Sileree war eine wunderbare Tänzerin«, sagte die Daina, »ihr Tod ist eine tragische Verschwendung, ein schrecklicher Verlust für uns alle. Ich werde nie verstehen, warum sie eine solch viel versprechende Zukunft einfach fortwarf.« Die Daina wirkte beleidigt. Sie war perfekt zurechtgemacht wie immer, mit glattem Haarknoten und gepudertem Gesicht, aber ihre Hand schloss und öffnete sich immer wieder über ihrem Rubinanhänger.

Cerinthe wollte aufspringen und schreien: Warum haben Sie nicht bemerkt, wie blass Sileree war? Warum ist Ihnen nicht aufgefallen, wie still sie war? Wie dünn und traurig?

Warum haben Sie nichts getan! Aber anstatt zu schreien verkroch Cerinthe sich nur noch tiefer in ihrem Sitz. Sie hatte es bemerkt, sie hatte es gewusst – aber sie hatte nichts getan.

Nach der Trauerfeier flüchtete Cerinthe in die Kräuterkammer. Sie schloss die Tür hinter sich, erleichtert allein zu sein. Auf der gegenüberliegenden Seite des Raumes fiel das Sonnenlicht auf eine der Waagschalen.

Cerinthe ging hinüber und stellte sich in die Sonne. Sie dachte an den Abend, an dem Sileree in die Kräuterkammer gekommen war und mit ihrer traurigen, wunderschönen Stimme gesagt hatte: »Werde bloß nicht wie ich.« Und später, draußen auf dem Hof: »Ich wollte Opernsängerin werden. Ich bin geworden, was jemand anders aus mir machen wollte. Und nun gibt es kein Zurück mehr, ich sitze in der Falle …«

»Ich kann die Sonne nicht spüren!« Cerinthe fiel auf die Knie. Sie riss sich das Perlendiadem vom Kopf, schüttelte ihr Haar und kämmte es mit den Fingern nach vorn, bis es vor ihrem Gesicht hing. *Meerjungfrau,* betete sie und bewegte sich vor und zurück. *Ich brauche dich. Wo bist du?* Kälte kroch vom Fußboden in ihre Schuluniform, in ihre Knochen, bis zum Zentrum ihres Schmerzes in der Brust. Mit einem eisigen Wind schoss das Schwarze Schiff in ihre Gedanken. Es kam so nah, dass sie das Knarren in der Takelage und das Zischen des Kielwassers hören konnte.

»Weg mit dir!«, schrie sie. Aber die Kraft der Toten zog sie näher heran. Zahllose Geister drängten sich auf dem Deck, verstopften die Luken und saßen auf der Galionsfigur, einem

Totenkopf, der aus dem Bug des Schiffes ragte. Hunderte Hände griffen nach ihr. Ihr Körper schien in Ketten zu liegen; sie konnte sich nicht bewegen.

An Steuerbord blinkte etwas auf. Es sprang, es verbreitete ein Glitzern, indem es Funken von Licht über das dunkle Wasser schickte. Plötzlich tauchten sieben Delfine aus den Wellen auf. Donner grollte, als ihre silbernen Körper aufblitzten und das Meer um das Schiff in leuchtendem Saphirblau schimmern ließen. Die Delfine sprangen hoch und tauchten wieder in das Wasser ein – sie tollten an der Seite des Todes. Oder waren sie der Tod?

»Das Schiff ist nur schwarz, weil unsere Augen zu schwach sind, um zu erkennen, was es wirklich ist«, hatte Mederi Grace gesagt. »Warum würde Nemaree sonst silberne Delfine nebenherschwimmen lassen?«

Ihre Schwänze waren aus Diamanten, ihre Flossen aus Perlen. Auf ihren Köpfen funkelten silberne Kronen. Bei jedem Sprung hinterließen sie weiße Regenbogen in der Luft. Ihre Körper schimmerten mal wie Zinn, mal wie Kristall, mal wie Opale. Cerinthe schwamm in diesem Meer des Lichts immer näher, bis sie einen der strahlenden Körper berührte; sie berührte ihn, aber sie starb nicht.

Aber weder das Schwarze Schiff noch der Verwesungsgeruch, der von ihm ausging, verschwanden. Vor dem leuchtenden Blau sah der Rumpf schwärzer aus als zuvor. Doch als Cerinthe zurückschreckte, weil sie Angst hatte, ihre Mutter oder Sileree unter den Geistern zu entdecken, wurden die Delfine und mit ihnen alles andere blass und blasser, bis sich alle Bilder verflüchtigt hatten.

Cerinthe öffnete die Augen. Sie kniete, das Haar vor dem Gesicht, in der Kräuterkammer und bemühte sich die Gedanken an das Schwarze Schiff weit von sich zu weisen. Gleichzeitig wollte sie die Erinnerung an die Delfine wach halten. Aber es war unmöglich, das eine ohne das andere zu sehen. Sie musste die Delfine ziehen lassen.

Cerinthe hoffte, der Anblick der Kräuterkammer würde sie beruhigen – vergebens. Als Kind war sie immer in Gwimmas Kräuterkammer geflüchtet, um Trost zu finden. Gwimma. Zuhause. Normost – ihr Vater. Sie alle waren so weit weg, so viele Meilen über das Meer entfernt.

»Ich bin verloren«, sagte Cerinthe. Sie war verloren, seit sie auf Faranor war, nein, sogar noch länger. Sie war verloren, seit ihre Mutter gestorben war. Cerinthe stand auf. Auf dem Ecktisch stand die weiße, geriffelte Muschelschale, die sie fallen gelassen hatte. Sie stand wieder auf ihrem Platz und glitzerte in der Sonne.

Cerinthe konnte ihren Blick nicht abwenden und ging zu der Schale hinüber. War dies wieder eine Vision? Aber es waren feine Risse zu sehen, wo die Scherben in mühevoller Kleinarbeit wieder zusammengesetzt worden waren. Sie fuhr mit der Fingerspitze daran entlang. All die Liebe und Sorgfalt, die aufgewendet worden war, um aus den Scherben wieder ein Ganzes zu machen, hatten die Schale in gewisser Hinsicht schöner gemacht, als sie zuvor gewesen war. Sie war nicht nur repariert worden, sondern neu geschaffen – verändert. Es war dieselbe Schale – und doch war sie anders.

Cerinthe schaute auf die feinen Linien, die kreuz und quer über ihre Handflächen liefen. Die entzündeten Stellen wa-

ren immer noch rot, aber sie wurden täglich besser von der Salbe, die Mederi Grace ihr gegeben hatte. Heilerhände, hatte die Mederi sie genannt, und Cerinthe kam es vor, als würde sie in ihnen jeden Menschen, den sie jemals geheilt hatte, festhalten. Vor ihren Augen verschwamm alles.
»Für Sileree ist es zu spät«, sagte sie. »Ich muss mich entscheiden, bevor es für mich ebenfalls zu spät ist.«

✷

Stunden später lief sie die Treppen zum Heilerhügel hinauf. Es wehte ein starker Wind, der noch zuzunehmen schien. Mit jedem Schritt kämpfte sie gegen ein Gewicht, das an ihren Füßen zu hängen schien, ein Gewicht, das immer schwerer wurde, je höher sie stieg.
»Denk daran, was du alles aufgibst«, hatte Thordon gesagt. »Werde Künstlerin, du sollst eine große Künstlerin werden«, ihre Mutter. Und Mederi Grace: »Komm auf den Heilerhügel und mach die Ausbildung zur Mederi.« So viele Stimmen – wo war ihre eigene?
Bald lag der smaragdgrüne Rasen vor ihr und jenseits davon leuchtete das Gebäude, in dem die Mederi arbeiteten. Cerinthe lief zum Kräutergarten, am Stumpf der Zeder vorbei und immer höher den Hügel hinauf, bis sie einen niedrigen, verwitterten Zaun am Rande des Felsens erreichte. Dort saß eine kreischende Möwe. Sie flatterte auf und entschwebte in den Himmel. Cerinthe blickte aufs Meer hinaus.
Es war Flut. Der Wind schien zu drehen und auf dem Wasser bildeten sich weiße Schaumkronen. Weit draußen lagen die

Fischerboote mit ihren Netzen. Im Süden und Westen erhoben sich Inseln wie riesige Walrücken aus dem Meer. Bis zum Horizont sah man felsige Punkte, Inseln, so weit das Auge reichte. Außerhalb ihrer Sichtweite lagen noch mehr Inseln, bis hinunter zur südlichen Provinz, wo Windward schließlich endete und die unerforschten Meere begannen.

Trotz des Tosens des Meeres vernahm Cerinthe den Klang von plätscherndem Wasser. Sie drehte sich um und entdeckte, versteckt zwischen Tannen, einen alten Springbrunnen. Ein Mädchen, eine kleine Steinfigur, kniete in dem runden Becken, das mit Moos bedeckte Gesicht dem Himmel zugewandt. Eine Hand war erhoben, als hätte sie das Wasser, das über sie lief, gerade geschöpft. Cerinthe berührte das jadegrüne Moos behutsam mit den Fingerspitzen. Plötzlich blies eine Böe ihr die Kapuze vom Kopf und fuhr in ihr offenes Haar. Sie blickte auf das Meer, die Bewegung der Wellen zeigte ihr, dass der Wind kräftig aus Nordwest blies. Ihre Augen füllten sich mit Tränen; seit sechs langen Monaten hatte sie nicht im Nordwestwind gestanden. Seine Wucht, seine Kälte, das vertraute Peitschen gegen die Ohren weckten Cerinthes Sehnsucht nach der Göttin. Wenn die Meerjungfrau doch nur singen würde, wenn sie ihr doch nur sagen würde, was sie tun sollte …

Cerinthe stand wie versteinert. Selbst auf Normost, das wurde ihr jetzt bewusst, hatte die Meerjungfrau nicht mehr gesungen, nachdem ihre Mutter gestorben war.

Meerjungfrau, rief Cerinthe. *Hast du mich verlassen, weil ich Mama mit der Glühwurzel nicht heilen konnte? Aber warum hast du dann auf dem Erker der Kasakol …*

Plötzlich fügte sich alles in Cerinthes Kopf zusammen.
Du hast mich verlassen, weil ich mit dem Heilen aufgehört habe!, rief sie aus. Sie sank gegen den Rand des Brunnens.
Auf Normost hatte die Meerjungfrau nicht nur bei der Arbeit in der Kräuterkammer zu Cerinthe gesungen, sondern auch, wenn sie tanzte, ruderte und nach Muscheln suchte. Aber sobald Cerinthe das Heilen aufgegeben hatte, konnte sie die Meerjungfrau nicht mehr hören. Nur einmal hatte sie ihr Schweigen gebrochen – als Cerinthe auf dem Erker der Kasakol versucht hatte Elliana zu retten.
Cerinthe beugte sich über den Brunnen. War das Heilen die Verbindung zwischen der Göttin und ihr? Sie erinnerte sich an die Sicherheit und die Freude, die sie auf dem Erker empfunden hatte – trotz ihrer Angst. In jenen Minuten hatte sie sich nicht verloren, sondern ganz bei sich selbst gefühlt.
»Die Göttin hat dir ein ganz besonderes Geschenk gegeben«, hatte Mederi Grace gesagt. Und als sie von Elliana sprach: »Wer die Geschenke der Göttin nicht in Ehren hält, verliert sie meist.«
Cerinthe erschauderte. Wenn sie das Geschenk annahm, riskierte sie das Schwarze Schiff zu sehen. Aber wenn sie es ablehnte und stattdessen eine Daina wurde, setzte sie sich einer Gefahr aus, die ebenso tödlich war. Verzweifelt warf Cerinthe einen Blick auf ihr Spiegelbild im Brunnen; es war flach und ruhig, wie eine Maske.
Im Schweigen lag die Gefahr, im Schweigen der Meerjungfrau. Genauso schrecklich würde die Sehnsucht nach ihrem Lied sein, wäre die Leere, wenn sie es nie mehr hören könn-

te. Der Brunnen ohne Wasser. Das Moos braun. Ohne das Schwarze Schiff gab es keine Delfine des Lichts.
Plötzlich tauchte Cerinthe ihre Hände in den Brunnen, schöpfte eine Hand voll Wasser und goss es über das Moos auf dem Gesicht der Statue. Das Wasser, das über das Mädchen tropfte, ließ das Grün des Mooses intensiver leuchten, das Grau des Steines kräftiger werden. Sie sprang auf und drehte sich zum Meer um.
»Ich werde ihr Lied nicht aufgeben!«, rief sie. »Für nichts und niemanden, nicht einmal um das Schwarze Schiff fern zu halten. Denn ihr Lied ist mein Lied!«
Der Wind brauste. Cerinthe spürte etwas in ihrer Hand, spürte, wie etwas von der Kraft des Meeres heraufgeweht wurde. Die Stimme war zu hören, sie war nicht länger verborgen von dem Schwarzen Schiff, von kritischen Blicken und schnatternden Stimmen. Es war die vertraute Stimme, aber sie klang verändert, kräftiger. Cerinthe nahm sie auf. Sie hielt sie fest.
Ihre Seele war nicht für die Bühne gemacht. Hier auf dem Heilerhügel, im scharfen Nordwestwind, konnte sie sie spüren. Ihr Körper brannte und bebte.
»So möchte ich mich fühlen«, schrie sie. »So möchte ich sein. Ich bin eine Heilerin. Ich entscheide mich dafür, Mederi zu werden.«
Von weit her, über die unerforschten Meere und felsigen Inseln hinweg bis zum Heilerhügel auf Faranor drang die Stimme der Meerjungfrau zu ihr. Sie klang wie eine Glocke, aber Cerinthe hörte Untertöne, die sie noch nie zuvor vernommen hatte; die Stimme war so vollkommen wie die

Muschelschale und so rein wie die weiße Baumwolle, die die Mederi trugen.

Es war die Stimme der Liebe.

Mederi Grace hatte gesagt, das Heilen sei eine Kunst.

»Mama«, rief Cerinthe, »Sileree! Ich werde eine Künstlerin werden, eine große Künstlerin! Und ich werde ich selbst sein!« Lachend schöpfte sie noch eine Hand voll Wasser aus dem Brunnen. Und dann begann Cerinthe im Nordwestwind, der über den Heilerhügel hinwegfegte, zu tanzen; sie drehte sich und glitzernde Wassertropfen flogen von ihren Händen.

Glossar

Adagio
Ursprünglich ein Begriff aus der Musik, der ein langsames Tempo bezeichnet. Im Ballett umfasst dieser Begriff zwei Bedeutungen:
1. Eine langsame Folge von Schritten, Drehungen und Positionen
2. Eine Beschreibung für den Partnertanz, Bewegungen, die nur zusammen gemacht werden können, z.B. der Mann hebt die Frau.

Arabesque
Eine der Grundhaltungen im Ballett. Die Tänzerin hebt ein Bein durchgestreckt nach hinten. Bei einer klassischen Arabesque wird dabei der gegenläufige Arm nach vorne gestreckt. Es gibt verschiedene Formen der Arabesque.

Arabesque Effacée (Penchée)
Effacée bezeichnet eine bestimmte Raumposition. Der Körper wird dabei so gedreht, dass die Bein-Linie für die Zuschauer gut sichtbar ist.

Arabesque Penchée
Bei dieser Variante der Arabesque hebt die Tänzerin ihr nach hinten gestrecktes Bein sehr hoch und lehnt dabei ihren Oberkörper tief nach vorne.

Assemblé
Ein Sprung, bei dem die Tänzerin mit einem Bein abspringt, in der Luft die Füße zusammenbringt und auf beiden Füßen in der fünften Position landet.

Attitude
Die Tänzerin steht auf einem Bein. Das andere Bein wird mit gebeugtem Knie nach hinten oder vorne geschoben. Der Arm auf dieser Seite wird ebenfalls gehoben.
Auch hier gibt es verschiedene Varianten.

Balancé
Eine schwindende Bewegung, die sich am Walzerschritt orientiert.

Battement
Ein Battement ist ein Beinschlag, der – immer wieder variiert – in sehr vielen Sprüngen und Bewegungen verwendet wird. So gibt es z.B. ein Petit Battement oder ein Grand Battement.

Bourrée
Eine Serie von sehr kleinen Schritten, die den Eindruck erwecken, als würde die Tänzerin über den Boden gleiten.
Auch Bourrée ist ein Grundwort des Balletts, das mit anderen Bezeichnungen kombiniert wird und dann eine andere Bedeutung hat.

Brisé
Ein »bewegter Sprung«. Bei diesem Sprung bewegt sich die Tänzerin vom Platz weg, vorwärts oder rückwärts.

Brisé Volé
»Fliegender Brisé«. Schwierigste Form des Brisé. Bei diesem Sprung landet die Tänzerin nur auf einem Bein. Vollführt eine Tänzerin mehrere Brisés Volés hintereinander, erweckt es den Eindruck, als ob sie fliegen würde.

Chainé-Drehung (Chaine-tours)
Serie von schnellen Drehungen durch den Raum, die auf der Spitze oder Halbspitze getanzt werden. Diese Drehungen können schräg durch den Raum, in einer geraden Linie oder im Kreis ausgeführt werden.

Changement
bedeutet wörtlich »Wechsel«. Dieser Sprung beginnt aus der fünften Position. In der Luft wechselt die Tänzerin die Stellung der Füße, so dass sie mit dem jeweils anderen Fuß in Frontposition landet.

Chassé
Eine gleitende Bewegung, die nach vorne, hinten oder seitwärts ausgeführt werden kann.

Coupé
Bei dieser Bewegung zieht die Tänzerin den Fuß schnell vom Boden und platziert ihn vor oder hinter dem Knöchel.

Développé
Heben eines Beines mit gebogenem Knie, danach langsames Strecken des Beines. Dies kann vor-, seitwärts oder zurück geschehen.

Entrechat
Sprung, bei dem die Beine oder Unterschenkel in der Luft mehrfach miteinander gekreuzt werden.

Fouetté
Bei dieser Bewegung dreht die Tänzerin ihr Standbein auf einer Stelle, dabei ändert sie die Ausrichtung ihres Oberkörpers und ihres Gesichtes (Blickrichtung) und damit ihre Position zum Raum.

Glissade
Gleitender Verbindungsschritt. Er dient als Vorbereitung für andere Schritte und Sprünge

Grand Battement
heißt »großer Schlag«. Hierbei wird das Bein in einer Battement-Bewegung sehr hoch gehoben.

Grand Jeté
Ein besonders großer Sprung nach vorn.

Jeté
Ein Sprung von einem Bein aufs andere.

Piqué
bedeutet wörtlich übersetzt »gestochen«. Bei diesem Schritt geht die Tänzerin mit gestrecktem Bein auf die Spitze. Wird diese Bewegung wiederholt, entsteht der Eindruck, als ob sie in den Boden sticht.

Pirouette
Drehung auf einem Bein um die eigene Achse.

Plié
Eine Kniebeuge auf einem oder beiden Beinen. Eines der Grundelemente des Balletts, denn es dient als Verbindungselement für alle Schritte, Drehungen und Sprünge.
Beim Demi-Plié werden die Knie nur leicht gebeugt. Dabei bleiben die Fersen auf dem Boden.

Port de Bras
Bezeichnung für Bewegungen und Positionen der Arme.
Auch Sammelbezeichnung für eine Gruppe von Übungen für die Arme.

Relevé
Die Tänzerin stellt ihren auf dem Boden stehenden Fuß auf die ganze oder halbe Spitze.

Tendu
bedeutet wörtlich »gespannt«. Die Tänzerin bewegt sich aus einer geschlossenen Position in eine gestreckte Position und zurück. Dabei behält die Fußspitze Kontakt zum Boden.

Tutu
Kurzer, tellerartiger Ballettrock.

Wir danken Frau Hellena Stemm von der Contemporary Dance School Hamburg für ihre Beratung.

Inhalt

Danksagung

Ich möchte Shawn Zink danken; meiner Familie, meinen Freunden, meinem Lektor und der Kritikgruppe. Außerdem Dr. Mary Simonson, die das Manuskript unter medizinischen Gesichtspunkten gelesen hat; den Bibliotheksangestellten der Tacoma Public Library für ihre unerschöpfliche Geduld sowie der Stadt Masset auf den Queen Charlotte Islands, die mich zu diesem Buch inspiriert hat. Besonders dankbar bin ich wie immer Anna, Joan, Chuck und Rosie Hommel für den Loft.